SUICIDE SANS PRÉMÉDITATION

DU MÊME AUTEUR

Aux Presses de la Cité

Romans

L'Escadron (prix Claude Farrère)
La Dernière Rafale
Le Sang des colons (Grand Prix littéraire de Madagascar), *épuisé*
Les Chiens jaunes, *épuisé*
Adieu capitaine
Quand la Légion écrivait sa légende
Un sombre été à Chaluzac (Prix littéraire de la Gendarmerie)
L'Enigme de Ravejouls
Les Frères Delgayroux
Les Corneilles de Toulonjac
L'Affaire Combes
Les Polonaises de Cransac
Le Nœud d'anguilles
L'Agence Combes et Cie

Documents

La Grande Aventure du 1er REC
Spahis (prix Raymond Poincaré), *épuisé*
La Jeunesse et la Résistance. Réseau Orion
Bataillon Bigeard à Tu Lê
L'Opération Daguet (en collaboration avec Erwan Bergot)
La Légion en Indochine, album, *épuisé*
La Légion en Algérie, album, *épuisé*

À la Librairie Académique Perrin

Salan (biographie), *épuisé*

Alain Gandy

SUICIDE SANS PRÉMÉDITATION

Roman

Production Jeannine Balland
Romans Terres de France

PRESSES
DE LA CITÉ

Il va sans dire que cette histoire n'est que pure fiction et que les personnages n'ont aucun rapport avec des modèles existant ou ayant existé.

ISBN 2-258-06452-X

« Tu rumines tes problèmes et rien ne se montre. Tu vas de l'une à l'autre des solutions, car il n'en est point qui te satisfasse. Tu es malheureux, faute d'agir, car la marche seule est exaltante. »

Antoine de SAINT-EXUPÉRY,
Citadelle

La tranquillité née de l'absence des enfants, en vacances chez leur grand-mère à Bergerac, coïncidait idéalement avec une période de calme dans les activités de l'agence. Joseph Combes se permettait de luxueuses grasses matinées de nabab. C'est-à-dire qu'entre la seconde où il ouvrait les yeux, aux environs de sept heures du matin, et celle où il posait le pied par terre sur sa descente de lit de laine épaisse, il s'accordait maintenant un ou plusieurs quarts d'heure de paresse consciente dans la chaleur de ses draps. La respiration régulière de sa femme Claire, sur l'oreiller à côté du sien, ajoutait à cette paix matinale une touche de satisfaction béate. Il avait peine à se défaire, tous les matins, de ce goût de plus en plus prononcé pour l'inaction, dont ses trente-cinq ans de service dans la gendarmerie auraient dû le guérir. Ainsi, plus durait la remise en route, plus grandissait sa mauvaise conscience. Il se retournait sans précaution, soufflait bruyamment, se raclait la gorge, chantonnait parfois, comme s'il vérifiait le bon fonctionnement des différentes parties de son corps. La grasse matinée était ainsi fonction de la résistance de Claire à ces empêchements de dormir au calme.

En ce jour de début avril – jour qui n'était pas encore levé, à en juger par l'aspect de la fenêtre ouverte sur des persiennes sombres –, Claire avait résisté quarante minutes aux provocations plus ou moins involontaires de son mari. Elle savait bien qu'elle avait tort de se manifester, mais elle ne pouvait plus faire davantage semblant d'ignorer l'agitation de Joseph. Elle s'assit brusquement, tout d'une pièce, comme un vampire tiré de son cercueil par le premier rayon de lune.

— Je te signale, jeta-t-elle d'une voix désincarnée après un coup d'œil aux aiguilles lumineuses de son réveille-matin sur la table de nuit, qu'il est huit heures moins le quart, ce qui n'est pas une heure de retraité... Ou tu te rendors ou tu descends faire ce que tu veux !

Elle retomba sur son oreiller avec la précision d'un coucou suisse rentrant dans sa cage.

Sans doute était-ce la bonne méthode pour manipuler son malade, contaminé par tant d'années d'uniforme. En tout cas, il se recoucha sagement sur le dos, se contraignit à l'immobilité pour apaiser la mauvaise humeur apparente de Claire, et ferma les yeux.

Il ne les rouvrit qu'après neuf heures. Claire chantait à pleine voix dans la salle de bains. Les volets étaient grands ouverts sur un ciel bas qui semblait vouloir atterrir sur le cours Guiraudet. La pluie n'était pas loin. Joseph s'assit au bord du lit, chercha ses mules du pied, bâilla sans grâce et redressa un dos menacé par les courbatures.

— Ah ! gémit-il un peu trop théâtralement. Je sens un début de lumbago ! Je dors beaucoup trop !

— C'est sûrement l'âge qui veut ça, dit en éclatant de rire la silhouette en peignoir de bain campée devant lui. Tu devrais consulter un médecin, pour qu'il te prescrive un fortifiant. Veux-tu que je téléphone pour que Bousquet passe te voir cet après-midi ?

Joseph se dressa avec la vivacité d'une sentinelle au passage d'un général, saisit le sien dans ses bras et l'embrassa gaiement. Pas de doute. Les vacances des enfants font le plus grand bien aux parents. Il tempéra seulement son euphorie par un conseil :

— Ne dérange pas un médecin sans raison. Il prendra l'habitude de t'ausculter et de te visiter régulièrement. Jusqu'au jour où il viendra s'installer chez toi à poste fixe... Ce jeune Bousquet attendra que je sois vieux pour s'intéresser à moi !

Les sages peuvent parfois faire des prédictions totalement contredites par les faits. Sans qu'il soit nécessaire d'attendre très longtemps.

1

Elle s'appelait Suzanne Esquenoux ; personne ne l'avait assez admirée pour pouvoir prétendre qu'elle était une sacrément jolie fille. Personne non plus n'avait jugé qu'elle était particulièrement laide. Elle était du nombre, extrêmement majoritaire, de ces êtres en demi-teinte, au sourire réticent et fragile, mais visiblement assez sincère pour attirer la sympathie ; avec aussi une simplicité de gestes et de maintien qui privilégiait la qualité de son regard expressif et laissait oublier les traits d'un visage plutôt rustique ; grande bouche, front trop large, nez agressif, menton trop volontaire.

Dans sa prime jeunesse et son enfance campagnarde, trois générations d'Esquenoux, qui vivaient autour d'elle dans une ferme d'élevage entre Capdenac et Loupiac, à la frontière du département du Lot, l'avaient cruellement baptisée « la Grosse ». Ce sobriquet, qui l'avait suivie à l'école communale, avait fortement contribué à développer son caractère introverti. Il l'avait aussi heureusement prédisposée à profiter des occasions de fuir ce mode de vie paysan, dont elle se sentait exclue.

Chance pour elle, son instituteur l'avait rangée dans la catégorie des « cerveaux bien construits aptes à une promotion sociale ». Il avait su convaincre le grand-père Antoine, patriarche de la tribu, qu'elle devait poursuivre des études, jusque-là brillamment sanctionnées par le certificat. Elle avait donc troqué son état de fillette vouée à la terre pour celui d'adolescente pensionnaire dans un collège religieux de Villefranche-de-Rouergue. Elle y avait passé sept ans, perdant aussi régulièrement ses rondeurs enfantines qu'elle ajoutait au poids de ses connaissances. Le régime spartiate des sœurs lui avait été aussi profitable que leur enseignement. Dès qu'elle eut quinze ans, quand elle revenait dans sa famille pour quelques semaines de vacances, parents, frères et cousins ne reconnaissaient plus « la Grosse » dans cette jeune fille ossue et impassible, qui leur jetait un regard gris et glacé où se lisait du mépris sinon de l'aversion. Ce coup d'œil faisait fuir les garçons de son âge, d'abord vaguement appâtés par sa nouvelle tournure, et gelait les tentatives d'affection des aînés.

A dix-huit ans, passé le baccalauréat, elle représenta à la mère supérieure, qui l'avait considérée depuis quelques années comme une possible novice, qu'elle n'était pas attirée par les ordres et qu'il était dommage qu'un diplôme, quel qu'il soit, serve de point final à une si longue scolarité. Paradoxalement, alors qu'elle ne paraissait guère se soucier de son prochain, elle afficha sa volonté de faire son chemin dans une profession paramédicale. Avec modestie, car elle avait conscience de difficultés financières insurmontables : le grand-père Antoine était mort et son fils Emile, l'aîné des oncles de Suzanne, n'était pas homme à vendre quelques têtes de bétail pour satisfaire les ambitions d'une nièce à demi oubliée.

La mère supérieure avait des relations et de la compréhension. En un petit mois, elle obtint que sa protégée fût inscrite au stage de formation d'infirmière d'Etat qui devait commencer dès octobre, à l'hôpital Purpan à Toulouse. Il était entendu que les Filles du Calvaire supporteraient les frais de cette formation, avec l'intention non exprimée d'utiliser ensuite, au plus juste prix, les talents de la future infirmière dans un établissement relevant de leur obédience.

A bien des égards, les trois années passées à Toulouse par la jeune Aveyronnaise furent déterminantes dans l'affirmation de son caractère. Si elle excellait dans les parties techniques de ses cours, elle manifesta dans les contacts humains avec les malades, au cours des périodes de travaux pratiques, une gêne qui frôlait la répulsion. Si bien que ses premières notes laissèrent peu d'espoir aux Filles du Calvaire qu'elle obtînt jamais son diplôme d'Etat.

Consciente de son trop visible manque de chaleur dans les rapports humains, toujours ombrageusement persuadée de son insignifiance, Suzanne Esquenoux chercha à forcer sa nature en réclamant les gardes les plus contraignantes, les séances de pansements les plus répugnantes, les surveillances d'agonisants pathétiques. Elle ne voulait reculer ni devant les piqûres les plus douloureuses, ni devant les visites de familles revendicatrices, ni devant les rebuffades des médecins traitants qu'impatientaient sa gêne persistante et ses maladresses. Un jour qu'elle tremblait au moment de piquer un trocart dans le dos d'un patient juvénile, le praticien qui surveillait l'opération lui jeta, dans son exaspération :

— Bon Dieu, ma petite, si le cul d'un garçon te fait encore peur, dépêche-toi d'en trouver un avec qui coucher pour exorciser tes inhibitions !

La verdeur de ce langage professionnel la choqua. Mais à bien y réfléchir, elle se convainquit que le remède proposé avait peut-être une chance de réussir.

C'est donc avec l'ambition de s'amender qu'elle céda aux avances d'un camarade de stage. Julien Rousseau, Martiniquais bon garçon, avait eu pour sa part assez de mal à digérer les cours de biologie et de pharmacologie, alors qu'il montrait des dons remarquables pour s'attirer l'obéissance et l'amitié des malades confiés à son inexpérience. Suzanne était en somme une malade du comportement. Aussi fut-elle sensible à la sympathie que dégageait Julien, qu'un physique assez lourd et pour tout dire primitif avait jusque-là tenu à l'écart d'aventures avec d'autres impétrantes du stage. Ils apportèrent chacun ce qui manquait à l'autre, et sur le plan de leur formation commune, leur romance fut un succès.

Mais au chapitre des sentiments, ou de la seule satisfaction des sens, la réussite ne couronna point leurs efforts, qui durèrent pourtant près de cinq mois pendant leur deuxième année à Purpan. Le garçon se désolait du manque d'élan de sa partenaire. Suzanne s'aigrissait de ne percevoir aucune trace de passion dans les assauts de son condisciple. Trop cérébrale, elle avait attendu de cette liaison quelque chose qu'elle pût baptiser « amour ». D'un commun accord, ils mirent fin à cette aventure et se satisfirent, dès le début de la troisième année, de ce que l'organisation des stages pratiques les séparât. L'élève-infirmier Rousseau travaillait trois semaines en pneumologie ou en obstétrique quand mademoiselle Esquenoux allait parfaire sa formation auprès d'un cardiologue ou en cancérologie. Seul l'examen final les réunit sur la même liste de candidats admis. Julien repartit au plus vite vers un poste qui l'attendait outre-mer, sans même remercier Suzanne de l'avoir fait inlassablement réviser les arcanes du fonctionnement du corps humain.

De son côté, elle quitta Toulouse avec la certitude qu'elle n'était pas plus faite pour vivre dans une aussi grande ville que dans sa ferme natale. Elle était majeure et indépendante. Et femme, bien que son expérience n'eût guère modifié son physique, toujours passe-partout. Aucune coquetterie dans la mise ou dans la coiffure. Des cheveux noirs serrés en chignon surmontant ce même visage ingrat, une silhouette qui ne rappelait plus « la Grosse » de son enfance mais n'avait rien de troublant, un même regard gris profond, où la froideur avait fait place à une amertume causée par un besoin d'amour déçu et par les efforts de sociabilité qu'avaient exigés ses études.

Elle alla directement à Villefranche, rejoindre le pensionnat de son adolescence, osa tenir tête à la mère supérieure en refusant une affectation dans une bourgade du Cantal où les Filles du Calvaire géraient une maison de retraite : elle ne voulait plus s'exiler. Elle finit par accepter de s'occuper, pour un salaire de misère, de l'infirmerie du pensionnat.

Pourtant, la chance n'abandonnait pas Suzanne. Elle s'incarna d'abord dans la personne replète du vieux docteur Bousquet, qui avait soigné, guéri et aidé à mourir des générations de Villefranchois. A près de soixante-dix ans, sa sacoche à la main, Gaston Bousquet arpentait encore les rues de la ville pour aller visiter ses clients. Il souffrait lui-même d'emphysème et d'hypertension mais refusait de s'appliquer un régime et de prendre sa retraite. Tous les deux jours, il venait prescrire quelques soins aux pensionnaires malades hébergées par la nouvelle infirmière. Il apprécia rapidement sa réserve, son sérieux et la solidité de ses connaissances professionnelles. Elle retrouva, avec un plaisir étonné, le parler rocailleux du vieil homme, si semblable à celui du grand-père Antoine. Elle admira sa sagesse de praticien, ses diagnostics, ses ordonnances prudentes qui faisaient confiance aux remèdes éprouvés. Au bout d'un mois, ils faisaient tous deux une véritable équipe. Un matin, après qu'ils eurent soigné deux mauvaises écorchures et un début de colique, il s'assit pesamment sur la chaise en pitchpin qui trônait dans le réduit servant de pharmacie.

— Ma chère mademoiselle, dit-il en se frottant les mains, je dois vous dire une chose : votre place n'est pas ici, dans ce pensionnat ! Vous y êtes scandaleusement sous-employée. A croupir dans cette espèce de dispensaire, vous finirez par oublier tout ce que vous avez pu apprendre du métier à Purpan !

— Malheureusement, sourit Suzanne, je n'ai pas d'autre moyen de rembourser les sœurs, qui ont eu la bonté de payer mes études à Toulouse...

— Eh bien, il ne tient qu'à vous ! Avant de monter jusqu'à votre... clinique, j'ai eu une longue discussion avec la mère supérieure. C'est une vieille amie. Rapiate mais bon cœur. J'ai réussi à la convaincre que je voulais m'assurer vos services, en payant à sa congrégation une partie des émoluments que je vous allouerais.

— Je ne comprends pas... s'effaroucha l'infirmière.

— C'est tout simple. Je n'arrive plus à faire marcher mon cabinet, tout seul. Trop de consultations, trop de paperasses. Je dois tenir bon encore un an, jusqu'à ce que mon fils ait terminé son internat à Paris et qu'il soit prêt à reprendre ma clientèle. D'ici là, vous pourriez me seconder très utilement. J'ajoute que je vis seul dans ma grande maison de la place des Quatre-Sergents avec une gouvernante d'âge canonique qui vous servirait de chaperon, si vous voulez bien accepter de vous installer dans les deux pièces du second étage.

— Mais les pensionnaires ? objecta Suzanne dans un ultime sursaut de défense.

Bousquet ricana comme un maquignon sur le point d'enlever son marché.

— N'allez pas me faire croire que vous voulez sauver trois jeunes oiselles qui souffrent au pire d'indigestion à chaque fois que leur famille leur envoie un colis de cochonnaille ! Nous viendrons ensemble trois fois par semaine au pensionnat, pour la bonne règle.

Le brave médecin était convaincant et manifestait à la jeune femme une attention affectueuse exempte de toute ambiguïté. Mademoiselle Esquenoux accepta sa proposition dans l'heure et déménagea ses quelques hardes dans l'après-midi. Son nouveau logement, dans la maison même du docteur, lui parut le plus confortable qu'elle eût jamais habité. Noémi, la très vieille gouvernante qui veillait à l'entretien et à l'ordinaire du logis et de son maître, adopta sur-le-champ la nouvelle occupante avec la satisfaction mi-bougonne mi-larmoyante d'une grand-mère accueillant une petite nièce :

— Ça ne fera pas de mal à cette baraque et à ce vieux croûton de vivre enfin à côté d'une jeunesse !

De fait, l'année qui suivit fut une des plus heureuses qu'eût vécues Suzanne. Les habitués du cabinet Bousquet s'accommodèrent vite de sa réserve ; peu à peu, ses contacts avec les patients devinrent plus aisés, sans toutefois atteindre des sommets ; son sérieux un peu distant flattait même ces braves gens, habitués, dans leur commerce avec le vieux praticien, à un traitement plus rustique. On mit sa froideur et son absence de tendresse au compte d'une haute technicité. Mais, surtout, elle sut discipliner le fonctionnement de la maison, réorganiser la tenue à jour des fichiers et les horaires du docteur, qui s'usait de plus en plus.

En somme, en quelques mois, elle sut se rendre indispensable.

Aussi, tout Villefranche jugea normal qu'elle restât à son poste lorsque François Bousquet revint prendre la succession de son père. Elle avait entendu tous les jours le vieux médecin chanter les louanges de son phénix de fils. Sans doute avait-elle fait une fixation sur ce brillant sujet. Ses études l'avaient paré d'une réputation flatteuse sur le plan professionnel, qui laissait bien augurer du futur du cabinet. Son caractère paraissait facile à supporter, comme s'il était heureux de sa nouvelle indépendance après ses années de discipline dans les hôpitaux parisiens. Cerise sur le gâteau, le jeune docteur François, vingt-neuf ans à son retour, était grand, souriant, beau garçon, d'allure sportive. Tout naturellement, Suzanne Esquenoux en tomba amoureuse.

Ce sentiment, qu'elle n'osait pas s'avouer, éclaircit son teint, fit davantage briller son regard expressif et lui suggéra un minimum de coquetterie. Malheureusement, quand elle diagnostiqua enfin la maladie dont elle souffrait, elle dut reconnaître que ses chances de bonheur étaient réduites : François Bousquet était déjà marié. Sa femme Juliette ne le rejoignit qu'un mois après son arrivée à Villefranche. Héritière d'un gros grainetier beauceron, elle avait su séduire quelques mois auparavant ce beau médecin d'avenir ; elle débarqua dans la vieille maison de la place des Quatre-Sergents avec l'autorité d'une reine, pleine de projets de réinstallation et de réorganisation.

Sa première victime fut Noémi, après une remontrance d'ordre ménager qui ulcéra la gouvernante ; Noémi cracha tout à trac ce qu'elle pensait de « ces jeunesses blondes qui font la grasse matinée et ne connaissent rien de la cuisine, de la tenue d'une maison et des horaires sacrifiés d'un vrai docteur ». Dès le lendemain, toujours encolérée, son vestiaire enfoui dans deux couffins effrangés, elle prit l'autocar pour Espalion, où, dit-elle, elle s'installerait chez un neveu qui réclamait sa venue depuis longtemps.

Suzanne fit à son tour les frais de cette prise en main à la hussarde. Son beau-père n'ayant su fléchir Juliette Bousquet, l'infirmière-secrétaire médicale fut priée de trouver un autre logement, car la jeune épousée avait programmé l'agrandissement de sa famille et n'entendait pas héberger plus longtemps une « étrangère ». Attristé, le vieux praticien, maintenant officiellement retraité, baissa pavillon et courut la ville une semaine durant pour trouver un nouveau havre à sa protégée. Le soir même du jour où celle-ci emménagea dans un minuscule deux-pièces de la rue de la République, à deux minutes du cabinet, le docteur Gaston se coucha, épuisé par ses dernières cavalcades, le cœur navré de sentir basculer son monde. Il était mort, le lendemain matin. Juliette Bousquet avait indéniablement su éclaircir son horizon.

Après l'enterrement, qui avait rassemblé le ban et l'arrière-ban de sa fidèle clientèle, mademoiselle Esquenoux, l'humeur sombre, rejoignit directement son nouveau logis. Que la plupart des participants aux obsèques soient venus lui présenter leurs condoléances, ignorant François et sa blonde triomphante, ne la consolait ni de la mort de son vieil ami ni de la ruine prévisible de ses espérances amoureuses. A huit heures du soir, on cogna à sa porte. Avec insistance.

— Ouvrez, Suzanne, c'est moi !

Sans même se rendre compte qu'elle était en chemise de nuit, elle fit entrer ce visiteur qu'elle n'attendait plus. Le docteur François Bousquet jeta sa sacoche professionnelle à la volée sur le lit, serra son infirmière contre lui et se mit à sangloter, la tête posée sur son épaule.

Elle pleura avec lui, à la fois parce que son bienfaiteur était mort et parce que son existence bien réglée venait d'être bouleversée. Ils se consolèrent mutuellement en se laissant aller au vertige né de leurs larmes et de leur étreinte. Quand il repartit chez lui, à minuit, le cœur empli d'exaltation, il était résolu à garder Suzanne auprès de lui au cabinet, quoi que Juliette pût en dire. Celle-ci n'était pas aveugle, ni sotte. Elle resta muette, et apparemment insensible. Suzanne, pour sa part, accepta tous les arrangements que lui proposa François, heureuse de le voir chaque jour pendant les longues heures de travail, plus heureuse encore quand il venait, deux ou trois fois par semaine, sous prétexte d'un appel d'un malade, la rejoindre dans son deux-pièces... Cette fois, elle connut vraiment ce qu'était la passion. Pendant plus de deux ans.

Insensiblement, pourtant, au cours de cette liaison torride, elle fut atteinte par ce que les scénaristes de Hollywood appelaient le « syndrome de *Back Street* » ; jalousie, blessures d'amour-propre et effacement social la rendirent de plus en plus revendicatrice lorsque François venait la voir. Et de moins en moins heureuse de se contenter de la deuxième place. Au point qu'un an plus tard, lorsqu'elle apprit que sa mère veuve allait s'installer à Loupiac dans une vieille maison du clan Esquenoux, elle décida, à la fin d'une scène de larmes et de reproches, de quitter le cabinet Bousquet et d'aller rejoindre le pays de son enfance. Mais, si elle s'y résolut, elle ne réussit pas à éteindre son amour pour le seul homme qui avait compté dans ses vingt-six années d'existence.

Le docteur François Bousquet se sentait mal à l'aise. Depuis six mois que Suzanne avait quitté Villefranche, il n'était pas allé la voir chez elle plus d'une dizaine de fois. Sa vieille mère, morte à son tour en quelques semaines, ne constituait même plus un prétexte à la froideur que manifestait son ancienne maîtresse à chacune de ses visites. Ecartelé entre son sentiment pour Suzanne et les convenances qui exigeaient qu'il restât fidèle à Juliette, adoptée par toute la bourgeoisie locale, le jeune médecin se désolait, un peu plus à chaque fois, de la lente agonie de leur passion. Il arrivait encore que Suzanne cédât à l'attrait physique de sa présence ; mais ses propres faiblesses la jetaient ensuite dans des crises de remords, qui se traduisaient par des débordements de sanglots, de reproches enflammés et de menaces de scandale.

« Ne reviens plus à Loupiac ! lui avait-elle crié à la fin de sa dernière visite. Je serais capable d'aller affronter ta chère femme dans son terrier, et Dieu sait ce qui s'ensuivrait ! »

Il avait obéi. Un mois entier. Ce soir pourtant, 4 avril, il n'avait pu s'empêcher de prendre la route de Figeac, à la tombée de la nuit, après avoir prétexté un accouchement difficile dans un village lointain et annoncé un retour nocturne très tardif. Ce jour-là, Suzanne allait avoir vingt-sept ans. Il ne voulait pas, ne pouvait pas la laisser seule. Peu importait l'accueil qu'elle lui ferait.

Les essuie-glaces déchiraient avec somnolence le halo des phares. La large route goudronnée, dont il connaissait par cœur tous les pièges, défilait sans parvenir à dissoudre son inquiétude. Ni d'ailleurs à éteindre l'espoir de trouver une solution acceptable à cette dramatique situation.

Quand il arriva à l'entrée de Loupiac, marquée par la silhouette fugitive d'un pigeonnier coiffé de lauzes, un coup de vent d'ouest vint fouetter sa voiture, accompagné d'une averse drue. Pratiquement sans lumières, le village semblait déjà endormi. La maisonnette qu'habitait Suzanne était la dernière du bourg, à la fin d'une longue descente que François acheva de dévaler moteur éteint, discret comme s'il voulait éviter d'improbables curieux. Il arrêta sa voiture dans l'obscurité, à vingt mètres de l'étroite façade sombre, muette et rébarbative derrière ses volets clos. La pluie sonnait sur les tôles du toit et du capot. Portière entrouverte, il attendit quelques longues secondes avant de se décider à sortir et de se jeter sous l'auvent qui protégeait le seuil. Un instant, il pensa que Suzanne était peut-être allée passer la soirée dans sa famille, par crainte de sa visite. Puis il se souvint qu'il avait encore, dans la poche de son imperméable, le jeu de clés qu'elle lui avait confié six mois auparavant. Il tâtonna dans le noir, pour trouver la serrure, poussa la porte et se glissa à l'intérieur avant de la refermer dans son dos. Le silence était oppressant, la nuit totale.

Il actionna le commutateur, sur le mur de droite, leva les yeux vers la lumière crue de l'ampoule qui remplaçait le lustre dont il croyait se souvenir et fit un bond en arrière.

A quelques centimètres de son visage se balançait le cadavre de Suzanne Esquenoux, pendue au crochet du plafond, le visage bleui et les yeux exorbités. Définitivement, elle n'avait plus rien d'une jolie fille.

2

— Voilà ! dit le docteur Bousquet. Je ne vous cache pas que j'ai failli m'évanouir, malgré mon expérience de morticole. Je suis resté sous le choc pendant quelques minutes avant de comprendre que je ne pouvais pas avouer être venu chez Suzanne, censée avoir rompu toutes relations avec la famille Bousquet depuis six mois. J'ai éteint, je suis ressorti, la mort dans l'âme, j'ai fait demi-tour et j'ai roulé dans mon brouillard jusque chez vous.

— Pourquoi chez moi ? demanda Joseph Combes, penché par-dessus son bureau vers cet homme au gabarit de sportif, écroulé dans le fauteuil de cuir réservé aux clients de l'agence, les yeux rougis et le visage ravagé.

— Parce que, après mon père, vous avez continué à me faire confiance comme médecin de famille et parce que vous avez une solide réputation d'enquêteur discret et efficace[1].

— Je ne vois pas comment je pourrais faire des recherches concernant une mort par suicide qui n'a pas encore été découverte...

1. Voir, du même auteur, dans la même collection, *L'Agence Combes et Cie*.

— Justement, coupa Bousquet, je voudrais que vous m'aidiez à... découvrir ce drame. Je ne peux supporter d'imaginer ce cadavre abandonné dans cette maisonnette sinistre, sans savoir pourquoi cette femme a voulu en finir !

— A dix heures du soir ?

Le directeur d'une agence d'enquêtes privées pouvait en effet s'étonner d'un horaire de visite aussi peu conventionnel. La routine et les mœurs provinciales ne poussaient pas les clients éventuels à venir de nuit chez les Combes pour discuter de leurs affaires intimes. Joseph et sa femme Claire, seuls à la maison ce soir-là, s'étaient crus en droit de goûter une soirée paisible après une journée studieuse, consacrée à établir des rapports et des factures pour leur dernier client. La consultation de la page terminale du livre de comptes de l'agence leur avait paru de nature à entretenir leur optimisme. Neuf mois après l'ouverture de leur bureau d'enquêtes privées, lancé par le succès rencontré par Joseph dans l'affaire Swalowska[1], le ménage de l'ancien gendarme n'avait pas connu de semaine creuse. Rien de très passionnant, mais recherches de cambrioleurs, filatures d'époux volages, surveillances de progénitures indisciplinées ou enquêtes sur tentatives de détournement d'héritages s'avéraient d'un rapport satisfaisant.

« Quand je pense, avait constaté Claire avec un sourire heureux, que tu t'attendais à des mois et des mois de galère ! Tu es en passe de devenir plus célèbre dans le civil que sous l'uniforme ! »

Toujours admirateur du physique appétissant de sa femme, de sa gaieté roborative et de l'éclat de son

1. Voir *L'Agence Combes et Cie*.

regard, Joseph avait passé une main nonchalante sur son crâne, où sa brosse courte commençait à grisonner.

« Pourvu, avait-il dit, faussement modeste, que l'âge ne vienne pas interrompre cette brillante deuxième carrière ! Nous devrions commencer à arroser nos bons résultats. »

Claire avait ri et s'était levée d'un bond pour aller chercher verres et bouteille.

C'est dans cette ambiance euphorique qu'un long coup de sonnette avait déclenché les aboiements du chien Major, réveillé en sursaut sur son tapis du premier étage, et jeté un Joseph grommelant à la porte d'entrée, qu'il avait ouverte sur le fantôme du docteur Bousquet, bouleversé et incapable d'aligner deux mots pour expliquer sa venue.

Traîné jusqu'au bureau, effondré dans le fauteuil des confessions, muni par Claire d'un solide whisky bu d'un trait, le médecin avait fini par raconter sans précaution oratoire l'histoire de sa liaison avec son ancienne infirmière et la macabre découverte qu'il venait de faire à Loupiac.

Pour en arriver à la question de Combes :

— A dix heures du soir ?

Bousquet parut choqué, comme s'il trouvait inélégant de parler d'horaire dans une occasion aussi tragique.

— Quand vous m'avez téléphoné à minuit pour l'angine de votre fille, en février dernier, je ne vous ai pas fait remarquer qu'il était bien tard pour une visite, objecta-t-il froidement.

— Parce qu'il y avait quelque chose à faire d'urgence. Pour ce qui est de mademoiselle Esquenoux, il n'y a plus rien à tenter. Je n'ai aucun moyen de la ressusciter...

— Je ne vous demande que de m'accompagner à Loupiac pour me servir de témoin, quand je découvrirai son suicide officiellement...

— Sans vouloir s'étonner de votre passage en pleine nuit, il paraîtrait tout à fait surprenant que je vous accompagne à Loupiac autrement qu'en plein jour.

C'était une réflexion sensée. Le docteur le comprit, mais ne sembla pas prêt à renoncer à convaincre le détective de prendre l'affaire en main.

— Nous pourrions au moins partir de bonne heure demain matin. J'ai l'excuse d'un accouchement dans le coin. Ma femme ne trouvera rien à y redire.

— Tu aurais bien le prétexte d'une entrevue à Figeac avec Berthier, dit Claire, du coin sombre où elle était restée silencieuse durant tout le récit de Bousquet.

Sans attendre la réaction de Joseph qu'elle prévoyait négative, elle se hâta d'expliquer :

— Voyez-vous, nous avons trop de travail ici pour nous deux, et nous ne voulons pas que les enfants soient mêlés à des enquêtes trop scabreuses. Un ancien gendarme de mon mari, retraité comme lui, a répondu à notre annonce et désire travailler avec nous. Joseph pourrait avoir profité de votre déplacement à proximité pour aller rencontrer ce futur employé, non ?

— Berthier n'est même pas prévenu d'un quelconque rendez-vous !

Presque hargneux, Combes ne paraissait pas disposé à s'engager dans une affaire commencée par un tel manquement à la légalité. Suivre le médecin à Loupiac signifierait être obligé de mentir sur l'heure de la découverte d'un cadavre.

— Le téléphone n'est pas fait pour les chiens. Je me charge d'appeler ton ex-gendarme à la première heure demain et de lui dire que tu l'attendras à onze heures à la gare de Figeac.

Joseph hocha la tête, avec une grimace qui pouvait passer pour une capitulation.

— Voilà pourquoi je regrette encore l'uniforme, gémit-il, plein d'amertume. Dans le civil, les femmes envoient leur époux au travail même s'il risque la prison !

— Vos craintes sont peut-être exagérées, sourit tristement le jeune médecin. Vous constaterez vous-même que je n'ai touché à rien au cours de ma si brève visite de tout à l'heure. Je peux tout à fait affirmer que je me suis heurté à une porte close et que ce silence m'a suffisamment inquiété pour que je décide de repasser demain matin afin de prendre des nouvelles de mon ancienne assistante. Je vous en prie, monsieur Combes, acceptez de me prendre comme client !

Joseph était manifestement de mauvaise humeur. Il n'aimait pas qu'on lui forçât la main. Son sens de l'honnêteté lui soufflait de refuser la manœuvre apparemment anodine que proposait le fils Bousquet, même si le personnage lui semblait de bonne foi et particulièrement bouleversé. Malheureusement pour sa tranquillité d'esprit, Claire avait entendu le récit des amours malheureuses du jeune couple et le romantisme de la chose l'avait évidemment conquise. Il était facile de prédire les réactions violentes de sa femme s'il répondait défavorablement. Comme pour emporter sa décision, Claire se matérialisa derrière le fauteuil de son mari et posa des mains apaisantes sur ses épaules.

— Je t'en prie moi aussi, chuchota-t-elle à son oreille avec une tendresse menaçante, fais au moins ce que le docteur te demande. Va à Loupiac avec lui. Tu verras bien ensuite si l'affaire vaut que tu t'en occupes.

Joseph hocha la tête, résigné et vaincu.

— Passez me prendre demain matin, dit-il froidement. Nous verrons comment les choses se présentent.

— Je serai devant votre porte à sept heures et demie, acquiesça François Bousquet avec un soupir de soulagement.

Son visage s'était éclairci, mais l'image dramatique du corps de sa maîtresse pendue n'allait pas rendre plus facile la nuit à venir.

Leur visiteur parti, les Combes s'attardèrent quelques minutes dans le bureau, dans un silence annonciateur de crise.

— Es-tu fâché ? demanda Claire enfin, d'une voix chargée de repentir, que peut-être elle ressentait réellement.

Joseph affecta de ranger quelques papiers dans un tiroir, avec une décontraction trop mal simulée pour tromper sa femme.

— Je ne vois pas pourquoi je me fâcherais, répondit-il fraîchement. Il est normal que tu m'encourages à travailler pour gagner le pain de la famille. Même si ce toubib dont l'histoire sonne faux veut se servir de moi pour maquiller les traces éventuelles de son passage de ce soir à Loupiac, au risque de me créer des ennuis avec la police ou la justice. Sois tranquille, je serai sur mes gardes, demain matin.

— J'en suis sûre, affirma d'un sourire tendre la manipulatrice. Et peut-être t'apercevras-tu que ce Bousquet t'a dit la vérité... Pourquoi aurait-il menti ?

— Pour faire confirmer sa mise en scène par un professionnel, si le suicide de son infirmière est en fait un assassinat.

Claire leva des sourcils étonnés à l'énoncé de ce soupçon si brutalement exprimé. Elle était horrifiée, sans oser le dire, de constater à quel point son Joseph mesuré et sensible était devenu méfiant et pessimiste, toujours prêt à attendre de ses interlocuteurs forfaitures et intentions malfaisantes.

— Je peux me tromper, bien sûr, jeta-t-il, lénifiant. En attendant, je monte me coucher, puisque je dois me réveiller tôt demain matin.

Sa femme ne fut pas dupe du sourire glacé qui accompagnait ce bonsoir. Un sourire de révolte et de défi.

Depuis la veille, le temps n'était pas devenu plus printanier. Uniformément gris sombre, les nuages bas crachaient par rafales de sinistres rideaux de pluie fine, qui transformaient en paysages lugubres les taillis encore effeuillés, révélés comme des fantômes en bordure d'une route désespérément vide. Le seul bruit qui régnait dans la voiture du docteur, heureusement confortable, était le ronronnement têtu du moteur, accompagné du couinement rythmé des essuie-glaces. Les deux hommes assis côte à côte sur les sièges avant n'avaient pas échangé trois mots depuis qu'ils avaient quitté Villefranche. Le visage fermé, Combes tournait la tête à chacun des nombreux virages vers François Bousquet, étudiant d'un œil aigu l'air crispé et la fébrilité manifeste du conducteur. Le corps penché vers son volant, celui-ci fixait le ruban noir et luisant qui défilait devant sa calandre comme s'il tirait sur un fil au bout duquel il savait devoir s'ouvrir la porte de l'angoisse.

Ils avaient dépassé Saint-Rémy, noyé à main gauche dans un fouillis humide d'arbres dépouillés, puis les bretelles menant à Villeneuve-d'Aveyron. Pour une fois, Combes tourna le regard vers sa droite, cherchant à repérer le village où avait commencé sa carrière de gendarme, trente ans auparavant. Un long chemin bordé de noyers semblait se perdre dans la pluie, à travers laquelle apparaissaient à peine les silhouettes trapues des maisons ramassées du bourg, ocre foncé sous des toits de fumée brouillardeuse.

Quand ils arrivèrent à l'embranchement de la petite route conduisant à Cénac, Combes rompit enfin le silence. Il avait conscience de la tension que devait supporter son voisin. Quitte à faire le pari de la bonne foi du jeune Bousquet, mieux valait essayer d'alléger l'atmosphère. Il allait falloir qu'ils puissent tous les deux jouer la surprise si le drame qui s'était déroulé chez Suzanne Esquenoux avait déjà été découvert.

— Etes-vous rentré chez vous sans problèmes, hier soir ?

— Pardon ! Que dites-vous ?

Le docteur jeta un coup d'œil surpris à son passager, comme s'il avait du mal à s'arracher à son cauchemar. Combes répéta sa question, sur le ton le plus anodin qu'il pût. Bousquet hocha la tête, image évidente de l'incertitude.

— Oui... Et non.

— Que voulez-vous dire ? Votre femme ?

— Non, non. De ce côté-là, rien à ajouter. J'ai seulement précisé que ma parturiente n'était pas encore prête, et que le travail ne se ferait pas avant la fin de la matinée, ce qui expliquait que je rentre passer la nuit chez moi. Juliette m'a même félicité d'être enfin raisonnable... Mais...

— Ah ah ! Il y a un mais. Quoi ?

— Ce n'est peut-être pas important. Un détail. Hier, j'avais emporté un petit cadeau pour Suzanne. C'était son anniversaire, vous comprenez. Juste une montre-bracelet. Un simple paquet avec un ruban de couleur. Je l'avais dans la main en entrant chez elle. Je ne l'ai pas retrouvé en revenant à Villefranche. Ni dans mes poches, ni dans la voiture... Je ne sais pas ce que j'en ai fait.

Le stupide imbécile ! Quel parfait inconscient ! Au bord de l'explosion, Combes réussit à serrer les dents sur sa rage, cramponné au tableau de bord ; il tenta de calmer sa respiration.

— Auriez-vous oublié votre cadeau aux pieds de votre maîtresse ? réussit-il à demander, dangereusement menaçant.

François Bousquet ralentit imperceptiblement et jeta un regard vers son passager.

— Je ne sais pas. C'est possible. J'ai reçu un tel choc ! Je ne l'ai pas retrouvé, voilà tout !

— Si je comprends bien, vous avez peut-être lâché votre paquet devant la porte d'entrée, avec une ficelle de couleur vive pour attirer l'attention ! Si quelqu'un est passé après vous chez mademoiselle Esquenoux, essayez d'imaginer les conséquences de votre oubli ! N'importe quel enquêteur remontera jusqu'au charmant docteur Bousquet et se demandera pourquoi vous n'avez pas signalé immédiatement votre macabre découverte.

Combes était visiblement furieux. Contre son client qui faisait preuve d'une naïveté inadmissible ; contre ce ciel d'avril qui charriait encore des giboulées de mars ; contre cette jeune fille inconnue qui avait été assez stupide pour se pendre ; et même contre cet animal de Berthier, dont la candidature avait servi de prétexte à Claire pour l'envoyer sur cette route désertique, sous une pluie battante ! La mauvaise foi indiscutable de cette dernière accusation l'arrêta tout net dans ses récriminations. En acceptant de suivre jusque-là son malheureux médecin de famille, il avait choisi son sort. Autant valait apporter dans l'aventure le maximum d'attention et de sens de la manœuvre.

— Ne cédez pas non plus à votre angoisse, dit-il, tout à fait calmé. Après tout, personne avec ce temps ne sera venu chez votre amie.

Bousquet hocha la tête encore une fois, désarçonné par les réactions imprévisibles de son compagnon.

— Je ne me fais pas trop de souci, admit-il au moment où sa voiture entamait la descente à travers Loupiac. Mais Suzanne était infirmière et avait donc des clients, qui ont pu avoir besoin d'elle pour une piqûre ou un pansement...

Combes ne releva pas. Le nez contre la vitre de droite, il refaisait connaissance avec le bourg, où il n'était pas revenu depuis plus de dix ans. Bizarrement, il se sentait en terrain hostile, peut-être parce qu'il pensait être en pleine illégalité. « Formulation de gendarme ! » se moqua au fond de son crâne l'image de Claire, qu'il salua d'un sourire muet involontaire.

Les volets des maisons étaient à peine ouverts, les rares boutiques encore fermées, le trottoir ruisselant désert. Le seul être vivant qu'ils rencontrèrent était un cycliste d'une trentaine d'années, trempé comme un barbet dans une méchante veste de jean, qui pédalait en danseuse en baissant le nez et ne leur accorda pas même un coup d'œil.

— Arrêtez-vous juste devant la porte, conseilla Joseph. Rappelez-vous que cette fois-ci notre visite doit paraître absolument normale.

3

Le beau Désiré, comme on appelait dans tout le canton de Capdenac l'aîné des petits-fils d'Antoine Esquenoux, passait d'habitude pour un joyeux trentenaire. Toujours célibataire malgré les nombreuses bonnes fortunes qu'on lui prêtait, il cultivait volontiers son personnage de fier-à-bras campagnard, auquel l'aisance de la famille conférait une sorte d'immunité. Il avait imposé aux six cousins et cousines de la tribu une organisation du travail qui lui laissait un rôle dominant. Les autres se chargeaient du labeur purement paysan de la propriété, cultures fourragères, fenaison, élevage du bétail, compliqué du gardiennage du troupeau, des vêlages, de la mise en condition des veaux, de la traite et de la fromagerie. Désiré s'était réservé le maquignonnage, qui lui permettait de sillonner la province, où sa faconde et son sens rustique des rapports humains faisaient merveille ; du foirail de Villeneuve à ceux de l'Aurillacois ou du Montalbanais, il passait pour le maître incontesté de la ferme Esquenoux, auquel on accordait respect et confiance, et à qui l'on pardonnait aisément ses familiarités un peu trop orientées vers la gaudriole. Après tout, on le savait riche et peut-être enfin prêt à prendre femme. Quand il arrivait au marché au volant de son camion plein d'animaux bien viandés, au poil lustré, on lui faisait fête.

En ce matin pluvieux du 5 avril, il était moins faraud en traversant Loupiac, trempé sur sa bicyclette. Depuis que sa cousine Suzanne s'était installée au bourg, dans la maison de sa mère, Désiré avait opté pour la discrétion, comme chaque fois qu'il fixait un but à sa fringale érotique. Cette pimbêche qui avait cru pouvoir, à force d'études éloignées de sa condition, regarder de haut les membres de son clan avait éveillé en lui un sentiment nouveau. Elle n'était certes pas belle fille, selon les canons locaux, mais elle avait su acquérir une allure de citadine, une aisance et un maintien de professionnelle qui suscitaient chez lui une envie, plus cérébrale que physique, de dominer et de dresser la renégate. Malheureusement, dès ses premières visites, sa cousine s'était montrée peu impressionnée par ses airs de tranche-montagne et par son physique avantageux. De l'état de séducteur sûr de lui, il était insensiblement passé à celui de soupirant résolu à la patience. De semaine en semaine, il avait cherché à amadouer la glaciale Suzanne, en lui faisant livrer du bois pour l'hiver, en lui apportant un lièvre tué à la chasse ou une bouteille de la piquette récoltée dans le bout de vigne que la famille entretenait au revers des collines au pied de Capdenac.

L'infirmière en semi-disponibilité avait accueilli ces attentions avec son habituelle réserve. Sans paraître se rendre compte des intentions pourtant évidentes du chef de tribu. A peine avait-elle daigné le recevoir avec ce qui ressemblait à de l'amabilité ; celle qu'une égale peut manifester à son égal.

Désiré avait cru alors qu'il avait partie gagnée. Il s'était laissé aller à déclarer ses sentiments, avec une franchise dont il n'était pas coutumier.

« Si tu veux bien rester mon ami, lui avait répondu Suzanne avec un sourire triste, ne parle plus jamais d'amour entre nous. D'abord parce que nous sommes cousins germains et que c'est défendu... »

Désiré était un amoureux vorace qui ne s'était pas soucié beaucoup jusqu'alors d'une quelconque parenté avec les filles qu'il avait conquises. Persuadé qu'il s'agissait là de l'ultime défense de son gibier, il avait voulu insister, avec des arguments auxquels elles ne résistaient pas, bras enveloppant, voix rauque, promesses d'avenir. Mais malgré ses tentatives de romantisme passionnées, ou peut-être à cause de ses regards mouillés qui juraient avec sa carnation de sanguin, et de ses lèvres quêteuses qui fleuraient une lointaine odeur de vin rouge, sa proie s'était violemment écartée.

« Je t'ai demandé de me laisser tranquille. Puisque tu veux tout savoir, j'aime quelqu'un d'autre, à cause de qui j'ai quitté mon travail à Villefranche, et qui vient quand même me voir ici. »

Cette scène s'était passée en février. Depuis deux mois Désiré était transformé. D'autoritaire, son caractère était devenu ombrageux. Son désir impérieux avait fait place à une obsession, mêlée à une jalousie féroce envers ce rival inconnu. Il avait continué ses visites à Suzanne, jouant la compréhension attristée, prêt à recevoir toutes les confidences sur la liaison de sa cousine avec cet homme qui la rendait si malheureuse. Tout juste avait-il obtenu son nom, et appris qu'il était médecin à Villefranche. Un soir, même, embusqué à quelques dizaines de mètres de la maison de sa cousine, silhouette penchée en dépannage de bicyclette, il avait vu, à la lumière du lampadaire, au-dessus du perron de trois marches, un grand flandrin en pardessus sombre sortir d'une limousine stoppée au bord de la route, venir jusqu'à la porte et l'ouvrir avec une clé, comme un intime.

Ce soir-là, Désiré Esquenoux avait dû lutter contre une envie impérieuse d'en finir une fois pour toutes avec l'ennemi de sa passion et de son orgueil. Seule sa prudence paysanne l'avait empêché de faire un éclat. Mais, de ce moment, il s'était promis de régler à son avantage cette situation qu'il trouvait déshonorante !

Quelque solution que sa cousine pût choisir, il décida que tous les moyens seraient bons pour séparer les tourtereaux et perdre, au moins de réputation, ce freluquet de médicastre. Et voilà qu'enfin sa patience avait eu raison. Plié sous l'averse, il exultait malgré son chagrin au moment de croiser cette limousine qui descendait vers lui et qu'il avait si bien reconnue. Ce Bousquet de malheur venait se jeter dans la gueule du loup. En arrivant à sa hauteur, la voiture traversa une flaque et une gerbe d'eau froide gifla ce cycliste apparemment pressé.

— Fils de pute ! cracha Désiré penché sur son guidon. Espère un peu que j'arrive à temps !

Juliette Bousquet, depuis qu'elle habitait Villefranche, avait rompu avec ses habitudes d'étudiante parisienne peu assidue aux cours. Elle s'était facilement muée en bourgeoise de province et savait jouir avec une modestie de bon aloi des avantages de sa position ; vaste, vieille et solide maison en plein centre-ville, époux considéré malgré son jeune âge et reconnu pour ses qualités professionnelles, train de vie extrêmement confortable, relations suivies avec le gratin local, elle menait une existence apparemment sans histoire ; elle ne semblait se préoccuper que de l'éducation de son fils, enfant blond et joufflu de deux ans, qui s'affirmait de mois en mois la coqueluche des jeunes femmes de la bonne société.

La seule ombre à ce tableau presque idyllique était l'exaspérant emploi du temps de François, qui déséquilibrait ses plans de table quand elle recevait à dîner. Et si les absences de son mari faisaient jaser, elle y gagnait ce genre de considérations hypocrites sur l'universalité et la permanence des mœurs masculines dissolues :

« Ma pôvre Juliette, lui disaient ses meilleures amies, ne cherchez jamais la petite bête. Les hommes sont comme ça. Si je vous racontais tout ce que le mien m'a fait subir depuis que je le connais !... »

Juliette semblait se satisfaire d'être ainsi intégrée dans la cohorte des femmes trompées, encore qu'elle n'ait pas, depuis son arrivée à Villefranche et la mort de son beau-père, ouvertement admis que son mari eût une maîtresse. Cette société provinciale, remarquablement armée en qualités d'enquêteuses, n'avait besoin d'aucune confirmation. Les victimes y gagnaient une auréole de savoir-vivre résigné synonyme de bonne éducation.

En ce matin triste de début avril, la jeune épouse du docteur Bousquet était d'humeur maussade. Le retour tardif de François la veille au soir, l'air embarrassé avec lequel il l'avait expliqué et son annonce d'un nouveau départ matinal avaient gâché son sommeil. Elle avait cru n'avoir plus rien à découvrir de sa liaison avec cette infirmière, mais ces allées et venues, à destination d'un secteur où elle ne connaissait aucun client du cabinet, paraissaient révélatrices de nouveaux développements qui ne lui plaisaient pas.

Il n'était pas huit heures quand elle se leva. Piquée sur une chaise devant sa coiffeuse, vivante image de l'indécision, elle étudia d'un œil critique le désordre de ses cheveux blonds, longs et raides, puis les imperfections de son visage, qu'elle entretenait pourtant avec des soins de mannequin ; ses cils n'étaient pas assez touffus pour donner du caractère à son regard, plus transparent que clair ; son teint la satisfaisait davantage, mêlant avec délicatesse un hâle artificiel de lampe à bronzer à la carnation d'une fille de la terre.

Elle inspecta soigneusement ses lèvres, trop étroites à son goût, et son menton trop rond ; elle avait lu dans un magazine que les femmes qui souffraient de ce défaut dans leur jeunesse avaient à craindre, l'âge venant, un alourdissement disgracieux qu'elle était bien décidée à combattre. Elle tapota machinalement la naissance à peine perceptible de ses premières rides, au bord des ailes d'un nez délicat dont elle était fière. Puis elle s'appuya au dossier de sa chaise et s'adressa dans son miroir un sourire somme toute appréciateur. Elle se sentait tout à fait apte à tenir son rôle dans la jungle locale, quels que soient les frasques et les scandales offerts par François à la rumeur publique.

Au moment où elle allait appeler Louisette, la petite bonne étonnamment docile qu'elle éduquait à la dure depuis près d'un an, pour lui réclamer son thé du matin, le téléphone sonna sur la table de chevet.

Avec un soupir excédé, Juliette retourna s'asseoir sur son lit et décrocha l'appareil. La voix de sergent-major de Jeanne Bouttu, l'infirmière qui avait remplacé cette peste d'Esquenoux voilà six mois, résonna dans l'écouteur, charriant autant de cailloux qu'un torrent de montagne.

— Madame Bousquet ? Le docteur est-il avec vous ?

— Ma pauvre Bouttu, vous savez bien que le docteur n'est jamais en haut à cette heure-ci ! Il est parti voilà une heure pour un accouchement du côté de Capdenac.

— Ah ! Je n'étais pas au courant !

— Que voulez-vous, il ne nous dit pas tout, à l'une comme à l'autre, plaisanta aigrement Juliette.

Mademoiselle Jeanne, robuste quinquagénaire légèrement moustachue, ne paraissait pas disposée à discuter avec l'épouse de son employeur des défauts de celui-ci. Elle avait eu le temps d'apprécier les qualités du médecin et de juger le caractère de sa moitié, qu'elle trouvait antipathique, frivole et méprisante. Mais, si elle refusait de prendre parti dans ce marécage familial, elle était femme de devoir.

— Tout de même, insista-t-elle, j'ai en ligne un homme qui veut parler à monsieur ou madame Bousquet et qui ne m'a pas dit son nom. Dois-je vous le passer quand même ?

— Evidemment ! C'est peut-être urgent ! Branchez mon poste sur l'extérieur, s'énerva Juliette, avant d'ajouter méchamment : Et je vous prie de ne pas écouter la communication !

Le combiné collé à l'oreille, elle entendit l'exclamation indignée de la Bouttu, puis le claquement du commutateur manipulé un étage en dessous, au secrétariat, et un bruit de fond, chuchotant comme le vent sur une plage, coupé de « Allô » réguliers prononcés par une voix masculine excitée.

— Ici madame Bousquet, dit-elle seulement. De quoi s'agit-il ?

La communication ne dura pas deux minutes et elle fut à sens unique, la jeune femme se contentant d'écouter. A peine, avant de reposer le combiné, jeta-t-elle un commentaire qui ressemblait plus à un ordre qu'à une prière :

— Très bien ! Mais je ne pourrai pas vous rencontrer avant deux ou trois jours. Attendez que je vous contacte.

Sa mauvaise humeur avait disparu. Souriante, son déshabillé de nylon flottant autour des mollets, elle esquissa quelques pas de danse jusqu'à la porte, qu'elle ouvrit à la volée, et cria à la cantonade pour appeler Louisette.

4

Le docteur, suivi de Combes, galopa sous la pluie jusqu'au minuscule perron. A peine dix foulées d'herbe mal rasée, qui suffirent à mouiller leurs chaussures de ville. Nu-tête, le visage trempé, ils se serrèrent sur la plus haute marche, collés contre le bois de la porte close. A le regarder de si près, Bousquet paraissait tétanisé, manifestement incapable d'un effort supplémentaire.

— Alors quoi ? le bouscula l'ancien gendarme. Nous n'allons pas rester là, sous cette averse, jusqu'à ce que quelqu'un nous remarque. Conduisez-vous normalement. Tapez à la porte, comme d'habitude !

— Personne ne va ouvrir, souffla péniblement le médecin.

— Espérons-le ! Mais ça expliquera que vous utilisiez ensuite vos clés. S'il y a quelqu'un à l'intérieur, dites que vous voulez souhaiter un bon anniversaire à votre ancienne infirmière en lui laissant un petit mot. Au fait, avez-vous aperçu votre cadeau dans l'herbe en venant ?

— Je n'ai pas regardé, balbutia François. Je n'avais pas la tête à ça.

Combes se retint de manifester son énervement. Son client était au bord de la rupture. Il lui serra le coude avec une fermeté presque féroce.

— Nom d'un chien, grogna-t-il, dans votre métier vous ne devriez pas avoir peur de rencontrer un cadavre. Du courage !

Il se sentait lui-même inquiet de faire équipe avec un tel froussard ; il s'en voulait de s'être lancé dans cette aventure pour éviter une scène avec sa chère Claire, que le diable l'emporte ! Sa colère monta d'un cran lorsque, en piétinant sur la marche de béton, il sentit que sa chaussette droite jouait les éponges humides et froides autour de ses orteils. Encore un mauvais point pour sa femme, qui avait oublié de faire ressemeler ses mocassins ! Près de lui, après avoir tripoté la serrure, son compagnon s'était redressé et le fixait d'un regard angoissé.

— Allons-y, poussez cette porte !

Ils se glissèrent l'un derrière l'autre par l'entrebâillement et Joseph buta contre le dos du docteur, une nouvelle fois raidi en statue de sel.

— Seigneur ! gémit François Bousquet. Quelqu'un est venu depuis hier soir !

C'était l'évidence même, si l'on ajoutait foi à son récit de la veille. Au crochet du plafond, l'ampoule, que prétendait avoir éteinte le médecin en s'enfuyant, étincelait de tous ses feux sans qu'il ait appuyé sur l'interrupteur. Tranché au couteau, un bon mètre de corde de chanvre neuve pendait plus bas que le fil électrique. Sur le carrelage de dalles jaunes, devant eux, le corps d'une femme était allongé, ses pieds nus dirigés vers l'entrée. A première vue, elle semblait dormir, abandonnée dans une robe de cotonnade grise. Celui ou celle qui l'avait posée là avait pieusement joint ses mains sur son estomac mais n'avait pas poussé la charité jusqu'à desserrer le nœud coulant qui lui faisait un collier anormalement clair, soulignant le teint bleui par la cyanose. La chevelure à demi dénouée, les yeux ouverts exorbités, la bouche béante et les lèvres retroussées en rictus sur des dents parfaites paraissaient confirmer l'hypothèse du suicide par pendaison.

Les deux hommes restèrent un instant figés devant le spectacle. Moins d'une minute, lugubres et muets, avant que Combes ne remarquât d'une voix sourde :

— Elle n'avait pas la bonne technique, la malheureuse ! Ce n'est pas le nœud coulant qui lui a brisé le cou mais la corde qui l'a étouffée lentement ; regardez les meurtrissures et les éraflures de la peau sous le menton. Sa mort n'a pas été facile.

Quand François Bousquet s'agenouilla à la tête de Suzanne, hoquetant, et tendit les mains vers ce visage supplicié, Joseph fit un pas de plus et posa une main brutale sur l'épaule de ce trop sensible homme de l'art.

— Ne touchez à rien, dit-il sèchement. Essayez plutôt de retrouver votre paquet-cadeau dans ce vestibule. Et dites-moi où je peux dénicher un téléphone. Votre infirmière en avait sûrement un quelque part.

Le médecin leva vers Combes un visage hagard. Son menton tremblait.

— La porte en face de vous, souffla-t-il. C'était son bureau. Qui voulez-vous appeler ?

— Je pense que nous venons de faire ce que vous souhaitiez hier soir, découvrir un cadavre. Il me paraît urgent de prévenir la gendarmerie. Et n'oubliez pas !

Quand on vous interrogera, dites que nous l'avons trouvée ainsi, couchée sur le dallage. N'allez pas raconter que vous l'avez vue accrochée à cette corde !

Le bureau de mademoiselle Esquenoux était d'une austérité d'ermite. Deux chaises à siège paillé, une table métallique à examens ou pansements, une haute armoire à médicaments et accessoires, dont la vitre n'avait pas été refermée, et le modèle le plus rustique de bureau de tôle grise, sur la surface duquel était posé l'appareil téléphonique, à côté d'une mince liasse de feuilles de papier.

D'un coup d'œil, sous l'éclairage de l'ampoule de plafond, déjà allumée comme celle de l'entrée, Combes avait enregistré la propreté du décor et sa rigueur de clinique ; la maîtresse des lieux n'avait visiblement pas cherché à donner une touche personnelle à cette pièce destinée à traiter sa clientèle. Il referma la porte derrière lui, laissant le docteur Bousquet à sa contemplation désolée de la morte. Il marcha jusqu'au téléphone, décrocha le combiné et poussa un soupir de soulagement en entendant la tonalité. Dieu merci ! Celui ou celle qui avait dépendu le cadavre n'avait pas eu d'intentions malveillantes et n'avait pas coupé les fils.

Une fesse posée sur le coin du bureau, Joseph composa le numéro de son domicile à Villefranche. Maintenant que l'aventure était commencée, toutes ses bonnes raisons de refuser cette nouvelle affaire s'étaient envolées. Il ne réfléchissait même pas, pas encore, au rôle qu'avait pu tenir son compagnon d'équipée dans toute cette mise en scène. Il avait seulement saisi que le temps jouait contre lui, et il s'impatientait de la lenteur de Claire à lui répondre. Enfin la voix enjouée, inexplicablement rassurante, chantonna à son oreille :

— Ici l'agence Combes et compagnie, à votre service. Que...

— C'est moi, Joseph, coupa-t-il. Ecoute bien, je dois faire vite. Je suis à Loupiac. Nous avons trouvé l'infirmière morte mais dépendue et je vais appeler la gendarmerie comme il se doit. J'imagine qu'ils vont nous poser pas mal de questions quand ils arriveront et que je ne pourrai pas voir Berthier ce matin. Téléphone-lui pour décommander notre rendez-vous. Rappelle-toi, si on te contacte, que c'était pour le voir que j'ai entrepris ce déplacement avec Bousquet. A ce soir, j'espère.

En raccrochant il eut juste le temps de saisir l'exclamation de sa femme :

— Bravo, mon chéri !

A peine se demanda-t-il si elle se réjouissait de cette découverte sans témoin, sans plus se soucier du sort tragique de la victime, ou si elle était seulement soulagée de le croire à l'abri des complications redoutées. Il fut tenté de maudire ce métier, auquel il avait depuis sa retraite trop associé sa joyeuse et tendre Claire, au point de refroidir ses élans de pitié. Il hocha la tête, conscient que les années portaient Claire à s'endurcir alors qu'elles le rendaient lui-même plus émotif. C'était une transformation désagréable à constater, surtout au début d'une enquête imprévisible. En se traitant d'imbécile, il se rappela une phrase qu'il avait serinée lors de l'ouverture de leur agence d'enquêtes privées, moins d'un an auparavant :

« Le boulot d'un garde-chasse, c'est d'attraper le braconnier, pas d'ensevelir pieusement la biche abattue en fraude ! »

Il n'était plus aussi catégorique, voilà tout ! Il fit le tour du bureau, s'assit avec détermination sur la chaise de la maîtresse des lieux, feuilleta distraitement quelques-uns des papiers posés devant lui et appela la gendarmerie..

— Brigade de gendarmerie de Capdenac. Gendarme Couderc, de permanence. J'écoute ?

La voix du gendarme Couderc lui rendit le tonus des années lointaines passées sous l'uniforme. Elle sonnait clair et peut-être son accent lui donnait-il une tonalité aimable, comme si le permanencier était content d'être dérangé par cet appel.

Combes s'était préparé à son rôle de découvreur de cadavre ; il savait d'expérience que la netteté et la brièveté de son compte rendu pourraient avoir une influence certaine sur l'état d'esprit de ses confrères de la maréchaussée quand ils commenceraient leur enquête. Il se présenta comme un ancien de la maison, mentionna rapidement son rendez-vous à Figeac, auquel son ami le docteur Bousquet avait accepté de l'emmener avant d'aller visiter un malade, et annonça tout uniment qu'au cours de la halte de politesse que le médecin avait voulu faire chez son ancienne infirmière, ils avaient ensemble découvert le cadavre de celle-ci...

— On pourrait croire à un suicide, se décida-t-il à commenter, mais quelqu'un l'a dépendue.

— Il s'agit de Suzanne Esquenoux ? coupa la voix excitée du gendarme Couderc. Première maison à gauche en entrant à Loupiac, en venant de chez nous ? Ne bougez pas, et inutile de vous dire de ne toucher à rien. C'est son cousin Désiré qui a coupé la corde. Il vient de nous avertir, il y a à peine cinq minutes. Le chef Casterrat part à l'instant. Il sera sur place dans un petit quart d'heure. La femme est bien morte ?

— Elle est totalement froide, rectifia Combes en raccrochant.

Les sourcils froncés, il perdit quelques secondes à tenter de se remémorer le chef Casterrat. Un souvenir commun pourrait rendre les premiers rapports plus urbains, voire amicaux... Hélas il semblait que ce chef de brigade n'avait jamais croisé sa route. Dépité, il baissa les yeux sur les feuilles de papier qu'il froissait du coude et sursauta, le regard rivé à la première de la liasse.

« Pauvre idiote, tu ne sais donc pas que ton docteur chéri file le parfait amour avec Isabelle Rinquet, à Villefranche ? Ils doivent bien rire ensemble de l'infirmière campagnarde qui s'imagine avoir rencontré le grand idéal ! »

Mal alignés, les mots et les lettres découpés dans du papier journal étaient soigneusement collés au centre de la feuille.

Abasourdi, il la souleva d'un doigt, subitement excité. Les pages suivantes étaient du même acabit. « Tu sais bien que tu n'es pas du même monde... La jeune Rinquet est plus belle que toi et autrement plus experte en amour, à voir comme ton toubib la poursuit... Les tourtereaux se retrouvent trois fois par semaine avec ardeur pour des jeux que tu ne sais pas pratiquer !... »

Tous les textes étaient de la même facture et sautaient aux yeux, mis en page avec attention.

Une minute à peine, Combes baissa la tête vers ces messages non signés et les étudia rapidement. Les feuillets étaient lisses et propres, tout juste marqués par les plis de la mise dans une enveloppe. Aucune trace des doigts qui les avaient tripotés, aucune marque de froissements irrités, aucune auréole causée par les larmes qu'avait pu laisser couler la destinatrice. Indéniablement, pourtant, ces lettres anonymes pouvaient avoir poussé la jalouse infirmière à se suicider.

Joseph en était là de ses constatations quand la porte s'ouvrit sur François Bousquet. Le docteur semblait, malgré son air inquiet, avoir retrouvé un maintien convenable. Une main sur la poignée de la porte, il leva l'autre vers Combes avec un pauvre sourire :

— J'ai retrouvé mon paquet. Quelqu'un l'avait glissé sous les mains de Suzanne !

— Crénom ! Vous avez failli me faire peur, dit le détective.

Surpris, il n'avait pu maîtriser un réflexe de coupable. Comme un enfant dissimulant une revue interdite, il avait commencé à replier les quatre ou cinq torchons étalés à côté du téléphone. Se forçant à l'impassibilité, il continua son geste et introduisit son butin dans la poche intérieure de son imperméable.

— J'ai noté quelques réflexions que je ne tiens pas à communiquer aux enquêteurs officiels, jeta-t-il en guise d'explication, en souhaitant que son compagnon ne posât pas de questions.

Il serait toujours temps, plus tard, d'aborder avec ce don Juan la question « Isabelle Rinquet ».

Il se releva et repoussa Bousquet dans l'entrée.

— Nous ressortons, commanda-t-il. Tant pis pour la pluie, mais il vaut mieux que nous attendions ces messieurs dehors.

— Vous avez téléphoné à la gendarmerie ?

— C'était ce que vous désiriez, n'est-ce pas ? Je n'ai pas eu besoin de trop parler. Ils étaient déjà prévenus par le cousin de la victime ; c'est lui qui a coupé la corde. Ils vont arriver dans cinq minutes.

A l'extérieur, un crachin froid continuait à grésiller sur la carrosserie de la voiture du médecin. Mains aux poches et dos voûté, les deux hommes, côte à côte, firent face à la route, silencieux.

5

Comme si le ciel avait décidé de se montrer favorable aux deux Villefranchois, à l'instant même où la petite Renault bleu marine de la gendarmerie, au mépris du code de la route, traversait la chaussée pour venir stopper deux mètres devant le capot de la limousine grise du docteur Bousquet, la pluie s'arrêta. Du moins Combes vit-il dans ce caprice météorologique un clin d'œil du Tout-Puissant. Il savait qu'un temps de chien risquait d'accroître la mauvaise humeur de fonctionnaires dérangés dans leur routine pour faire face au débotté à une situation dramatique. Du haut de sa marche, il regarda débarquer les occupants de la voiture bleue.

Sanglé dans un uniforme impeccable, maigre et haut comme un échalas, le visage aigu et le regard fixé sur les deux hommes debout sur le petit perron, le premier d'entre eux arborait trois galons de maréchal des logis-chef. Sans doute le nommé Casterrat annoncé par le permanencier de Capdenac. Un parfait inconnu. Il avait l'air attentif, impassible et plutôt sûr de lui. Un loup de la jeune génération, songea Combes, sourire de politesse aux lèvres. Un garçon bien dressé et peu crédule !

Il descendit jusqu'à l'herbe mouillée et s'avança vers le gradé, ignorant sa chaussure qui prenait l'eau.

— Je m'appelle Joseph Combes, se présenta-t-il en s'inclinant imperceptiblement. C'est moi qui ai téléphoné il y a un quart d'heure à votre gendarme Couderc, pour le prévenir de la présence dans cette maison du cadavre de mademoiselle Esquenoux, ancienne infirmière du docteur Bousquet, que voici.

— Casterrat, dit le gendarme en portant à la visière de son képi une paume réglementaire. Vous êtes le célèbre Joseph Combes, l'ancien, le modèle de notre gendarmerie aveyronnaise ? J'ignorais que vous alliez être mêlé à cette affaire. C'est un honneur pour moi de vous rencontrer !

— Oh ! dit Joseph modestement, j'aurais préféré faire votre connaissance dans une circonstance moins tragique. Je me serais bien passé de demander à mon ami le docteur Bousquet de me véhiculer jusqu'à Figeac où je devais renouer avec un retraité de notre arme, qui a servi sous mes ordres à Villefranche autrefois.

— Croyez, cher ami, que je regrette d'avoir eu l'idée de m'arrêter chez mademoiselle Esquenoux en vous entraînant dans cette sinistre aventure.

Combes tourna la tête vers François Bousquet, qui s'était avancé à son tour. Finalement, ce client inquiétant tenait correctement son rôle de témoin malheureux. Le visage était celui d'un homme choqué, mais c'était normal dans pareille situation. Le ton était chagriné mais ferme ; le maintien ne portait plus trace de l'abattement désespéré étalé une demi-heure plus tôt. Ce garçon avait plus de ressources que prévu. Il méritait des félicitations.

Le chef Casterrat salua de nouveau, cette fois sans sourire, et s'adressa à ce nouvel interlocuteur avec une froideur toute professionnelle :

— Comment êtes-vous entré dans cette maison ?

— Tout simplement avec une clé, que m'avait donnée mon infirmière en quittant mon cabinet, il y a six mois. Nous étions bons amis, vous savez, après trois ans de travail en commun.

Casterrat secoua la tête.

— Etes-vous entrés ensemble, monsieur Combes et vous ?

— Oui ! Nous étions pressés et il pleuvait.

— Qu'avez-vous fait ensuite ?

— Je crois bien, hasarda le médecin, que nous sommes restés tous les deux muets et horrifiés à la vue du cadavre étalé à nos pieds. Deux bonnes minutes à peu près. Puis Combes m'a demandé où il trouverait un téléphone pour vous appeler, il est passé dans le bureau de Suzanne et je me suis penché sur le corps. Réflexe professionnel, vague tentative de diagnostic...

De plus en plus admiratif devant la résurrection de son client, Joseph essayait de ne laisser voir que son attention, prêt à ajouter un détail s'il arrivait à son compagnon d'en oublier. Mais le chef Casterrat n'en avait pas fini avec ce premier témoin.

— J'espère que vous n'avez pas touché ou déplacé la victime, reprocha-t-il sévèrement.

— Non, bien sûr. J'ai seulement soulevé une de ses mains pour apprécier la rigueur cadavérique en tâtant les phalanges. C'est tout.

— Bon. Le médecin légiste nous communiquera

son appréciation sur l'heure du décès ; mais pourriez-vous me faire part de la vôtre, docteur ?

Le jeune Bousquet perdit subitement son air flegmatique. Le regard voilé, à voix plus basse, il tenta de justifier cette défaillance :

— Eh bien, j'avoue que j'étais troublé au contact de cette main. On dit toujours que les médecins répugnent à soigner ou à opérer leurs proches et je l'ai particulièrement ressenti à ce moment-là. Ajoutez que c'était un examen très empirique et superficiel. Je ne peux vous donner qu'un horaire très approximatif...

— C'est-à-dire ?

— Oh ! La mort a dû se produire entre dix et quatorze heures dans la journée d'hier...

Mains croisées dans le dos, l'inquisiteur leva le menton vers le ciel encore clément, comme pour rechercher des traces du temps qu'il avait fait la veille...

— Hier, il a plu quasiment toute la journée et nous avons eu une nuit plutôt fraîche. En avez-vous tenu compte dans vos estimations ?

Combes en eut subitement assez de cette technique de déstabilisation, qu'il connaissait depuis trente ans pour l'avoir prônée auprès de tous ses subordonnés. Sans but précis, simplement pour étaler son autorité, Casterrat cherchait la petite bête. Combes n'était pas lui-même persuadé que François Bousquet n'avait rien à se reprocher, mais la contemplation, exactement à hauteur de ses yeux, du long et maigre cou du gradé, gonflé de satisfaction, le mettait en rage au moins autant que sa propre chaussette à nouveau trempée.

— Je crois, contre-attaqua-t-il, que le docteur vous a précisé dans quelles conditions d'émotion, de rapidité et d'absence de moyens il a été obligé d'examiner ce cadavre. Je pense que vous obtiendrez une fourchette plus précise de votre médecin légiste.

Sans doute alerté par le ton rugueux de cet ancien acariâtre, Casterrat grommela quelques « bien sûr, bien sûr », baissa la tête et se retint de sourire, en notant que monsieur Combes le fixait d'un œil glacé.

— Mais oui, mon adjudant-chef. Veuillez pardonner mon insistance si elle vous a paru déplacée. Je souhaitais uniquement me faire une idée du scénario possible de cette malheureuse histoire...

— Eh bien, dit Combes toujours aussi roide, pour répondre aux questions que vous ne m'avez pas encore posées, je vous avouerai que je suis entré dans le bureau de mademoiselle Esquenoux pour vous prévenir. La lumière étant toujours allumée, je n'ai touché qu'une chaise, sur laquelle je me suis assis, et le combiné téléphonique pour appeler d'abord ma femme à Villefranche, puis votre permanencier à Capdenac. Il m'a annoncé que vous étiez déjà au courant et que vous arriviez. Je suis ressorti du bureau et j'ai récupéré le docteur Bousquet pour venir vous attendre sur le perron. C'est tout.

Si Claire avait été présente, elle aurait remarqué, à son visage blanc de craie, que son Joseph avait grand mal à contenir sa colère. Il ne supportait pas d'avoir à justifier ses faits et gestes. Le chef de brigade de Capdenac ne le connaissait pas, mais avait entendu raconter combien cet ancien confrère, réputé dans tout le département, pouvait être agressif et tenace. Mieux valait ne pas s'en faire un ennemi. Décidé à émousser ses pointes, il osa tout de même demander :

— Votre appel à madame Combes, c'était pour lui annoncer ce suicide ? Elle connaissait peut-être l'infirmière de monsieur Bousquet ?

— Non. C'était seulement pour lui demander d'annuler mon rendez-vous avec Berthier, auquel je craignais de ne pouvoir me rendre à temps.

Casterrat digéra la précision et loucha sur son bracelet-montre.

— Il n'est même pas dix heures, dit-il aussi aimablement qu'il le put. Peut-être arriverez-vous quand même assez tôt à Figeac. Je vous demanderai de venir avec le docteur à mon bureau demain matin pour signer vos dépositions.

Pour faire bonne mesure, il suivit poliment ses deux témoins, qui s'étaient mis en marche vers la limousine grise, à dix pas de là. Il se pencha pour les regarder s'installer, avec un sourire plein de considération. Les deux pandores de son escorte, debout de part et d'autre de la Renault bleue, regardaient la scène avec une impassibilité de sentinelles prussiennes qui pouvait laisser supposer que la brigade de Capdenac vivait sous le régime d'un règlement de fer.

— Brrr ! souffla le docteur Bousquet en actionnant le démarreur.

Un index comminatoire toqué contre la vitre interrompit leur élan. Le moteur cala. Combes tourna sa manivelle pour ouvrir sa fenêtre devant le visage désolé du maréchal des logis-chef.

— Pardonnez-moi, dit celui-ci, j'ai oublié de demander sa clé au docteur. Je voudrais tout de même entrer, pour me livrer à quelques constatations indispensables.

— J'ai laissé la clé sur la serrure, dit le conducteur. Pouvons-nous partir ?

Redressé, le visage froid et la main au képi, Casterrat regarda, jusqu'à ce qu'elle disparaisse au bout de la ligne droite, cette voiture qui emmenait un couple d'amis aussi peu assortis que ce médecin émotif et ce retraité atrabilaire.

D'un commun accord, les deux Villefranchois avaient décidé de négliger le crochet par la gare de Figeac. Combes parce qu'il savait que Berthier, après avoir été décommandé par Claire, n'était pas homme à traîner par mauvais temps dans ce quartier désert. Bousquet parce que la première moitié de cette matinée, visite à Suzanne et premier entretien avec la gendarmerie, avait été particulièrement éprouvante pour ses nerfs. Ils étaient donc descendus jusqu'au vieux pont sur le Célé et s'étaient réfugiés, moroses, dans un café paisible, à l'abri d'une large baie vitrée qui donnait sur les platanes, gris et sans feuilles encore, de l'avenue qui bordait la rivière. Derrière un bar en formica, un serveur nonchalant se croisait les bras en épluchant la rubrique Cinéma du journal local. Au fond de la salle, devant un panneau d'affiches périmées annonçant de vieilles rencontres sportives, trois jouvenceaux qui ne se rasaient pas encore, en jeans effrangés et blousons crasseux, tentaient de se donner des airs d'affranchis post-scolaires, le nez sur un verre poisseux qui sentait l'anisette. A l'entrée des deux nouveaux clients, tous quatre avaient levé les yeux pour jauger les arrivants, qui ne leur avaient pas semblé, par leur âge et par leur tenue bourgeoise, mériter davantage d'intérêt. Volume heureusement discret, un juke-box modulait les étonnements d'un Mike Brant sentimental, qui constatait : « C'est comme ça que je t'aime, que je t'aime ! Que je t'aime, que je t'aime... »

« Pardonnez-moi, avait dit François Bousquet. Nous aurions peut-être dû aller ailleurs. Cette ambiance...

— Nous serons au calme pour parler un peu, avait coupé Combes. Commandez-nous donc quelque chose de chaud, qui nous fasse oublier l'accueil réfrigérant du chef Casterrat. »

D'un pas glissant dans ses espadrilles grisâtres, le barman leur avait apporté avant de repartir à sa lecture les Viandox demandés, dans de hautes tasses fumantes de porcelaine blanche accompagnées de l'inévitable dispensateur de sel de céleri.

— Je tiens d'abord, déclara solennellement le docteur, à vous remercier de m'avoir si bien soutenu ce matin. Vous avez parfaitement fait ce que je vous avais demandé hier soir. Je pense que je suis tiré d'affaire, maintenant !

Combes secoua le sel de céleri au-dessus de son breuvage et regarda le naïf avec gravité.

— Hier, j'ai accepté de vous rendre un service. Aujourd'hui je vous adjure d'être mon client. Votre affaire se présente plus mal que vous ne le pensez. J'ai eu le temps d'étudier votre comportement et vos réactions ; je vous crois incapable d'avoir voulu du mal à votre ancienne maîtresse. Mais le chef Casterrat n'est sûrement pas un imbécile. Je soupçonne fort le cousin qui a coupé la corde d'avoir déposé dans la maison des indices prouvant que vous y êtes venu auparavant. C'est certainement lui qui a retrouvé votre cadeau et l'a mis dans les mains de la morte. S'il en parle aux gendarmes, il vous faudra expliquer pourquoi ce paquet n'est plus là... Quand avez-vous acheté cette montre ?

— Hier matin, vers onze heures, souffla Bousquet.

— Vous n'avez donc pas pu l'apporter à Loupiac au cours d'une visite précédente. Deuxièmement, je reste très surpris du suicide de mademoiselle Esquenoux, quelles que soient les raisons qui l'y aient poussée. J'ai remarqué quelques détails surprenants. Où est passé le lustre que vous m'avez décrit ? Où a-t-elle acheté cette corde neuve ? Comment a-t-elle réussi à se pendre et à ranger ensuite, dans une autre pièce apparemment, l'échelle ou l'escabeau qui lui a servi à accrocher la corde au plafond et à se passer le nœud coulant autour du cou ?

Malgré la crudité de cette évocation, son interlocuteur était plus stupéfait que bouleversé.

— Voulez-vous dire, chevrota-t-il, que ce n'est pas elle qui...

Il réfléchit avant d'ajouter :

— L'échelle, hier soir non plus, n'était pas dans le vestibule !

— Ne concluons pas trop vite. Je veux dire seulement qu'il n'est pas impossible que quelqu'un l'ait plus ou moins aidée à en finir, par exemple en se chargeant des problèmes techniques. Vous seriez sur la liste des possibles si je ne vous croyais pas trop sensible pour avoir froidement effectué les gestes indispensables de manutention et de rangement. Encore que tout à l'heure, face aux questions de mon confrère, vous ayez montré des facultés remarquables de récupération et de maîtrise...

— Je n'avais aucune raison de supprimer Suzanne, protesta le jeune médecin avec un haut-le-corps. Je l'aimais très profondément.

Combes ne se souciait à l'évidence pas de heurter celui qu'il voulait convaincre de devenir son client. En plein travail de réflexion, il ne voulait pas être interrompu.

— Vous avez reconnu hier soir que votre amie vivait très mal cette situation. Elle aurait très bien pu vous annoncer qu'elle allait venir à Villefranche pour y faire un scandale destructeur. Un homme menacé de la sorte peut devenir fou furieux, pour défendre son ménage et sa position sociale. C'est ce que pensera au premier chef notre ami gendarme, dès qu'il aura éclairci l'histoire du cadeau et qu'il aura écouté la rumeur publique de notre assemblée de médisantes locales... Buvez donc tant que c'est chaud, continua-t-il sans transition, irrité par l'air abattu de Bousquet, qui se tassait au-dessus de son Viandox.

Il regarda l'autre s'exécuter machinalement, se rendant parfaitement compte qu'il était temps d'arrêter cet énoncé de prévisions décourageantes : elles annihilaient chez le pauvre garçon toute envie de se battre. S'obligeant à un ton presque paternel, il tenta de redonner du tonus à ce zombie :

— Parlez-moi un peu de Suzanne Esquenoux. Quel était son caractère ? Etait-elle jalouse ? Comment réagissait-elle aux difficultés qu'elle rencontrait ?

François Bousquet leva la tête et dirigea un regard embué vers les platanes de l'avenue. Son air malheureux, amollissant ses traits réguliers, le faisait ressembler à saint Sébastien après l'impact d'une dernière flèche. L'avalanche d'arguments que son conseiller venait de lui asséner, conjuguée au réel chagrin qu'il éprouvait depuis la veille, achevait de l'anéantir.

— Que voulez-vous que je vous dise ? souffla-t-il enfin. Qu'elle était une femme très renfermée, qui accordait difficilement sa confiance à quelqu'un ? Qu'elle était ultra-sensible à toutes les blessures d'amour-propre qui lui étaient infligées ? Elle n'était pas rancunière ; elle était toujours convaincue que les autres avaient raison de la négliger, de lui en vouloir, de lui faire du mal. Elle ne cherchait pas à se venger, mais accumulait toutes ces douloureuses cicatrices au plus secret de sa mémoire et se rongeait à les gratter pour entretenir sa conviction de n'être pas à la hauteur.

— En somme, elle était assez dépressive pour vouloir se suicider.

— Pas du tout ! Ses accès, disons de... contrition, débouchaient plutôt sur des coups d'éclat inattendus. Tenez, elle m'avait raconté ce qui lui était arrivé quand elle avait sept ou huit ans. Elle allait à l'école communale à Saint-Julien-d'Empare, un quartier de Capdenac, où tout le monde l'appelait « la Grosse ». Un jour, son instituteur la fit déménager de son pupitre habituel et l'exila au fond de la classe, avant d'interdire publiquement à ses vingt condisciples d'approcher d'elle, de lui parler ou de toucher aux affaires de Suzanne Esquenoux ; elle était en quarantaine parce qu'elle avait des POUX ! Cette annonce lui parut si démoralisante et si vexatoire qu'elle s'enfuit de l'école et fit une fugue de deux jours et trois nuits avant d'être retrouvée par son grand-père. Elle était encore, en me confiant cette histoire dix-huit ans après, submergée par la honte et par le souvenir des moqueries et des regards accusateurs de ses camarades. Tout juste si elle ne s'attendait pas à ce que je manifeste moi aussi ma répulsion parce que, dans le passé, elle avait eu des poux !

Combes essaya de jauger la détresse d'une enfant aussi brutalement exposée au pilori et soupira. Il ne chercha même pas à terminer sa tasse de bouillon refroidi et trop épicé. Il se leva, fatigué de la façon geignarde dont son compagnon évoquait la sensibilité de sa maîtresse.

— Enfant, on fait une fugue, dit-il rudement. Adulte, on se tue, peut-être. Surtout si l'on se croit trompé par celui ou celle qu'on aime...

Bousquet se releva à son tour. Vibrant d'indignation :

— C'est un mensonge ! Je n'ai pas trompé Suzanne !

— Tant mieux ! conclut son aîné d'une voix neutre. Mais peut-être encore a-t-on essayé de le lui faire croire ?

En se rasseyant dans la voiture, quelques minutes plus tard, il tâta soigneusement son imperméable. Les lettres anonymes qu'il avait dérobées sur le bureau de la morte étaient toujours dans sa poche de poitrine.

6

Dire que Claire Combes trépignait d'impatience depuis le coup de téléphone de son mari était nettement au-dessous de la vérité. Elle avait mal dormi, se culpabilisant de plus en plus au cours de ses insomnies ; jamais elle n'aurait dû faire pression sur Joseph pour qu'il accepte d'accompagner le gentil docteur Bousquet ! Elle avait fini par comprendre que, ce faisant, elle l'obligeait à mentir aux autorités. Ces bribes d'un sommeil agité la jetaient dans des cauchemars où elle allait visiter en prison son détective déchu, convaincu d'entrave à la justice, voire de suppression de preuves et, pourquoi pas, de complicité avec un délinquant ou un criminel. Elle se maudissait, se traitant de midinette trop sensible à une malheureuse histoire d'amour. Elle avait fini par s'endormir lourdement au petit matin, ce qui l'avait empêchée d'assister au départ de son chevalier. Toujours furieuse contre elle-même à son réveil, elle avait expédié un petit déjeuner frugal, s'était disputée avec le chien Major qui réclamait sa tartine matinale et s'était vêtue d'un jean fatigué et d'un pull-over tabac avant de s'adresser un regard dans le miroir de sa salle de bains. La triste mine qu'elle y avait vue l'avait confortée dans sa déprime et l'avait jetée dans le bureau de l'agence où elle s'était assise, angoissée et fébrile, à vingt centimètres du téléphone.

L'appel somme toute rassurant de Joseph l'avait sortie de son marasme. La victime annoncée était morte. Soit ! L'absence de témoin à cette découverte était une bonne nouvelle. Et elle avait cru saisir dans la voix de son mari la nuance d'excitation du chasseur, que le toucher d'une carabine à plombs et la seule vue d'une sente à sauvagine couverte de feuilles d'automne suffisent à mettre en éveil. Sa culpabilité oubliée, elle avait retrouvé impatience et curiosité.

Major fit, encore une fois, les frais de cette humeur changeante, expulsé d'un coup de savate de la salle de bains où sa maîtresse était remontée « pour une grande remise en forme, gymnastique, shampoing, peintures de guerre et bain froid ! ». Vexé d'avoir été traité de bâtard, le griffon alla se réfugier dans la cuisine, allongé sur le carrelage, le museau entre les pattes, la paupière concupiscente fixée sur le réfrigérateur, où il savait que gisaient les restes du civet de lapin de la veille. Il était chasseur, lui aussi !

Il ne daigna plus se déranger pour accueillir Claire quand elle redescendit de ses grandes manœuvres. Son casque de cheveux noirs secoué par la vivacité d'adolescente qu'elle montra en dévalant les marches, satisfaite de contrôler dans le miroir du vestibule la netteté de son pull ras du cou ajusté, dont le mauve ressortait sur le gris foncé d'un pantalon de whipcord, elle courut se réfugier dans le bureau pour une séance de téléphone.

Elle avait perdu trop de temps pour pouvoir joindre Berthier chez lui avant qu'il ne fût parti à ce fameux rendez-vous. Après quatre sonneries, ce fut une voix de femme qui répondit ; une voix usée de paysanne à peine dégrossie, colorée d'un accent redoutable et d'expressions patoisantes, qui assura que monsieur Berthier était « sorti pour affaire » et qu'il ne rentrerait pas avant le soir ; quant à prendre un message pour lui, la correspondante, après avoir précisé trois fois qu'elle était Léontine, chargée du ménage du retraité, déclara qu'elle serait incapable de se souvenir de quelque commission destinée à son employeur. Claire était trop agitée pour supporter plus longtemps les jérémiades de la dénommée Léontine et raccrocha violemment au nez de cette bavarde. Elle s'accorda une courte pause pour se décrisper les mollets et aller boire un verre d'eau.

Elle s'installa plus confortablement pour converser avec sa mère, chez qui Robert et Thi-Ba, les deux héritiers de la famille Combes, étaient partis passer les vacances de Pâques.

— Comment, il pleut à Villefranche ? s'étonna Madame Mère.

A Bergerac le soleil tapait comme en juillet ; les enfants en profitaient pour explorer une nouvelle fois à bicyclette les rives de la Dordogne.

S'ensuivit une grande demi-heure de conversation animée entre mère et fille, l'une rappelant qu'elle ne souhaitait pas envoyer sans surveillance à la baignade sa progéniture peu experte, l'autre protestant qu'elle ne pouvait enfermer ses petits-enfants adolescents dans ses cinquante mètres carrés de jardin. Claire renchérit avec quelques recommandations comminatoires concernant la nutrition de ses chers petits ; Robert avait l'estomac fragile et Thi-Ba des crises d'urticaire dès qu'elle avalait du poisson.

— Parce que tu ne sais pas le cuisiner comme il faut, rétorqua la grand-mère. Ici ils mangent de tout avec un appétit féroce. Je te les renverrai bien remplumés, gras comme des moines !

Un quart d'heure plus tard, les deux femmes avaient échangé toutes les nouvelles de Dordogne et de l'Aveyron, retrouvant le ton tranquille des papotages familiaux, quand Claire s'entendit demander comment allait Joseph.

— Comme un charme ! Il est parti à la campagne pour une nouvelle affaire !

— Ne le fatigue pas trop, raisonna Madame Mère. N'oublie pas qu'il n'a plus vingt ans et qu'il est à la retraite. Embrasse-le de ma part.

Cette mise en garde réveilla légèrement chez Claire l'humeur sombre qui l'avait tenue éveillée une partie de la nuit, mais son tempérament optimiste reprit rapidement le dessus : tout allait pour le mieux. La voix de Joseph, quand il avait appelé de Loupiac, vibrait de sa passion habituelle. L'encourager à éclaircir un cas épineux ne pouvait que lui donner l'occasion de se réaliser pleinement.

Elle se laissa donc aller à l'impatience qui la minait.

Il était presque midi. Qu'allait-elle pouvoir faire jusqu'au soir ? Heureusement pour ses nerfs, moins de cinq minutes après, elle entendit claquer le battant de la porte d'entrée. Un aboiement d'accueil joyeux salua l'arrivant et la voix sonore du maître de maison sonna dans le vestibule :

— Holà ! Y a-t-il quelqu'un dans cette boutique ?

Après des épanchements d'autant plus chaleureux qu'ils étaient teintés de l'envie de se faire pardonner son attitude de la veille, Claire écouta le récit détaillé que lui fit Joseph de sa matinée. Elle était bon public, s'exclama quand il le fallait et sut montrer son intérêt pour les ambiguïtés de la conduite de Bousquet, au cours de la rencontre avec le gendarme de Capdenac et pendant sa conversation plus détendue à Figeac.

— Ce garçon est encore une énigme, conclut Combes. Tantôt exagérément abattu comme s'il avait sur les épaules un secret trop lourd à porter, tantôt très à l'aise pour énoncer ce que je sais ou crois être des contrevérités. Comme cette histoire de montre-bracelet, qui risque d'indisposer très sérieusement le chef Casterrat s'il en entend parler. Ou comme cette aventure torride avec madame Rinquet, dont les lettres anonymes que j'ai subtilisées l'accusent avec insistance...

— Cette suicidée était-elle jolie ? demanda Claire avec une fausse innocence.

— Elle n'était pas au mieux de sa forme quand je l'ai vue...

— Alors, philosopha la psychologue, il est très possible qu'après des semaines de séparation le beau garçon qu'est François Bousquet soit allé chercher des compensations ailleurs...

— Ce qu'il a nié avec énergie quand j'ai sous-entendu qu'il trompait son infirmière !

— Conclusion ?

Joseph sourit malgré lui ; il trouvait facile de deviner ce que sa femme souhaitait entendre. Il se donna l'air de réfléchir, pour la laisser macérer un peu.

— Plusieurs, ma foi, provisoirement. A mon avis, Suzanne Esquenoux ne s'est pas suicidée par pendaison. Elle n'était physiquement pas capable de grimper jusqu'au plafond pour accrocher la corde et se passer le nœud coulant autour du cou. Je l'aurais mieux vue s'empoisonner avec une drogue de sa pharmacie, ce qui correspondrait plus à son état d'infirmière. Ou peut-être quelqu'un l'a-t-il empoisonnée puis pendue, comme je le crois. Reste à savoir qui !

— Le docteur ? souffla Claire.

— C'est peu vraisemblable. Pourquoi, son coup fait, aurait-il tant insisté pour que je l'accompagne aujourd'hui ? Pourquoi cette histoire de cadeau oublié qui ne peut que l'incriminer dangereusement ?

— Peut-être est-ce pur machiavélisme de sa part ?

— Nous le saurons vite, si le cousin qui a dépendu la morte raconte à Casterrat qu'il lui a mis un petit paquet entre les mains. Tu peux être certaine que ce digne chef de brigade se fera un plaisir de m'en parler pour me prouver ses dons d'enquêteur. Quant à supposer que Bousquet aurait lui-même posé sur le bureau de sa maîtresse des lettres anonymes dénonçant ses propres fredaines, lettres qu'elle n'a sûrement pas eues entre les mains, ça me paraît peu vraisemblable.

— Et s'il l'avait quand même fait, pour donner à cette pauvre fille une raison valable de se supprimer ? s'échauffa sa femme dont l'imagination galopait.

Cette fois, Joseph s'impatienta. Il trouvait bon que Claire envisageât toutes les hypothèses, mais pas qu'elle opposât des arguments critiques à toutes ses réflexions.

— Quoi qu'il en soit, trancha-t-il, je suis décidé à suivre cette affaire. D'ailleurs, j'ai convaincu Bousquet, pendant le voyage de retour, de faire officiellement appel à mes services.

Le sourire étincelant qu'il rencontra lui donna l'espace d'un instant l'impression qu'il avait été manipulé, mais Claire se hâta d'enchaîner :

— Je n'ai donc plus rien à dire. Comment envisages-tu la suite ?

— Il nous faudra voir un tas de gens que nos questions risquent de déranger. Le chef Casterrat, le cousin Esquenoux et son entourage, d'éventuels témoins à Loupiac, la future accouchée que notre bon docteur devait visiter, madame Bousquet et le personnel du cabinet, le ménage Rinquet, la mère supérieure des Filles du Calvaire, et Dieu sait qui encore...

Sa femme n'avait pas quitté son air réjoui.

— Tant de monde à passer sur le gril ! Nous n'avons pas de temps à perdre. Les enfants rentrent de Bergerac dans moins de dix jours ! Il serait préférable qu'ils n'entendent pas discuter de ces affaires d'alcôve.

— Nous commençons dès cet après-midi, affirma Joseph.

— Parfait, monsieur le directeur ! Souhaitons seulement que ton nouveau client soit plus solvable que le premier, qui va être condamné sous peu pour trois meurtres[1] !

1. Voir *L'Agence Combes et Cie*.

7

Le chef de brigade de Capdenac avait été défavorablement impressionné par sa première rencontre avec le docteur Bousquet. La nervosité du témoin était trop perceptible et ses tentatives de décontraction bien peu persuasives. Il était évident, pour un enquêteur de métier, que le médecin ne s'était pas conduit devant lui comme quelqu'un qui vient de découvrir le cadavre d'une amie. Les quelques phrases rapides échangées sur le bord de la route sentaient la préparation, ou l'embarras.

Quant à la présence, dans ce rendez-vous macabre, du vieux et mythique Joseph Combes, ancienne gloire de la maréchaussée de papa, elle promettait plus de problèmes que de facilités pour le bouclage de l'enquête. Un suicide n'est généralement pas une énigme aux yeux de la loi, s'il est indéniablement un suicide. Pourquoi cet ancien gendarme, qui eût dû se cantonner à un rôle de témoin quasi muet, s'était-il mis en avant avec une hargne sourcilleuse, comme s'il croyait défendre un « ami », peut-être simplement un client ? Le défendre contre quoi ? Ce bon docteur Bousquet avait-il quelque chose à se reprocher dans cette affaire ?

Ces premiers contacts avaient mis le chef Casterrat dans un état d'esprit particulièrement soupçonneux. La vue du cadavre de Suzanne Esquenoux, dans le vestibule de sa maison, avait ajouté à cette humeur une touche importante de dégoût physique. Le commun des mortels prête aux militaires, aux pompiers, aux membres des forces de l'ordre, et en général aux professionnels de la violence, la capacité de rester insensibles devant les résultats de cette violence. C'est une erreur aussi courante que de prétendre que les marins n'ont jamais le mal de mer, ni les plongeurs l'ivresse des profondeurs. Casterrat, en tout cas, malgré ses seize ans de service, était choqué par la vue du sang, bouleversé par le spectacle de la mort et totalement révulsé par son odeur. Aussi ne s'attarda-t-il pas plus de quelques minutes devant Suzanne. Il aboya à l'intention de ses deux subordonnés une liste des investigations auxquelles ils devaient se livrer sur place, photographies, mensurations de la pièce, retrait du nœud coulant, étude du sol, relevé des empreintes éventuelles. Après quoi, il alla calmer sa nausée derrière la première porte qui lui tomba sous la main. C'était la porte du bureau d'où Joseph avait téléphoné à sa brigade. Il s'assit et tenta de faire un premier point.

Il y était presque parvenu quand le gendarme Paraillac introduisit Désiré Esquenoux. Trempé comme une soupe paysanne, au point de s'égoutter sur le dallage, pinces de cycliste encore serrées aux jambes de son pantalon mouillé, ses joues pleines de sanguin à peine pâlies par l'averse et peut-être par l'émotion, sourcils froncés, le beau Désiré paraissait plus furieux que peiné. Il sourit quand même en reconnaissant le chef Casterrat et tendit une main autoritaire que l'autre n'osa pas refuser. Les deux hommes n'en étaient pas à leur première rencontre : la ferme Esquenoux était souvent visitée par des vagabonds chapardeurs de volaille ou par des braconniers peu respectueux des chasses privées, et le maître du domaine avait la plainte facile. Il savait aussi offrir le coup de rouge quand les gendarmes venaient enquêter chez lui. C'est dire que les rapports étaient théoriquement excellents entre le chef de brigade et le chef de clan.

— J'espère, attaqua Désiré, que vous allez arrêter le salopard qui a fait ça !

— A première vue votre cousine s'est pendue, monsieur Esquenoux. Auriez-vous quelque renseignement qui puisse faire croire autre chose ?

— Et comment ! Elle s'est réfugiée ici pour rompre avec son ancien patron de Villefranche, qui avait abusé d'elle et ne voulait pas comprendre que ma pauvre Suzanne avait peur de lui. Il venait la relancer jusqu'ici et elle ne savait pas comment s'en débarrasser. Je le sais, elle me l'a dit.

— Savez-vous de qui il s'agissait ?

— Evidemment. Le docteur François Bousquet. Vous avez dû le voir, j'ai croisé sa voiture tout à l'heure en allant vous téléphoner après avoir coupé la corde pour dépendre la malheureuse, des fois qu'elle serait pas morte. Malheur de malheur !

Casterrat se pencha sur le bureau, l'œil allumé.

— Racontez-moi ce qui s'est passé ce matin, ce que vous avez vu et ce que vous avez fait. N'oubliez rien, tous les détails peuvent être importants.

Le récit de Désiré ne paraissait ni trop simple ni alambiqué. Ce matin-là, aux aurores, avant de commencer sa journée à la ferme, il avait décidé de faire un saut à Loupiac à vélo pour souhaiter bon anniversaire à sa cousine. Il était arrivé chez elle avant huit heures. Il avait ramassé un petit paquet, avec une ficelle de couleur, posé sur la plus haute marche du perron, au sec. La porte n'était pas fermée à clé. Dans le vestibule, la lumière était allumée et Suzanne se balançait au bout de sa corde. Horrifié, Désiré s'était précipité pour redresser l'escabeau renversé dans un coin, avait gravi trois ou quatre marches et avait coupé la corde de trois coups de lame de son vieux Laguiole, avouant qu'il avait eu du mal à descendre le corps sans le laisser tomber sur le carrelage.

— Elle était plus lourde qu'on ne le croyait, la pôvre, lâcha-t-il avec une moue peinée.

Il avait ensuite, disait-il, vérifié que la dépendue ne respirait plus.

— Comment dire, commenta-t-il, j'étais à la fois plein de colère contre l'ordure qui l'avait amenée à se supprimer et plein de chagrin, pour elle et pour toute la famille. Vous savez bien... Dans le pays, les langues tournent vite à la méchanceté ; pour tout le monde, un suicide signifie que les proches n'ont pas su, ou pas voulu, aider le parent dans le malheur. Alors, pendant quelques instants, j'ai prié devant le cadavre de Suzanne. Je lui ai joint les mains comme on fait aux morts sur leur lit, et j'ai même eu l'idée de lui glisser entre les doigts le paquet que j'avais trouvé sur son perron, en me disant qu'elle emporterait le dernier cadeau qu'elle avait voulu se faire et qu'elle avait dû laisser tomber avant de rentrer chez elle.

Le chef Casterrat ne se laissa pas entraîner dans cette évocation de veillée mortuaire. Bien que troublé au cours de son passage dans le vestibule, il avait suffisamment scruté la victime pour être certain qu'elle n'avait rien dans les mains.

— Que contenait ce paquet ? demanda-t-il avec impatience.

— *Macarel*, s'insurgea Désiré, j'ouvre pas les paquets qui ne sont pas à moi ! Je peux juste vous dire ce qui était écrit sur le papier qui l'enveloppait. Quelque chose comme « Bijouterie Brassac », ou « Brossec ». Ça devait être une babiole qu'elle avait achetée en allant hier matin à Villefranche par le car.

— Allait-elle souvent à Villefranche ?

— Je dirais environ deux fois par mois. C'est plus long que d'aller à Figeac, mais elle connaissait beaucoup plus de monde là-bas. Y compris ce damné médecin !

Le gendarme digéra ces précisions avec des sentiments mitigés. Les déclarations de Désiré Esquenoux donnaient à ce suicide une coloration de torture psychologique indéniablement passible de poursuites. Leur accorder foi l'obligerait à convaincre le parquet qu'il fallait enquêter sur la vie d'un notable habitant hors de sa juridiction. C'était se préparer à l'ouverture d'un scandale, avec un cortège de pressions de sa hiérarchie, du juge d'instruction commis à l'affaire, de l'opinion publique, et avec aussi l'éventuelle mauvaise volonté de ses confrères villefranchois, obligatoirement désignés pour les recherches sur place. Décision lourde de conséquences pour l'évolution de sa carrière jusque-là sans histoire ! Mais ne pas tenir compte de ce qu'il avait entendu ce matin pouvait être pire. Il connaissait suffisamment le fermier pour savoir qu'il s'entêterait dans sa colère au point de porter plainte s'il estimait que l'enquête de routine était bâclée. L'affaire éclaterait de toute façon, et il pourrait être accusé de négligence. Tant de malchance lui arracha un soupir.

— J'imagine qu'après votre prière, demanda-t-il avec une nuance d'hostilité, vous avez pensé à téléphoner à la brigade ? Pourquoi n'avoir pas utilisé l'appareil de votre cousine ?

— Avant, j'ai décidé d'aller ranger l'escabeau dans la cuisine. Cet instrument dressé comme un échafaud à côté de Suzanne, je trouvais ça choquant. Après, j'avoue que j'ai oublié qu'il y avait un téléphone ici. Je suis sorti en refermant la porte et j'ai pris mon vélo pour monter jusqu'à la poste, d'où je vous ai appelés. Même que c'est en y allant que j'ai croisé la voiture de ce foutu Bousquet.

Le fauteuil de cuir destiné aux confessions, dans le bureau de l'agence Combes et compagnie, était un siège magique. Sa profondeur rapetissait son occupant, assez sensiblement pour endormir le complexe qui rendait Joseph Combes nerveux dès qu'il avait affaire à plus grand que lui, c'est-à-dire à l'immense majorité de ses interlocuteurs...

La magie jouait parfaitement avec le physique du chef Casterrat. Cette grande perche était mal bâtie, constata Joseph. Tout en jambes, avec un buste trop court qui obligeait son propriétaire à lever la tête, pour fixer le détective assis en face de lui, d'un regard étrangement sérieux.

Sa Renault bleue garée sur la place du L'Hez, le chef de brigade de Capdenac était venu sonner à la porte de l'agence à une heure et demie. Le ménage Combes venait juste de finir de déjeuner. Laissant Claire à sa vaisselle, Joseph était venu accueillir le gêneur à la porte. Il avait paru si surpris de se trouver devant cet immense gendarme, gourmé comme un policeman britannique, que le chef avait cru nécessaire de se présenter une nouvelle fois :

« Maréchal des logis-chef Casterrat. Je vous ai rencontré ce matin à Loupiac !

— Je vous reconnais, bien sûr ! Mais je ne m'attendais pas à vous revoir si vite. Avez-vous besoin de moi ? »

Le gendarme avait regardé cette ancienne célébrité comme s'il la voyait pour la première fois. Il s'était demandé s'il n'avait pas eu tort de venir consulter ce confrère hors service, en pantalon de flanelle gris et pull-over bleu marine qui lui donnait l'allure d'un garçonnet.

« Je ne veux pas vous déranger, avait-il fini par avouer. Je ne viens pas pour le service mais pour vous demander un conseil à titre purement personnel. Votre expérience et votre connaissance des Villefranchois...

— Entrez et détendez-vous », avait invité Joseph, bizarrement en confiance malgré le compliment un peu trop appuyé.

De part et d'autre du bureau de tôle grise, les deux hommes s'observaient maintenant d'un air mi-inquiet mi-souriant. Casterrat se décida enfin à se déboutonner :

— Cette affaire Esquenoux me met dans l'embarras. J'ai l'impression que les choses ne sont pas claires, mais je n'ai pas de motifs très valables de pousser l'enquête au risque de déclencher inutilement un scandale...

— Je ne suis pas votre conscience, dit Combes. Je ne vois pas en quoi un simple suicide mérite tant d'hésitation !

Le chef soupira, tripota la visière de son képi, qu'il finit par poser en équilibre sur un accoudoir du fauteuil, se pencha en avant, soupira encore et entama le récit de la déposition de Désiré Esquenoux. Bras croisés sur son sous-main, le regard attentif, Joseph l'écouta sans l'interrompre. Il nota au passage que son confrère n'accordait à son témoin bavard qu'une confiance limitée, que justifiait une réputation fortement établie de tyranneau de campagne, de coureur de filles et de faiseur d'histoires vindicatif. Il s'abstint de réagir à l'annonce d'une prétendue liaison entre la suicidée et le docteur Bousquet, dont la culpabilité avait été jugée évidente par le cousin manifestement jaloux. Mais il ne put s'empêcher de hausser les sourcils quand Casterrat évoqua certain paquet-cadeau, que Désiré affirmait avoir placé entre les mains de la morte alors que les gendarmes de Capdenac n'y avaient rien trouvé.

— Comprenez-moi, continua le narrateur. Je me suis souvenu que votre « ami » avait reconnu avoir tâté les mains du cadavre pour juger de la raideur cadavérique... Peut-être cette histoire de liaison entre le docteur et son infirmière était-elle vraie ? Peut-être monsieur Bousquet a-t-il voulu emporter un dernier souvenir de sa maîtresse ? C'était compréhensible et ça expliquerait la gêne que j'avais sentie dans ses déclarations. Mais pourquoi ce souvenir était-il encore empaqueté et ficelé ? Alors après avoir terminé le travail à Loupiac et avoir ramené à Capdenac la morte et quelques pièces à conviction, je suis venu seul à Villefranche...

Il précisa qu'il n'avait eu aucune peine à trouver le magasin où avait été confectionné ce paquet, la bijouterie Bisset, dont le gérant, qui ignorait jusqu'au nom d'Esquenoux, se souvenait parfaitement d'avoir vendu la veille en fin de matinée une montre-bracelet pour femme au docteur François Bousquet.

Parvenu à la fin de son récit, Casterrat se tut. Sa mine disait qu'il n'était pas aussi satisfait qu'il l'aurait dû des avancées de son enquête. Combes hocha la tête. La catastrophe prévue s'était produite, et pourtant il n'était pas décidé à abandonner la cause que Claire lui avait imposée la veille au soir. Les choses étaient mal engagées, mais les difficultés ne l'avaient jamais rebuté et son intuition lui soutenait que Bousquet junior ne lui avait pas menti. Il se pencha en arrière sur sa chaise.

— Beau travail, apprécia-t-il. Et rapide ! Que mon ami le toubib ait eu une aventure avec mademoiselle Esquenoux est exact. Il me l'a dit lui-même et j'imagine que les commères du cru en savent tous les détails. Mais que déduisez-vous de votre trouvaille chez Bisset ?

— Que cette montre achetée hier à midi ici même ne pouvait être arrivée seule à Loupiac sur le perron de la morte avant huit heures ce matin. Il faut que ce soit votre ami qui l'ait amenée entre-temps. Ce qui veut dire qu'il était présent chez sa maîtresse à une heure critique. Nous ne savons pas quand s'est effectivement produit le décès.

— Iriez-vous jusqu'à croire qu'il n'y a pas eu suicide mais meurtre, et que Bousquet serait coupable ?

Le chef ne répondit pas. Il avait l'air abattu, comme s'il redoutait les retombées de l'éruption qu'il avait le pouvoir de déclencher. Pitoyable, se dit Joseph, cette jeune classe n'a pas la même hargne que nous ! Il se mit debout, fit le tour de son bureau et vint se camper sous le nez de ce mollasson doué. Au fond, il admirait l'honnêteté de ce jeune gradé venu lui demander conseil. Cette démarche fleurait bon l'humilité et le respect des aînés.

— Ne croyez pas que je sois votre adversaire, dit-il avec chaleur. Evidemment, vous n'avez aucune preuve, mais vous connaissez votre travail. Indéniablement, il y a matière à lancer une enquête sérieuse sur les circonstances de ce suicide. Voilà ce que je vous propose, pour vous convaincre que je veux vous aider. Je vais immédiatement téléphoner au juge Massac pour lui annoncer votre venue. Je le connais depuis des années ; c'est un honnête homme, de bon conseil, qui sait au besoin éluder les formalités. Racontez-lui tout ce que vous m'avez dit, et même ce que vous n'avez pas voulu me dire... En sortant du tribunal, revenez me voir ici. Entre-temps, j'aurai convoqué l'ami Bousquet pour qu'il puisse vous raconter sa vérité en toute confiance, dans ce bureau que ma femme et moi appelons le confessionnal. D'accord ?

Quelques minutes plus tard, après le départ d'un Casterrat requinqué et visiblement reconnaissant,

Combes ouvrit à sa femme la porte du salon. Posée sur le bord du canapé, les mains serrées sur les genoux dans la posture d'une malade dans une salle d'attente, Claire avait dépassé la frontière de l'impatience. A la vue de son Joseph souriant, elle se mit debout d'un saut et vint se jeter contre lui.

— Seigneur, gémit-elle, j'ai eu une peur bleue ! J'ai cru que ce gendarme, dont j'ai entrevu l'uniforme quand tu l'as fait entrer, venait t'arrêter !

— Le chef Casterrat n'est pas encore au courant des lacunes de ma déposition de ce matin. Il m'a l'air d'un garçon brillant, qui réfléchit vite et bien. Il attendait seulement de moi un conseil. Je l'ai envoyé chez Massac et il reviendra tout à l'heure pour poser à Bousquet quelques questions supplémentaires. Tu pourras assister à la séance, à condition de tenir ta langue. Je crois que nous serons obligés de lâcher du lest. Sans, bien sûr, parler pour autant des lettres anonymes que j'ai subtilisées.

Quand le chef de Capdenac revint à l'agence une heure plus tard, il semblait avoir retrouvé sa sérénité. Comme pour donner plus de poids à cette visite, le juge Massac l'accompagnait. Vieil ami des Combes, il avait soupçonné que son détective préféré était lancé avec sa fougue habituelle dans une affaire qui s'engageait si mal que la gendarmerie de Capdenac s'en inquiétait. Sa présence empêcherait peut-être celle-ci de prendre trop vite des mesures trop brutales.

« Faites confiance à Combes, avait-il dit à Casterrat. Je ne l'ai jamais vu trafiquer une enquête. C'est parfois un jongleur, mais il ne triche pas avec la vérité. C'est un pur, intuitif, adroit, entêté, qui gagne à chaque coup. Un as !

Après un tel panégyrique, le contact s'établit aisément entre les deux visiteurs et les trois personnages qui les attendaient. Seul, sans doute, le docteur Bousquet n'était pas aussi décontracté que les autres occupants du bureau. Savoir qu'il allait se trouver sur la sellette ne l'aidait pas à avaler la boule qui obstruait son gosier, mais il s'efforçait de faire bonne mine.

Il prit la parole, avant toute question du gendarme, ayant compris, dit-il, après avoir été chapitré par son ami Combes, qu'il était préférable d'avouer le mensonge stupide qu'il avait fait le matin. Il était bien allé la veille à la nuit jusqu'à Loupiac, pour souhaiter un bon anniversaire à sa maîtresse. Elle n'était pas là, apparemment. Il avait oublié ses clés. Il pleuvait. Désolé d'avoir manqué cette fête attendue, il était rentré à Villefranche pour effectuer sa dernière visite de la journée. Chez les Combes justement, car Claire Combes se rétablissait à peine d'une mauvaise angine.

Par chance, personne ne regardait à ce moment-là la convalescente dont l'air ébahi et le teint éclatant paraissaient plutôt des symptômes de bonne santé. Le médecin continua :

— Mes amis, au cours de la conversation, cherchaient comment se rendre aujourd'hui à Figeac où ils avaient rendez-vous. Leur voiture était en panne. J'ai proposé à monsieur Combes de le véhiculer, sans lui dire que je comptais m'arrêter un instant chez Suzanne. Vous connaissez la suite.

— Comment expliquez-vous l'histoire de la montre ? demanda sévèrement Casterrat, après un instant de silence.

— J'imagine que j'ai perdu mon paquet en tambourinant à la porte dans le noir. Il pleuvait à verse, je vous l'ai dit. J'ai été très surpris et très ému de trouver ce matin mon cadeau dans les mains de celle à laquelle je le destinais. Je ne cache pas que je l'ai repris pour garder un souvenir de ce jour sinistre.

Personne ne dit mot. Son récit terminé, François Bousquet leva les yeux et chercha à accrocher le regard des quatre membres du jury devant lequel il venait de témoigner. Mal à l'aise, bien qu'il fût soulagé de n'avoir pas trébuché en disant le texte concocté une demi-heure plus tôt avec Joseph...

— J'espère, docteur, dit enfin le juge Massac, raide dans le fauteuil de cuir, que vous vous rendez compte que votre voyage d'hier soir à Loupiac vous classe automatiquement parmi les suspects si par hasard il y avait des doutes sur le suicide de mademoiselle Esquenoux...

— De toute façon, protesta Joseph en levant le menton, je pense que, dans ce cas-là, il y en aura d'autres. Et il sera facile d'innocenter notre généraliste. Ne serait-ce qu'en relevant les empreintes qui doivent se trouver sur l'échelle. Car il y a sûrement une échelle, bien que je ne l'aie pas vue.

— Un escabeau, rangé dans la cuisine par Désiré Esquenoux, renseigna Casterrat avec froideur.

A peine entendit-on le détective marmonner « Encore un suspect ». Massac, debout, concluait, avec une solennité de magistrat qui ne lui était pas habituelle :

— Chef Casterrat, je vous confirmerai demain matin, après accord du procureur, que je vous charge officiellement de l'enquête. Donnez-moi rapidement des nouvelles. Il faut régler cette affaire avant que l'opinion publique ne s'en empare.

8

— Comprenez-moi, cher monsieur, je ne suis venue vous consulter qu'à titre purement exploratoire. Ma pauvre mère est bien seule à Bergerac et plus toute jeune, mais elle est certainement opposée à notre projet de la faire venir auprès de nous à Villefranche. Je désire seulement savoir si la maison qu'elle habite depuis cinquante ans là-bas pourrait être vendue assez confortablement pour la convaincre de sauter le pas. Vous qui êtes dans le métier...

Claire s'arrêta et se contraignit à doser le sourire attentif qu'elle adressait à son interlocuteur. C'était difficile, car elle croyait sentir le sang lui monter aux joues. Ce n'était pas l'énormité du mensonge qu'elle venait de proférer qui la faisait rougir ; après tout, elle en avait arrêté la forme avec Joseph avant de venir, et sa mère, que passionnaient toutes les enquêtes de son gendre, serait la première à trouver amusante l'approche de ce témoin éventuel. Ce qui la gênait beaucoup plus sensiblement, c'était le regard d'Antoine Rinquet, marchand de biens, dans l'officine duquel elle s'était jetée avec sa fougue de néophyte. Elle s'était attendue à rencontrer un homme d'âge, que la trahison de sa femme devait perturber, avait cru pouvoir lui soutirer au moins quelques allusions à son malheur conjugal.

Malheureusement, Antoine Rinquet n'avait pas l'air d'un mari trompé. La quarantaine svelte, cheveux noirs en brosse, les épaules carrées dans une veste de lainage prince-de-galles grise, ouverte sur un pull à col cheminée noir, parfaitement détendu dans un fauteuil-liseuse d'une agressive couleur orange, assortie à celle du canapé sur lequel il avait fait asseoir Claire. A deux mètres d'elle, il la fixait avec une étincelle d'amusement dans l'œil sans qu'il soit possible d'attribuer son intérêt évident à l'espoir d'une bonne affaire commerciale ou à celui d'une aventure avec cette jolie femme. Il détailla de longues minutes, dans un silence crispant et sans même se donner l'air de réfléchir aux problèmes matériels que soulevait la demande qu'elle lui faisait, la silhouette attrayante, mise en valeur par un tailleur rouge de bonne coupe, qui jurait abominablement avec la couleur du canapé mais soulignait le teint de pêche de son interlocutrice, sa frange brune et la vivacité d'un regard qui virait peu à peu à l'orage.

— Je crois, dit enfin Claire en se levant, que j'ai fait erreur, en m'adressant à vous sans avoir préparé la question plus avant. Pardonnez-moi.

Antoine Rinquet sourit sans retenue, dressa à son tour sa stature de sportif et s'inclina très brièvement.

— Bien sûr, rétorqua-t-il d'une voix grave sans trace d'accent méridional, si la raison de votre visite est bien de mettre en vente la maison de madame votre mère à Bergerac, il faudra me fournir quelques renseignements supplémentaires. Quelques photos de l'habitation, un plan dimensionné, son adresse précise, la superficie du terrain appartenant à la propriété et quelques détails encore, comme les dates d'entretien de la toiture ou de l'installation des moyens de chauffage. Tout cela est indispensable pour que je puisse vous indiquer une fourchette de prix de vente.

La nuance d'ironie que Claire avait cru déceler dans l'interrogation sur la vraie raison de sa visite acheva de sceller l'opinion qu'elle s'était faite de ce bellâtre. « Si tu t'imagines, pensa-t-elle, que je suis une écervelée attirée dans ta garçonnière-bureau par l'envie de se faire brûler les ailes, je peux te promettre une satanée désillusion. » Ce marchand de biens méritait une leçon. Peut-être un avertissement. Serrant son sac sous le coude, le menton haut, l'air vexé et l'humeur batailleuse, elle marcha vers la porte.

— Un de nos amis communs m'avait pourtant assuré que vous comprendriez mon problème, sans penser immédiatement à une affaire à résoudre à court terme, jeta-t-elle en lançant un regard déçu en direction du sieur Rinquet.

Immobile, il continuait à sourire.

— Puis-je vous demander quel est cet ami commun ?

— Il s'agit du docteur François Bousquet, dont vous êtes un intime, m'a-t-il dit. Soyez tranquille, je nc lui dirai pas que vous n'avez pas voulu m'aider.

Elle sortit, le cou tendu et la moue dédaigneuse. Mais sa colère naissante avait fait place à une instense satisfaction. D'un dernier coup d'œil, elle avait noté que le sourire exaspérant avait disparu et que le regard vaguement égrillard posé sur elle s'était subitement chargé d'inquiétude.

L'ambiance qui régnait dans la maison Bousquet, bien que le nombre des clients qui s'entassaient dans la salle d'attente, en se disputant des périodiques périmés, fût celui d'un jour de semaine, aurait convenu à un dimanche anglais, traditionnellement propre à un ennui feutré et à une totale inactivité.

Dehors, un vent d'autan venu d'Espagne et levé au petit matin achevait de balayer les nuages de pluie qui avaient encombré le ciel depuis six jours. Il s'engouffrait dans les rues étroites et asséchait les trottoirs, mais les passants étaient encore rares. Seuls quelques employés se rendant à leur travail et quelques ménagères, habituées à faire leurs courses de bonne heure, bataillaient sous les rafales, annonciatrices d'un réchauffement de température, qui faisaient s'envoler les pans de leur manteau inutile.

Sur la place vide autour de la fontaine des Quatre-Sergents, sous les fenêtres du cabinet de François Bousquet, le vent tournoyait entre les façades, aspirant en tourbillons quelques papiers échappés aux poubelles et un nuage de poussière que dorait un soleil timide.

Derrière la porte de la salle d'attente du médecin, la dizaine de patients observaient un silence engourdi, à peine troublé par des quintes de toux vite réprimées et les énervements d'un garçonnet que sa mère réprimandait à voix basse. Jeanne Bouttu, l'infirmière-secrétaire, qui avait noté le nom des clients au fur et à mesure de leur arrivée, traînaillait dans l'établissement de la fiche du dernier venu. Elle se sentait patraque et vaguement inquiète, comme avant une catastrophe, l'orage peut-être et la forte averse de mi-journée qui accompagnait toujours le vent espagnol ; pour arranger son humeur ronchonne, l'impression que lui avait faite le docteur en descendant du premier étage l'avait choquée : cernes sous les yeux, mal rasé, il avait le regard éteint, le visage cireux et une tache de café sur son col de chemise.

A dire vrai, dans son cabinet, François ne se sentait pas bien, lui non plus. Il s'efforçait de tenir tête au père Caladoux, un presque octogénaire qui souffrait d'emphysème, venait à la visite tous les quinze jours et récitait à chaque fois la longue liste de ses malheurs corporels, qu'il attribuait à la durée de ses années de travail dans une usine de charcuterie, fermée depuis quinze ans. A peu près sourd aux litanies récriminatrices de son patient, le médecin n'avait en tête que la conversation qu'il avait tenue la veille au soir et jusque tard dans la nuit avec sa femme. Peut-être sa demi-confession devant le juge Massac et le gendarme de Capdenac l'avait-elle convaincu des bienfaits de la franchise. Dès son retour de l'agence Combes, il avait entrepris de dire toute la vérité à Juliette. Tout y était passé, la naissance de cette liaison secrète avec Suzanne Esquenoux, l'exil volontaire de celle-ci, ses rares visites à Loupiac, jusqu'à celle de l'avant-veille, l'histoire du cadeau d'anniversaire manqué, le suicide de Suzanne et la suspicion à peine voilée des autorités à son égard. Ce long récit avait accompagné tout le dîner, auquel il n'avait pas touché, s'était interrompu le temps du coucher de leur fils Martin, et avait repris dans leur chambre. Mais ses aveux ne lui avaient pas apporté le soulagement attendu. Juliette, dont il ne pouvait que reconnaître la grandeur d'âme, avait réagi avec un mélange de froideur et de noblesse qui ne laissait conclure ni à une déclaration de guerre ni au pardon.

« Quand nous nous sommes rencontrés à Paris, avait-elle dit seulement, je t'ai pris pour un garçon droit, travailleur et intelligent. J'ai du mal à croire tout ce que tu me racontes. Tu m'annonces m'avoir trompée depuis plus de trois ans, sans penser aux ragots de nos amis et aux sous-entendus moqueurs qu'ils pouvaient m'adresser. Ni au chagrin que je pouvais ressentir. Je sais que les mœurs d'aujourd'hui prônent la liberté. Mais pas ici. Pas à Villefranche, où personne, pas plus que moi, ne peut admettre une conduite pareille ! »

Assise à sa coiffeuse, nonchalante dans son peignoir de soie ivoire, passant une brosse attentive dans ses longs cheveux blonds, elle avait continué sans même hausser le ton :

« A t'entendre, n'importe qui penserait que tu as traité ton travail par-dessous la jambe, inventé des visites à domicile ou bâclé tes consultations, pour avoir du temps libre à consacrer à tes fredaines. Tes fidèles clients risquent d'apprécier ! »

Il avait voulu se défendre, mais elle avait contre-attaqué, plus mordante cette fois :

« Je sais que cette fille était une aventurière. Je l'avais senti. Et j'ai été heureuse quand elle t'a laissé tomber. Qu'elle ait eu en outre la cervelle fragile et qu'elle se soit suicidée ne me fait ni chaud ni froid. Finalement, je devrais même lui être reconnaissante : ce dernier lâchage peut t'ouvrir l'esprit en te montrant à quoi tu as échappé. Quant aux soupçons qu'a fait naître ta conduite stupide, laisse dire. Ta franchise n'est pas en cause. Ce monsieur Combes, le juge Massac, un homme charmant au demeurant, et ton gendarme de campagne ne pourront pas imaginer que tu aurais “suicidé” ta dulcinée ? »

Cette conclusion abrupte avait tenu le malheureux éveillé toute la nuit, à côté d’une Juliette sereine, qui lui avait tourné le dos dans le lit conjugal et s’était endormie sans manifester plus d’émotion que s’ils avaient discuté d’un film.

Lesté d’une ordonnance – bâclée, c’était vrai – et d’une tape rassurante sur l’épaule, le père Caladoux s’était enfin laissé pousser vers la sortie.

François fit irruption dans le bureau de son infirmière.

— Faites patienter le suivant, mademoiselle Bouttu, s’il vous plaît. Je monte voir ma femme quelques minutes.

Juliette était réveillée. Sans trace d’insomnie. Fraîche et souriante, comme tous les matins. Elle quitta d’un bond le guéridon sur lequel attendait son petit déjeuner, thé Lipton et trois biscottes beurrées, posa sur le coin de la mâchoire de son mari un baiser mutin et rouvrit la porte.

— Louisette ! appela-t-elle d’une voix joyeuse. Apportez une tasse de café pour monsieur !

Prenant le coude de François, elle le tira jusqu’au guéridon, et, en le dévisageant d’un regard d’épouse attentive :

— C’est gentil de monter me dire bonjour ! Un café chaud ne te fera pas de mal, tu as mauvaise mine. Et tu en profiteras pour changer de chemise : tu as une grosse tache sur le col, c’est mauvais pour ton standing.

Déconcerté par cet accueil inattendu, le docteur hésitait à parler de son épuisante nuit. Pouvait-il faire une allusion – très discrète – à sa confession et aux réactions ambiguës de Juliette ? La sonnerie du téléphone décida pour lui. Il décrocha sans que sa femme parût se soucier de ce contretemps.

— Docteur, annonça Jeanne Bouttu, plus vieille paysanne que jamais, je vous passe monsieur Rinquet, qui veut vous parler de toute urgence.

— C'est vous, François ? Ici Antoine...

La voix posée et grave du marchand de biens ne vibrait d'aucune excitation particulière. Pourtant, il ne perdit pas de temps en salamalecs :

— Dites donc ! Pourquoi m'avez-vous envoyé la mijaurée qui sort à l'instant de chez moi ?

— Je ne vous ai envoyé personne...

— Elle m'a affirmé que c'était son ami le docteur Bousquet qui lui avait conseillé de venir me voir !

— Vous a-t-elle donné son nom ?

— Oui, tout de même. C'est une certaine Claire Combes. La quarantaine, brune, élégante, un regard de combattante, une silhouette appétissante. Je me demande ce qu'elle attendait de moi ; son histoire de vente d'une maison à Bergerac n'avait ni queue ni tête. La connaissez-vous réellement ?

Sourcils haut levés, François se demanda si cette visite était l'objet du hasard ou si son machiavélique détective entamait sur son compte une enquête de moralité auprès de ses relations. Pourquoi commencer par les Rinquet, qui n'étaient même pas de ses intimes ? Il pivota pour faire face au guéridon derrière lequel Juliette attaquait avec un évident appétit sa première biscotte. Il remarqua pourtant qu'elle évitait de faire le moindre bruit, comme si elle cherchait à deviner l'identité de son correspondant. Bien sûr, après ce qu'il avait avoué la veille, il n'était plus question de confiance. Il posa la main sur le combiné et adressa à sa femme figée un sourire mécanique.

— C'est Rinquet, chuchota-t-il. Il me demande des renseignements sur une de ses clientes.

Dans l'écouteur, un toussotement lui signala l'impatience du marchand de biens.

— D'après votre description, oui, je la connais. C'est une cliente que j'ai soignée tout dernièrement, la femme de ce détective dont on a beaucoup parlé l'été dernier après le meurtre de la Swalowska. Ceci dit, ce ne sont pas des amis, juste des connaissances. Et je n'ai jamais cité votre nom quand j'ai eu l'occasion de les voir, à mon cabinet ou chez eux.

Au bout du fil, Antoine Rinquet émit un petit rire satisfait :

— Très bien ! Cette belle plante a peut-être entendu vanter mes mérites ailleurs et aura pensé que votre parrainage serait une bonne introduction. Pardon de vous avoir dérangé. A bientôt. Présentez mes hommages à votre charmante Juliette, qu'Isabelle se réjouit de voir cet après-midi. Je crois qu'elles ont organisé toutes les deux une sortie d'achats intensifs !

François reposa le combiné dans un état voisin de l'inquiétude. Il allait devoir contacter dès ce matin cet agité de Combes, pour le rappeler à un peu plus de discrétion. Ce n'était pas le moment de lancer à Villefranche une campagne de ragots sur le compte du cabinet Bousquet, auquel trop de monde associerait la nouvelle du suicide de Suzanne Esquenoux.

— Rinquet t'envoie ses hommages et m'a chargé de te rappeler que sa femme t'attend tout à l'heure. Excuse-moi pour le café, il faut que je redescende ; la salle d'attente est pleine.

Derrière sa tasse de thé, Juliette sourit distraitement et leva une main apaisante dans sa direction. Elle soupira, comme une épouse résignée :

— Puisqu'il le faut !

9

Après avoir une dernière fois fait répéter à sa femme les consignes qu'il lui avait fixées la veille au soir, Joseph était parti pour Capdenac le cœur serein. Claire avait parfaitement compris qu'elle devait à peine effleurer l'intérêt de ce marchand de biens dont ils avaient ensemble relevé l'adresse dans l'annuaire téléphonique. Privé de tout autre renseignement sur le personnage, il avait prêché la prudence et Claire avait convenu que sa visite à celui que les lettres anonymes désignaient comme un mari trompé ne devait servir qu'à semer une étincelle alarmante. Joseph savait pouvoir faire confiance à la finesse et à la malice de son épouse.

Le rendez-vous à Figeac, avec Berthier, avait été fixé à huit heures. La Coccinelle du ménage Combes, récupérée au garage Alibert, ronronnait comme si elle avait oublié les cent vingt mille kilomètres avalés depuis sa première mise en service. D'autant qu'elle roulait vent arrière. Le revêtement de la route était pratiquement sec, le vert de la végétation renaissante particulièrement lumineux et les écharpes de ciel bleu s'élargissaient à travers les nuages qui s'effilochaient sous les coups rageurs de l'autan. La journée paraissait à Joseph pleine de promesses.

Il n'avait pas encore de projets très précis, hormis son entrevue avec son ancien gendarme, qu'il espérait bien convaincre de le rejoindre à l'agence. Ensuite, il passerait à Capdenac pour signer à la gendarmerie la déposition qu'aurait rédigée Casterrat d'après ses filandreuses déclarations de la veille.

Il espérait, comme allant de soi, que le chef de brigade ne refuserait pas de se laisser aller à quelques confidences utiles, concernant les empreintes relevées à Loupiac, les résultats des premières enquêtes de proximité et, pourquoi pas, ceux de l'autopsie de la morte. L'évocation du cadavre entrevu sur le carrelage de son pavillon se révéla finalement assez dérangeante pour assombrir le ciel et grignoter l'optimisme de Joseph. Etre seul sur cette route le jetait dans une séance d'introspection aux conclusions plutôt critiques. Comme dans chacune des affaires qu'il avait eues à traiter, il avait d'abord suivi son nez et son humeur, se fondant davantage sur l'impression que lui avaient faite les acteurs que sur les faits établis. Depuis qu'il était civil, le manque de personnel et de moyens lui rendait plus difficile la recherche de preuves incontournables. Cette fois-ci, les mises en scène successives du suicide Esquenoux le convainquaient qu'il devrait démonter un véritable complot pour parvenir à la vérité. Loin d'en être impressionné, il trouvait le défi passionnant. Avec le soutien tonique de Claire et l'aide de Berthier, il se faisait fort de réussir. Pour la seule beauté de la chose.

Il sourit derrière son volant, repris par la beauté revigorante du paysage et la constatation de son enthousiasme de jeune homme. Il venait de passer Loupiac et abordait la longue et sinueuse descente vers le hameau de la Madeleine. Pas un instant il ne songea qu'il risquait de rencontrer sur ce morceau d'itinéraire, surveillé à l'envi par des patrouilles, quelques-uns des sbires du chef Casterrat. La Coccinelle bondit et dévora à cent à l'heure les virages qui se succédaient jusqu'au pont sur le Lot. Détendu par cette récréation, Joseph revint à une allure plus digne d'un respectable retraité pour remonter sur la dernière ligne de crête le séparant de Figeac.

Il s'étonnait du plaisir qu'il ressentait à la seule évocation de sa rencontre avec ce brave Berthier. Les souvenirs revenaient pêle-mêle. Berthier, conducteur jaloux du chef de brigade de Villefranche ; Berthier, gendarme miné par un tabagisme destructeur, dont les mégots mettaient le feu aux archives ; Berthier, le bras immobilisé dans le plâtre, après l'accident qui avait manqué de leur coûter la vie à tous deux sur la route de Toulonjac ; Berthier le timoré, mais aussi le passionné, fidèle et bougon. Il ferait sûrement un collaborateur précis et efficace, celui-là même dont il avait besoin à l'agence pour dénicher des témoins et constituer des dossiers pleins de détails sans importance, qui s'avéreraient au final aussi souvent inutiles que déterminants dans la désignation du coupable. Cet animal de Berthier, qu'il n'avait pas revu depuis plus de cinq ans, et qui avait répondu à l'annonce de recrutement publiée dans *La Dépêche du Midi* dès le lendemain de sa parution.

Piqué devant l'entrée de la gare de Figeac, avec l'entêtement d'un amoureux qui aurait raté son premier rendez-vous, apparemment insensible aux rafales de vent qui tournoyaient sur l'esplanade semée de buissons décoratifs, un béret basque enfoncé jusqu'aux yeux, maigre silhouette empaquetée sans élégance dans un complet trois pièces en pied-de-poule d'un brun incertain, même visage chevalin qu'autrefois, Berthier attendait, comme un chien perdu guettant le retour de son maître.

Quand la Coccinelle s'arrêta devant lui et qu'il reconnut à travers la vitre les traits à peine changés de son ancien chef de brigade, son visage se défit en une grimace qui mêlait l'émotion et la béatitude, sourire tremblotant, qui relevait ses lèvres minces sur ses dents jaunies de fumeur, et paupières palpitantes, qui annonçaient un attendrissement larmoyant. Combes n'avait pas encore jailli, mains tendues, hors de sa voiture, que Berthier se raidit sous son nez avec la promptitude des vieux soldats retraités, qui tendent le menton et claquent des talons, comme oublieux de leur arthrite. Il leva une paume épanouie jusqu'au bord de son béret et balbutia misérablement, la voix rauque :

— Oh ! Mon adjudant-chef ! Je vous présente mes...

— Allons, Berthier, pas de ça entre nous ! Je ne suis plus « votre » adjudant-chef. Nous ne sommes que deux anciens camarades qui ont travaillé plus de six ans ensemble et qui, je le souhaite vivement, vont collaborer dans de nouvelles enquêtes, avec une technique un peu différente, plus de libertés et d'initiatives qu'autrefois. J'espère que ça vous plaira ?

— Ça me plaît déjà, affirma l'ancien gendarme, avec un vrai et radieux sourire.

— Alors, plus de grades ni de marques de déférence. Vous m'appelez Combes, je vous appelle Berthier. Nous commençons aujourd'hui même.

— J'essaierai, mais je n'y arriverai sans doute pas à tous coups.

— Vous y arriverez ! Première consigne : allons boire un demi en ville pour fêter nos retrouvailles et pour me donner le temps de vous mettre au courant de l'affaire sur laquelle nous allons travailler.

Etalés sur deux fauteuils d'osier à une terrasse de café où ils étaient seuls à oser attendre un soleil hésitant, les deux hommes eurent vite retrouvé leur calme un instant troublé par leur reprise de contact. Berthier alluma une cigarette, sans s'apercevoir de la mine déjà agacée de son nouveau patron, expliqua qu'il habitait en ermite dans une maisonnette louée au bord du Célé, à proximité d'un camping pour touristes, et affirma qu'il était libre de son temps, d'autant qu'il était propriétaire d'une Renault 4L d'occasion qui lui permettrait de sillonner la campagne et de se rendre quotidiennement à Villefranche.

— Ma foi, commenta Combes, votre autonomie sera la bienvenue. Et ce dès aujourd'hui. Vous allez m'accompagner à la gendarmerie de Capdenac, où nous pourrons glaner quelques détails sur le suicide qui nous occupe. Après quoi je vous ramènerai chez vous et vous irez tout seul à l'agence. Ma femme vous mettra au courant de notre système, horaires, fichiers, tarifs proposés aux clients, émoluments que nous pouvons vous offrir actuellement. Je vous rejoindrai là-bas dans le courant de l'après-midi, après avoir un peu fouiné autour du domicile de la suicidée, à Loupiac...

— Pardonnez-moi de ne pas vous avoir encore demandé des nouvelles de madame Combes, dit précipitamment Berthier en rosissant. Et des enfants, ajouta-t-il, croyant masquer le trouble qui l'avait saisi à l'idée de sa future collaboration avec la séduisante Claire.

— Toute la famille se porte bien, sourit Joseph, et se fait une joie de vous revoir. Méfiez-vous seulement de ma fille, quand elle rentrera de vacances ; avec son caractère raisonneur et ses mines de chatte à peine pubère, elle aura tôt fait de vous faire tourner en bourrique.

— Le chef Casterrat m'a demandé de vous introduire dans son bureau dès votre arrivée, déclara avec importance le gendarme installé au guichet d'accueil, qui s'était présenté sous le nom de Couderc.

Epais, joufflu et rose, il sortit de derrière son comptoir en manifestant une déférence joyeuse et bavarde :

— Vous venez pour l'affaire Esquenoux, bien sûr ! C'est à moi que vous avez téléphoné hier matin ! Je suis heureux de vous revoir, mon adjudant-chef. Vous ne vous souvenez sans doute pas de moi ; j'ai servi quelques mois au bureau de la compagnie, à Rodez, il y a trois ans, quand vous étiez le patron de la section « homicides[1] » !

Combes, qui ne retrouvait pas cette silhouette de sportif empâté dans sa mémoire, prit cependant la peine de serrer la main de cet inconnu et de lui

1. Voir *Les Polonaises de Cransac*, même auteur, même éditeur.

sourire. Il serait peut-être utile d'avoir un sympathisant dans la place.

« Précaution bienvenue », se dit-il en détaillant la mine sévère du chef Casterrat, assis à sa table en pitchpin réglementaire. Sourcils froncés, crayon tapotant nerveusement un document dont la rédaction ne le satisfaisait visiblement pas, il hocha son visage étroit de héron et jeta aux nouveaux venus un regard à peine poli.

— Monsieur Combes, grinça-t-il, il est grand temps que vous veniez signer votre déposition. D'autant que j'ai quelques questions supplémentaires à vous poser, concernant les activités de votre ami le docteur Bousquet.

— Permettez-moi d'abord de vous présenter mon collaborateur, monsieur Berthier, gendarme à la retraite comme moi, qui va désormais travailler à mon agence.

— Sur quelle enquête ?

— Sur celles que j'aurai décidé d'entreprendre !

Le ton de la réplique était nettement agressif. Combes ne digérait pas l'air hautain de ce blanc-bec double mètre, ni l'appellation de « monsieur », qui marquait à son avis un irrespect insupportable.

— Croyez, continua-t-il avec la même aigreur, que je ne suis venu vous voir que parce que le juge Massac me l'a demandé. Cette affaire Esquenoux est bien évidemment de votre ressort et je ne demande pas mieux que de vous aider à faire toute la lumière à ce sujet, à condition d'être traité avec un minimum d'égards. Que je sache, rien ne vous autorise à jouer avec moi au technicien désireux de bousculer un témoin !

Sans vouloir prendre garde au haut-le-corps de Casterrat, qui s'était dressé dans son fauteuil de bois, il avança les deux chaises vides qui complétaient le mobilier spartiate du bureau, invita du geste un Berthier souriant à s'asseoir et se carra, tout à fait à l'aise, sous le nez du chef de brigade.

— Croyez bien, mon adjudant-chef, dit péniblement celui-ci, que mon accueil maladroit n'est dû qu'à une accumulation de détails qui ne collent pas avec cette histoire simple de suicide.

— Eh bien, allez-y. Voyons ce qui vous trouble.

L'autorité avait changé de camp. Berthier affichait une lippe moqueuse particulièrement horripilante, secrètement ravi d'avoir retrouvé la pugnacité de son ancien patron. Combes attendait paisiblement, l'air attentif, la liste des motifs qui faisaient trébucher le maréchal des logis-chef. Celui-ci semblait avoir du mal à récapituler les raisons de ses inquiétudes.

— En premier lieu, commença-t-il, il y a cet escabeau. Le sieur Esquenoux, je vous le rappelle, a reconnu l'avoir emporté à la cuisine, le trouvant sinistrement évocateur du drame. En quittant Loupiac, j'ai fait emporter cet escabeau. Je le croyais loquace mais il est complètement muet : les seules empreintes qui s'y trouvent sont celles du gendarme Paraillac, qui l'avait chargé dans mon véhicule.

— Rien d'impossible, réfléchit Combes à haute voix. Le cousin se souviendra peut-être d'avoir machinalement essuyé l'objet en le rangeant.

— Dans de telles circonstances, s'étonna Casterrat, ce souci de propreté me paraît peu crédible ! Mais j'interrogerai ce Désiré pour éclaircir ce problème, comptez-y !

Combes avait oublié la passe d'armes qui avait animé le début de la conversation. Il était sur le qui-vive, alerté par la mention de cet escabeau récuré, que François Bousquet n'avait pas remarqué lors de sa première visite dans le vestibule. Il n'était pas possible de souligner cette contradiction sans détruire le deuxième témoignage de son client. Grave dilemme.

— Quoi d'autre ? demanda-t-il.

— En faisant une nouvelle perquisition dans la maison de la suicidée, si j'en avais le temps, je trouverais peut-être d'autres lettres que celle-ci, qui traînait dans un tiroir du bureau de l'infirmière. Billet anonyme, composé en découpes de journal, accusant le docteur Bousquet de turpitudes sexuelles propres à désespérer une maîtresse abandonnée.

— Cette lettre cite-t-elle des noms de partenaires ?

— Non ! Rien qu'une appréciation générale sur les mœurs du personnage. Et je précise que l'enveloppe n'était même pas ouverte. Mademoiselle Esquenoux ne l'a donc même pas lue.

— Quelqu'un avait décidé de pousser Suzanne Esquenoux au suicide, en lui faisant croire qu'elle était non seulement abandonnée, mais aussi trahie publiquement...

Le chef interrompit sans ménagement le soliloque de son vis-à-vis :

— Elle avait une raison supplémentaire, dit-il gravement. Elle était enceinte. De plus de dix semaines, d'après le médecin légiste.

Comme ses interlocuteurs paraissaient surpris qu'un morticole local fît preuve d'une telle rapidité pour fournir les résultats d'une autopsie, il expliqua :

— Le docteur Rivagoux, qui est habilité à servir de légiste, est retraité de l'Institut médicolégal de Toulouse ; il se désolerait presque de la rareté des morts subites dans notre juridiction. C'est un technicien empressé, précis et retors, qui sait découvrir les anomalies que d'autres n'envisageraient même pas.

— Qu'a donc remarqué de bizarre ce toubib de choc ?

— Que, malgré sa formation d'infirmière, notre suicidée ignorait qu'une pendaison réglementaire a pour résultat la rupture de la nuque à hauteur des vertèbres cervicales. Elle s'est ratée, en fait. Le nœud lui a arraché la peau sous le menton et l'a étouffée, lentement et douloureusement.

— Je l'ai remarqué dès que j'ai vu le cadavre, apprécia Combes. Je l'ai même signalé à ce malheureux Bousquet.

— Rivagoux a généreusement attribué cette erreur technique aux trente-cinq centimètres cubes de cognac que la pauvre fille avait dans l'estomac. Le reste de la bouteille était dans la cuisine. Pas de verre à côté et aucune empreinte sur la bouteille.

— Votre légiste miracle a donc pu déterminer l'heure de la mort ?

— Il m'a saoulé d'expressions scientifiques, rigidité cadavérique, cyanose carotidienne, vitesse d'acidification stomacale, degré de stabilisation de l'exophtalmie, et j'en passe. Il est certain que mademoiselle Suzanne Esquenoux est morte d'étouffement, par pendaison, le jour de son anniversaire, 4 avril, entre onze et quatorze heures.

— En somme, remarqua pensivement le détective, ces conclusions sont assez conformes au diagnostic de mon ami Bousquet.

Le chef Casterrat avait, semblait-il, abandonné son agressivité. Il était visiblement heureux de pouvoir converser avec un professionnel de son niveau.

— N'empêche que son histoire de double visite n'est pas claire. Il peut très bien être l'expéditeur de la lettre anonyme. Il est devenu, par héritage pourrait-on dire, un notable à Villefranche. Il ne peut pas se permettre d'être le père du bâtard de son infirmière. Il aura tout fait pour que son ancienne maîtresse, dont il connaît l'instabilité, se croie trahie et abandonnée...

Combes se raidit sur sa chaise.

— Vous extravaguez complètement, mon vieux ! Vous imaginez un homme qui aurait poussé sa maîtresse au suicide capable d'acheter une montre de prix avant d'aller constater le succès de sa manœuvre, au risque de se voir désigné comme suspect ?

— Je ne vois pas qui d'autre pourrait être l'auteur de la lettre que j'ai trouvée. Que la suicidée ne l'ait pas lue ne signifie pas qu'il n'y en a pas eu d'autres, du même tonneau. La montre et les soi-disant visites d'anniversaire peuvent très bien être des artifices de mise en scène.

— L'enveloppe du torchon sur lequel vous basez votre théorie porte-t-elle des mentions révélatrices ?

— Non ! Ni adresse, ni destinataire, ni à plus forte raison un quelconque tampon postal.

— C'est donc qu'elle a été apportée directement chez mademoiselle Esquenoux. Voyez-vous Bousquet, qui ne venait que très rarement à Loupiac, entrer chez

Suzanne et glisser subrepticement son poulet anonyme dans le tiroir du bureau ?

Cette fois Casterrat parut ébranlé. Hochant la tête au-dessus de ses bras croisés, il marmonna que, bien sûr, le jeune médecin de Villefranche ne semblait pas capable de calculs aussi audacieux et aussi peu assurés du succès. Mais alors, qui ?

— Je suis d'accord, conclut un Combes impérial, avec l'obligation d'enquêter. Quelqu'un a voulu déstabiliser cette jeune femme et l'amener à se suicider. C'est une intention criminelle. A mon avis, le coupable est quelqu'un qui avait facilement ses entrées dans la maison de Loupiac, qui était au courant de l'idylle entre le docteur et l'infirmière et en était jaloux au point de vouloir faire coup double.

Le chef sursauta comme si on venait d'allumer un phare devant ses yeux.

— Vous pensez au cousin, à Désiré Esquenoux ?

— Oh ! Il n'est pas le seul jaloux de l'histoire. La jeune et jolie madame Bousquet a certainement souffert de l'aventure de son mari... D'autres aussi, peut-être, qui avaient d'autres raisons de lui en vouloir.

Le chef de brigade mesurait soudain l'ampleur des recherches qu'il allait devoir accomplir. Exhumer les détails d'une intrigue amoureuse, obligatoirement discrète, dans une petite ville de province, promettait autant de silences têtus que de ragots invérifiables. Et faire parler les voisins de la suicidée ou ceux de la ferme Esquenoux, muets par principe comme il est d'usage en milieu rural, n'offrait guère d'espoirs de réussite.

La mine de Casterrat était si lugubre que Combes en eut pitié.

— Je vous rappelle, dit-il avec une amabilité qui fit loucher Berthier sur la chaise d'à côté, que le juge Massac m'a demandé de vous aider de mon mieux. Si vous en êtes d'accord, mon fidèle Berthier commencera dès demain à écumer Loupiac et ses environs pour confesser les gens du cru. Vous verrez, c'est un teigneux ! Quant à moi, avec l'aide de ma femme, je me charge de l'enquête à Villefranche même, et je vous tiens au courant de toutes mes découvertes. Par téléphone ou de vive voix, si l'urgence veut que je vienne à Capdenac.

Le double mètre en uniforme se déplia, souriant et visiblement soulagé.

— J'aurais mauvaise grâce à refuser votre offre, dit-il cérémonieusement. Il va de soi qu'au final, c'est moi qui me chargerai des actions officielles.

— Evidemment, opinèrent révérencieusement les deux détectives en repoussant leur chaise.

— Juste un détail, ajouta Combes. Il serait bon que mon adjoint pût entrer dans la maison de la morte sans forcer la serrure. Il passera demain vous rendre la clé, après sa visite domiciliaire.

Casterrat n'ergota même pas. Il ouvrit un tiroir, en sortit le trousseau de clés que lui avait remis le docteur Bousquet la veille et le déposa dans la main tendue de Berthier.

La Coccinelle descendait à vitesse raisonnable, en épousant les virages nombreux et pressés menant au fond de la vallée du Célé, vers la maisonnette de Berthier.

— Finalement, commenta celui-ci, vous êtes venu, vous avez écouté et vous avez vaincu ! Je crois que vous avez plongé notre compagnon d'armes dans une totale perplexité.

— Oh ! Ce Casterrat est loin d'être borné. Quel effet vous a-t-il fait ?

— Physiquement, il ressemble à Don Quichotte, bien que je ne le croie pas aussi naïf...

— Excellent portrait, acquiesça Combes en riant. Ajoutez qu'il a une peur bleue de se tromper, qu'il est incapable de camoufler ses intentions, et vous aurez tout dit.

Quelques minutes plus tard, en arrivant devant le garage de son nouvel adjoint, Combes claqua des doigts, impératif.

— Passez-moi le trousseau que vous a prêté Casterrat. Je vous le rendrai cet après-midi à Villefranche. A tout à l'heure.

En regardant la Coccinelle faire demi-tour et repartir vers Loupiac, Berthier alluma voluptueusement une cigarette. Le vent du sud commençait à rassembler de nouveaux nuages menaçants, mais il nageait en pleine béatitude : il avait retrouvé son guide, l'homme qu'il admirait le plus depuis quinze ans.

10

Son mari, dont le comportement trahissait un penchant proche du snobisme pour ce qu'il appelait en barbare la « modernité », disait de cette triste Isabelle que ses principales qualités étaient d'être terne, obéissante et riche. Les seuls habitants de Villefranche qui faisaient partie des intimes d'Isabelle Rinquet n'avaient pas d'elle la même opinion.

Elle était assurément aisée, après avoir hérité des biens immobiliers de sa famille, vieille lignée de notaires locaux. Lors de son mariage avec Antoine Rinquet, jeune, beau, incapable, prétendument étudiant à Toulouse, qui l'avait séduite à l'abordage, le père d'Isabelle, avant-dernier tabellion de la dynastie, avait veillé à l'établissement d'un contrat capable de verrouiller toutes les ambitions d'un tel coureur de dot.

L'allure de la jeune femme, après une douzaine d'années de conjungo, était plus résignée qu'obéissante. Malgré son maintien modeste, il arrivait qu'un interlocuteur perspicace saisît dans son regard une étincelle de malice, exaspérée par la goujaterie innée du bel Antoine.

Quant à son air terne, fruit d'une stricte éducation religieuse dans les meilleurs collèges privés de la province, qui en avaient fait non seulement une honnête bachelière mais aussi une brodeuse accomplie, une maîtresse de maison économe et une personne capable de soutenir une conversation intelligente, il ne suffisait pas à masquer totalement un physique délicat, un teint qui avait conservé sa fraîcheur adolescente, et un regard de lac, profond et secret. Elle ne paraissait terne qu'à ceux qui n'étaient sensibles qu'au tapage, aux paillettes, et à l'agitation cultivée comme raison de vivre.

Tel était, du moins, le tableau que Fernande Baletoux, la femme de l'adjoint au maire, avait brossé d'Isabelle Rinquet lorsque Claire Combes, en fin de matinée, était venue chez elle aux renseignements.

— Comprenez ma démarche, expliquait Claire. Depuis l'année dernière, vous m'avez prodigué beaucoup de marques d'amitié[1]. J'ai appris à avoir confiance en votre jugement comme en celui d'une grande sœur. Je suis sûre que vous connaissez bien le caractère des membres de la bonne société de Villefranche. Je ne pose ces questions sur madame Rinquet, que je n'ai jamais rencontrée, que parce que son nom est apparu dans une enquête que vient d'entamer Joseph. Vous savez à quel point il s'entête à creuser les détails : avant de se focaliser sur le rôle que cette dame pourrait avoir tenu dans l'affaire qui l'occupe, il aimerait se faire une idée de son héroïne et du décor dans lequel elle évolue.

Quinquagénaire, grande, simple et racée, Fernande

1. Voir *L'Agence Combes et Cie*.

Baletoux appréciait beaucoup la vivacité et la disponibilité de madame Combes. La cruelle disparition de son amie Olga Swalowska, dont Joseph avait si brillamment résolu l'énigme, les avait toutes deux mises en relations ; depuis elles étaient devenues, sinon intimes, du moins très proches, à raison de deux ou trois rencontres par semaine. Les précautions avec lesquelles Claire avait évoqué le cas d'Isabelle Rinquet avaient éveillé l'intérêt amusé de Fernande.

— Ma petite Claire, dit-elle en souriant, vous devriez d'abord me préciser ce qu'on reproche à Isabelle. Elle n'est pour moi qu'une relation mondaine, mais je ne voudrais pas avoir l'air de colporter des ragots sur son compte, au risque de lui nuire. Elle m'est plutôt sympathique.

— Eh bien, hésita la questionneuse, d'après ce que vous m'avez déjà dit d'elle, je suis un peu surprise que l'on puisse citer son nom dans la liste des vamps ravageuses de ménages à Villefranche !

Fernande Baletoux éclata d'un rire tempétueux en secouant ses boucles grises. Elle hoqueta, une longue minute durant, renversée contre le dossier de son fauteuil Empire, son long visage chevalin plissé de rides joyeuses.

— Impayable ! articula-t-elle enfin en s'asséchant les paupières d'un doigt. C'est à peu près comme si vous me racontiez que sainte Thérèse a fréquenté les boîtes de nuit de Lisieux, s'il en existait de son temps ! Et quels seraient ses éventuels partenaires ?

— A mon tour de ne pas ajouter à ces médisances en vous donnant davantage de détails. Si je comprends bien, cette jeune femme est un ange de vertu !

Claire n'avait pas pensé vaincre les réticences prévisibles de son amie. Elle s'était persuadée que les lettres anonymes ramenées la veille par Joseph avaient tout de même un fond de vérité ; les dénégations sans retenue de Fernande la laissaient sur sa faim. Elle en était même vexée, comme si elle venait d'être convaincue au moins de naïveté, et peut-être même d'un goût immodéré pour les commérages. Le ton de sa réplique était dépité et amer.

— Pardonnez ma curiosité, ajouta-t-elle en se levant de sa chaise. J'avais cru que vous pourriez m'aider à renseigner mon mari mais, la réputation de madame Rinquet étant apparemment sans tache, j'aurais mauvaise grâce d'insister.

Bretelle du sac à main à l'épaule, guindée dans son tailleur de cheviotte gris, sourcils à demi froncés, l'air buté derrière sa frange brune, elle paraissait si malheureuse que Fernande Baletoux se leva vivement à son tour, la rejoignit et la prit aux épaules.

— Ne vous fâchez pas, ma petite Claire. Je conçois que mes réponses vous aient déçue. Mais je ne pouvais pas vous laisser croire aux calomnies qui prêtent à Isabelle des aventures extraconjugales. Elle aurait pourtant, si c'était vrai, bien des excuses, si j'ajoute foi à ce qu'on raconte sur les fredaines de monsieur Rinquet. Connaissez-vous l'individu ?

— J'ai dû le rencontrer, s'empourpra Claire qui ne tenait pas à raconter sa reconnaissance chez le marchand de biens.

— Croyez-moi, ne fréquentez pas davantage ce coureur de jupons. Et quand vous raconterez votre visite chez moi à votre mari, répétez-lui tout ce que je vous ai affirmé. Je suis persuadée qu'il en tiendra compte et que cela lui sera utile.

Sans lutter davantage contre la raideur de sa jeune amie, l'épouse de l'adjoint au maire se pencha vers elle et l'embrassa affectueusement sur la joue.

Les meilleures intentions amènent parfois de détestables conséquences. Claire avait fait ses classes de formation à son rôle d'enquêteuse avec le souci constant de combler ses lacunes techniques. Elle croyait pouvoir se reconnaître des qualités majeures, curiosité, imagination, perspicacité dans l'estimation psychologique de la clientèle ou des suspects. Pour ce qui était de la conduite des conversations, elle se savait trop directe et trop soumise à ses premières impressions. Les souvenirs emmagasinés au cours des services officiels de Joseph étaient biaisés par un amateurisme évident. Les sentiments qu'elle éprouvait pour son gendarme la rendaient partiale et l'irresponsabilité de sa position d'épouse l'obligeait à rester superficielle. Elle avait donc, à l'aide de lectures intensives de romans policiers, pour la plupart d'origine américaine, étudié les bases de l'action d'une efficace secrétaire de détective. Elle en avait conclu que l'essentiel était l'établissement d'un *background.* Outre que le mot inspirait la révérence due au spécialiste, la constitution d'un dossier détaillé sur chaque personnage apparaissant dans une enquête ne pouvait que faciliter le travail du patron. Aspect physique, état de santé, habitudes de vie, moralité, antécédents, poids financier d'un individu, autant de renseignements qui devaient épaissir les fiches qu'elle avait à établir.

Soucieux d'éviter autant que possible à sa femme les surprises du terrain, Joseph l'avait d'ailleurs encouragée dans cette voie. Pas plus tard que ce matin même, avant son départ pour Capdenac, ne l'avait-il pas envoyée chez Antoine Rinquet ? C'était donc que le ménage du marchand de biens risquait de passer pour un élément important de son enquête. Emoustillée par cette première recherche, bien qu'elle eût été peu positive, Claire avait réfléchi : comment pourrait-elle compléter cette approche par des renseignements sur madame Rinquet, dont ces fameuses lettres anonymes faisaient quand même le membre le plus intéressant du couple ? Renonçant à une entrevue directe avec cette inconnue, elle avait eu l'idée d'aller solliciter les confidences de son amie Fernande, qui connaissait le Tout-Villefranche. Astucieuse initiative, s'était-elle dit.

Les meilleures intentions (air connu)...

Le premier résultat était seulement désagréable. Très désagréable. Pour elle. En sortant de chez les Baletoux, Claire Combes était déçue, vexée du comportement de Fernande, qu'elle accusait de condescendance à son égard. Bref, elle était de très mauvaise humeur. En cette fin de matinée, le vent d'autan avait rameuté dans la vallée de l'Aveyron un conglomérat de nuages annonciateurs d'orage. La température avait gagné au moins cinq degrés centigrades, assez pour faire regretter le port d'un tailleur d'hiver. A l'idée que, de surcroît, elle allait devoir préparer un déjeuner pour le retour de Joseph et de Berthier, Claire n'était pas loin de l'explosion. S'attendant à recevoir les premières gouttes de pluie, elle trotta sur les deux cents mètres qui la séparaient de l'agence Combes et compagnie. Le tonnerre roulait déjà sur la rivière, entre les hauteurs de la route de Baraqueville et l'escarpée colline du Calvaire.

La deuxième conséquence de cette visite était plus dommageable. Spécialement pour la tranquillité d'esprit des Villefranchois, que la presse locale hebdomadaire n'avait pas encore informés du suicide de l'ancienne infirmière du cabinet Bousquet. Après le départ de sa jeune amie trop curieuse, madame Baletoux s'était posé des questions. Sur le soudain besoin de renseignements de l'agence Combes à propos des mœurs d'Isabelle Rinquet, liées, semblait-il, à une enquête entreprise par ce détective dont son mari ne cessait de vanter les mérites, le tact et l'efficacité. Après un coup d'œil à ses fenêtres, fouettées par le déluge qui inondait le cours Guiraudet, Fernande renonça à aller raconter sa matinée à son mari, qui devait avoir une idée sur la cause de cette mystérieuse enquête. Baptiste était toujours au courant de tout.

Elle ne songea pas qu'il pouvait être imprudent d'évoquer au téléphone la raison de la démarche des Combes ; elle appela la mairie, où devait se tenir une réunion exceptionnelle du Conseil municipal. Après les salutations d'usage, la secrétaire lui annonça que la séance était finie depuis une heure et que monsieur le premier adjoint était reparti vers son bureau en ville.

— La réunion n'a pas duré longtemps, bavarda la jeune licenciée qui gérait les services de la mairie d'une main de fer. Il s'agissait juste de mettre au point le texte d'une lettre déférente et amicale au président

Pompidou, dont l'état de santé commence à devenir alarmant.

— Seigneur, compatit Fernande, nous souhaitons tous qu'il puisse terminer son mandat sans aggravation de son état !

Sa contribution à la politique expédiée, elle appela l'usine Baletoux et fils. Cette emphatique appellation, qui ne désignait qu'une petite équipe de trois tailleurs de patrons, huit préposées aux machines à coudre, trois culottières et deux façonneuses, rassemblés dans une grande salle sur l'arrière du magasin de détail ouvert au public, était une marque de saine autodérision, telle que la pratiquait le chef de famille. Ce fut lui qui décrocha à la deuxième sonnerie.

Fernande lui raconta tout à trac sa conversation avec la charmante Claire et lui demanda pourquoi diable l'agence Combes s'intéressait aux Rinquet. Baptiste s'étonna, et, vaguement alerté par de vagues commérages entendus il ne savait plus où ni quand, exprima son incompréhension à haute voix :

— Je n'en sais fichtrement rien. Ces Rinquet ne fréquentent pas beaucoup de gens en ville, sauf peut-être le ménage du jeune Bousquet.

Il enchaîna avec plus d'animation :

— A propos du docteur, je crois que nous devrions lui adresser un petit mot de condoléances pour la mort de son infirmière, qu'il a découverte pendue chez elle à Loupiac.

— Bouttu se serait pendue ? C'est affreux !

— Non, pas Bouttu ! Elle n'aurait jamais trouvé de corde assez solide ! Il s'agit de la petite Esquenoux, qui travaillait déjà avec Bousquet père.

— Celle dont on disait...

— C'est ça même ! coupa Baptiste, qui trouvait la voix de Fernande trop sonore et que venait de saisir un besoin tardif de discrétion.

Debout derrière son dos, compassé et surveillant les mouches au plafond, trois aventurières prématurées énervées par l'autan, Gustave Rouillac, chef comptable et responsable des expéditions, replié sur l'épais livre de comptes qu'il tenait à deux mains contre son ventre, semblait un sourd-muet en voyage en Chine.

N'empêche que dix minutes plus tard, son courrier dûment paraphé, monsieur Rouillac annonçait le suicide de mademoiselle Esquenoux à sa dactylo. La pause de midi, au cours de laquelle les femmes des bureaux et de l'atelier déjeunaient ensemble d'un sandwich autour des tables de coupe, permit une plus large diffusion de la nouvelle, à laquelle on associa ce que l'une ou l'autre croyait savoir du roman entre la triste Suzanne et le beau François Bousquet. A la fin de la journée, quand les ouvrières retournèrent chez elles, chacune d'elles ayant à son gré élargi cette histoire simple, trois mille Villefranchois apprirent les tenants et les aboutissants du drame.

En rentrant à son cabinet à sept heures du soir, après une dernière visite à Compolibat, le docteur Bousquet s'étonna de voir dans la lueur des phares une dizaine de silhouettes massées devant la fontaine des Quatre-Sergents. Quand il sortit de sa voiture, aucune d'entre elles ne le salua. Mais, au moment de tourner sa clé pour entrer chez lui, il entendit très distinctement, dans son dos, les voix excitées ou horrifiées du chœur, qui glissaient jusqu'à lui sur les pavés mouillés :

— Té ! C'est lui ! C'est le docteur ! Il paraît qu'il a tué son infirmière parce qu'elle voulait plus coucher avec lui !

11

— Allô ! Allô ! Je voudrais parler à monsieur Combes. C'est urgent !

La voix était énervée, un peu haletante. Une voix d'homme, inquiète, qui dérivait vers l'aigu.

Berthier, aux cent coups, n'avait pas eu le temps de se lever complètement de sa chaise que Claire avait déjà arraché le combiné de l'appareil, sitôt le premier tintement de la première sonnerie – Joseph ! C'était sûrement Joseph ! Le soulagement la faisait chevroter, à deux secondes d'un sanglot qui lui montait au gosier.

— Joseph, cria-t-elle, où es-tu ? Voilà des heures que tout le monde te cherche !

— Allô, répéta la voix impatiente. C'est à monsieur Combes que je parle ? Passez-moi monsieur Combes ! Pour le docteur Bousquet !

— Avez-vous des nouvelles de Joseph ? Où est-il ? Pourquoi n'appelle-t-il pas lui-même ?

Au bout de son fil, François Bousquet fut le premier à retrouver un semblant d'orientation dans ce dialogue sans queue ni tête.

— Pardonnez-moi, dit-il en maîtrisant enfin sa voix,

je crois comprendre que vous êtes madame Combes et que vous cherchez vous aussi votre mari ? Qu'est-il donc arrivé ? Il est déjà sept heures et demie passées et je voulais avoir des nouvelles de sa journée d'enquête...

— Je voudrais bien en avoir, moi aussi, mais il n'est pas encore rentré de sa partie de chasse entre Capdenac et Loupiac.

— Puis-je vous aider de quelque manière ? demanda le docteur, qui devait se sentir d'une certaine façon responsable des ennuis qui retardaient aussi gravement son détective.

— Merci ! trancha furieusement son interlocutrice. Vous en avez assez fait jusqu'à présent ! Nous vous appellerons dès que possible !

Elle raccrocha violemment et tourna un regard désolé vers le fantôme de Berthier. Debout, appuyé des deux poings au bord du bureau, il avait du mal à reprendre contact avec l'action. Son visage désolé, au teint bilieux, trahissait une inquiétude évidente. Arrivé à Villefranche aux environs de quinze heures, il avait paisiblement raconté à Claire sa matinée passée avec Joseph et avait travaillé avec elle à se mettre au courant des habitudes et des moyens de l'agence. Il avait certes trouvé que la femme de l'adjudant-chef ne semblait pas tenir la « forme » d'autrefois, mais il avait mis cette maussaderie sur le compte d'une mauvaise humeur passagère.

Deux heures plus tard, tout de même, elle avait remarqué à haute voix que son mari était d'une légèreté inadmissible. On n'arrive pas à ce point en retard à un rendez-vous !

A dix-sept heures trente, après avoir fait répéter une énième fois à Berthier le programme que lui avait annoncé son mari en le quittant devant sa porte, elle avait commencé à s'avouer que l'angoisse la gagnait insensiblement. Après son éprouvante matinée et l'inintéressant *briefing* de leur nouvel associé, elle avait honte de sentir diminuer sa confiance dans les qualités de limier de Joseph.

A dix-huit heures, la honte avait fait place à un sentiment complexe, fait d'exaspération et de peur irraisonnée.

« Il ne peut pas s'être perdu dans la nature. Il ne peut être qu'à Loupiac, dans cette maison qu'il voulait passer au peigne fin », avait réfléchi son compagnon qui n'arrivait pas à se mettre autre chose dans la tête.

Ils avaient, en désespoir de cause, téléphoné au juge Massac. Il n'avait pas été d'un grand secours, se contentant de leur conseiller de se calmer et de ne faire aucune autre démarche avant d'appeler la gendarmerie de Capdenac :

« Vous connaissez le sens de la légalité de votre mari, avait-il dit, en se voulant rassurant. S'il a trouvé un indice révélateur à Loupiac, il peut très bien être reparti voir le chef Casterrat ! »

Maintenant, après l'intervention du docteur Bousquet, la mesure était comble. Claire arracha du portemanteau son trench-coat blanc, qui lui donnait l'air d'une héroïne de polar américain, et se tourna vers Berthier.

— Vous avez un véhicule ?

— Ma 4L, garée à cinquante mètres, place du L'Hez.

— Elle marche bien ?

— Elle est vaillante, oui !

— Nous partons à Loupiac.

— Une minute, tempéra l'autre. Donnez-moi le temps d'appeler Casterrat. Si l'adjudant-chef est chez lui, ce serait idiot de le croiser sans le savoir !

La communication ne dura guère plus de la minute demandée. Berthier raccrocha en ricanant.

— Quoi de neuf ? s'impatientait déjà Claire.

— Rien du tout. Votre mari n'est pas chez lui. Casterrat va aller nous attendre à Loupiac et il m'a recommandé de conduire prudemment ! Il ne m'a jamais vu au volant, ce grand sifflet !

En soi, ce n'était pas une performance ; mais en stoppant sportivement sa vaillante Renault sur le talus herbeux, à la sortie de Loupiac, sous le nez d'un indiscret véhicule de la gendarmerie au gyrophare lugubre, le numéro trois de l'agence Combes jeta un regard à sa montre-bracelet et se retint de sourire. Vingt minutes et quelques secondes, de nuit et sur revêtement mouillé, depuis qu'ils avaient refermé la porte du bureau à Villefranche, pour avaler vingt-cinq kilomètres ! Il n'avait pas perdu sa *vista* !

— Qu'est-ce qui se passe ici ? demanda Claire en jaillissant de sa portière et en se précipitant dans la lumière des phares.

— Je ne le sais pas plus que vous, répondit une voix agacée, tandis que la haute silhouette en uniforme de Casterrat se dressait devant cette femme visiblement à bout de nerfs.

Malgré le réchauffement très net de la température, il avait revêtu le rase-pet réglementaire bleu marine, qui lui épaississait le buste et faisait ressortir la maigreur et la longueur anormales de ses jambes.

Cette apparition un peu ridicule, qui rappelait ces gymnastes de bois découpé articulés qui virevoltent autour d'un élastique pour amuser les enfants, eut au moins le mérite de ramener Claire à un comportement plus digne d'une épouse de serviteur de l'ordre.

— Mon mari est-il dans cette maison ? L'avez-vous trouvé ? Est-il blessé ?

Casterrat leva la main devant cette avalanche de questions.

— Qu'est-ce qui vous fait penser qu'il est ici ?

— En sortant de chez vous ce matin, mon patron a décidé de venir revisiter le domicile de la suicidée à ma place, parce que j'avais à faire à Villefranche. Il a certainement fait directement le trajet de Figeac à Loupiac, où il a dû arriver juste avant midi. Nous devions nous retrouver à l'agence vers quinze ou seize heures, mais nous n'avons eu aucune nouvelle de lui.

La réponse de Berthier avait été débitée avec un calme tout professionnel, qui fit régresser un peu l'énervement ambiant.

— Ce que monsieur Combes a pu trouver dans cette maison aurait pu le pousser à effectuer une autre démarche ?

— Il est facile d'en être sûr, rétorqua autoritairement le détective frais émoulu. Il nous suffit d'entrer. A condition d'enfoncer la porte de la baraque, ajouta-t-il, car c'est Combes qui a les clés !

Claire se dirigeait déjà vers le court perron de trois marches éclairées par saccades par le gyrophare, silhouette blanche sautillant comme dans un dessin animé trop rarement illustré.

— Eteignez-moi ces lumières et venez avec nous, ordonna Casterrat par-dessus son épaule.

Deux ombres massives sortirent placidement dans l'obscurité retrouvée, à peine écorchée par un rayon de lune. Le petit groupe piétina durant quelques secondes, nécessaires pour organiser l'assaut de l'objectif.

— *Macarel* ! chuchota une voix qui appartenait sans doute au gendarme Couderc. C'est pas verrouillé ! La porte est ouverte...

Le chef de brigade de Capdenac montra alors qu'il ne perdait pas son sang-froid dans les moments critiques. Il retint in extremis Claire, qui allait se jeter dans l'entrée :

— Votre mari est-il armé ? souffla-t-il. S'il est làdedans en train de guetter la venue de quelqu'un, je ne voudrais pas qu'il blesse l'un d'entre nous !

— L'adjudant-chef ne tire pas à tort et à travers sans raison, gronda Berthier dans son dos. Allez-y, bon Dieu !

Les quatre hommes se bousculèrent pour entrer tous ensemble. Une main chanceuse trouva l'interrupteur, et la lumière crue de l'ampoule de plafond illumina le petit vestibule au carrelage nu. Les deux gendarmes qui constituaient le groupe d'abordage se retournèrent vers Claire, avec une expression désolée, comme s'ils se sentaient responsables de cette absence de résultats. Dos plaqué à la porte refermée, paupières baissées, elle avait peine à se remettre du trouble qui venait de la submerger. La dernière fois qu'elle avait vu Joseph avec une arme au poing, il avait tué d'une balle en plein front la femme qui venait de la blesser. Les mois affreux qui avaient suivi, la mutation à Rodez, le conseil d'enquête disciplinaire, la carrière compromise, tout cela allait-il recommencer[1] ?

Elle se raidit, rouvrit les yeux et fusilla le chef Casterrat d'un regard furieux.

— Qu'attendez-vous pour faire fouiller cette bicoque de fond en comble ? Plus vite vous le ferez, plus tôt vous pourrez rentrer chez vous pour attendre que quelqu'un fasse le travail à votre place !

Un instant, le chef hésita à répliquer vertement. D'expérience, il croyait savoir que les épouses de ses subordonnés étaient plus sujettes que leurs maris aux crises d'insubordination. Cette fois, il admit dans son for intérieur que madame Combes avait de bonnes raisons d'être nerveuse ; lui-même commençait à être inquiet, concernant le sort de son ancien. Il se contenta de hocher la tête et se tourna vers son commando.

— Allez, tous les deux. Couderc, le bureau et le cellier. Paraillac, la chambre, la cuisine et l'appentis. Au trot !

Les portes battirent à en ébranler les cloisons. L'action, qui s'était suspendue quelques minutes, reprit dans un concert de bruits de rangers dérapant sur les carrelages, de tables déplacées sans ménagement, d'armoires ouvertes à la volée, de jurons marmonnés quand les acteurs de la perquisition rencontraient un obstacle contondant. Berthier avait suivi Paraillac vers la cuisine.

1. Voir *L'Affaire Combes*, même auteur, même éditeur.

Muette et tendue, Claire fixait le fil électrique pendant du plafond, en essayant d'imaginer le corps de l'infirmière pendu à cette place, tel que l'avait trouvé le docteur Bousquet. C'était le seul dérivatif qu'elle trouvait à son angoisse. A un mètre d'elle, le chef Casterrat jetait des regards de côté à cette boule de nerfs et se donnait l'air de réfléchir, bien qu'il arrivât seulement à prier pour qu'il n'y ait pas de complications dramatiques.

— Là ! Une flaque de sang !

Le cri poussé par le gendarme Couderc jeta dans le bureau les deux occupants du vestibule... La table à pansements avait été débarrassée de l'alèse de toile cirée blanche, maintenant rangée en cylindre, comme un tapis, contre le mur, sous l'armoire à médicaments. Le gendarme était déjà en train de la dérouler avec précipitation, pendant qu'une traînée de sang épais, presque brun, s'écoulait sur le sol, moitié caillots moitié sérum. Claire, appuyée au bureau métallique, qui lui barrait la route, se battait contre l'évanouissement, tétanisée, les yeux hors de la tête. Casterrat s'était précipité sur un pan de la toile cirée et tirait le rouleau qui ripait lourdement sur le dallage. Il fut le premier à s'arrêter et retint le bras de Couderc, au moment où ce sarcophage improvisé vomissait un corps. Un homme épais, vêtu d'un pantalon et d'une veste de jean, maculée du sang qui avait coulé d'une blessure à la nuque. Etincelant dans la lumière, une paire de grands ciseaux à pansement était fichée à hauteur des cervicales, juste au bord d'une tignasse brune et drue. Le chef mit un genou à terre et souleva une épaule du cadavre, soupira bruyamment comme si ce coup du sort l'achevait, laissa retomber ce nouveau client, à plat ventre.

— Nom d'un chien, souffla-t-il, Désiré Esquenoux ! Qu'est-ce qui s'est passé ici ?

Ni Couderc, qui se découvrait une sensibilité jusque-là inconnue, ni Claire, à laquelle le soulagement avait coupé le souffle, n'eurent le temps de réfléchir à une réponse... Du fond de la maison arrivaient, pêle-mêle, appels excités, encouragements et cris de victoire :

— Ici ! Il est vivant ! Enlevez-lui ce sac ! Combes est là, vivant ! Dans l'appentis !

La cavalcade reprit dans l'autre sens, Claire en tête, le cœur débordant d'adrénaline, les gendarmes sur ses talons. Personne n'avait pensé qu'il serait de quelque utilité de rester à se lamenter auprès des restes de Désiré Esquenoux.

Le rassemblement général eut lieu dans la cuisine, dans un hourvari indescriptible, d'émotion, de la part de Claire et de Berthier, de demandes d'explications et de réponses hachées de la part des porteurs d'uniforme de Capdenac, et de gémissements contenus émis par un zombie ressemblant à Combes, suspendu par les bras aux cous de Paraillac et de Berthier.

Il n'était visiblement pas au mieux de sa forme. La tête et le buste parsemés de toiles d'araignée, de brindilles de bois et de brins de jute, il arborait au-dessus de l'oreille gauche une bosse de la taille d'un demi-œuf à repriser, soulignée à la naissance de la nuque par une estafilade sanglante. Sa respiration paraissait heurtée, et des traces boueuses sur le tissu de sa veste donnaient à croire qu'il avait reçu quelques coups de lourdes chaussures.

Quand ses deux porteurs le posèrent sur une chaise de bois contre la table de cuisine, il grimaça, sourit d'un air exténué à sa femme, qui n'osait pas s'approcher, et chuchota :

— Vous avez mis un sacré temps à arriver !

— Où était-il enfermé ? questionna Casterrat à voix basse.

— Dans le fond de l'appentis, dit du même ton un Paraillac tout ému. Une niche dans le mur, camouflée par une pile de bûches et de fagots. Il était bâillonné par un torchon, ficelé comme une volaille ; et on lui avait mis la tête dans un vieux sac à grain vide.

Le chef de brigade montra que, malgré ses déficiences, il était capable de prendre des décisions intelligentes :

— Mon adjudant-chef, dit-il en se penchant vers le blessé, je pense que le mieux pour vous est d'aller vous mettre entre les mains d'un toubib. Votre crâne a besoin d'une radio, et peut-être aussi vos côtes... Je vais faire chercher votre voiture et j'irai vous voir demain matin, pour que vous me racontiez ce qui vous est arrivé.

— Je crois, réussit à articuler Combes, qui faisait effort pour relever la tête et garder les yeux ouverts, qu'ils étaient deux, deux hommes. Jamais vus... L'un appelait l'autre Esquenoux...

— Rassurez-vous, sourit Casterrat, celui-là, vous lui avez réglé son compte. Il n'embêtera plus personne.

Plié sur son coin de table comme s'il allait tourner de l'œil une nouvelle fois, le détective bava une protestation indignée, qui ne dépassa pas le volume d'un cri de souris prise au piège.

« Pas moi... Peut-être l'autre », crut comprendre Berthier.

Claire avait recouvré toute son énergie. Penchée sur les épaules de son mari, elle brava d'un regard exaspéré ces quatre professionnels qui se laissaient aller à tenter d'arracher un témoignage à un blessé qu'il fallait soigner d'urgence.

— Repose-toi, mon chéri, s'énerva-t-elle. Tu leur diras toute l'histoire demain, quand tu iras mieux. Vous autres ! Donnez-moi un coup de main pour le charger dans la 4L. Berthier ! Vous nous conduirez à l'hôpital de Villefranche. Tout de suite. Vous coucherez à la maison, dans la chambre de Robert.

L'évacuation de Joseph, qui ne pesait pas lourd dans les bras solides des gendarmes de Casterrat, se déroula avec toutes les attentions et la célérité nécessaires.

Il ne pleuvait plus une goutte. La nuit était claire et tiède pour un mois d'avril. Au moment où la voiture démarrait, Claire pencha vers la glace ouverte un visage aux traits tirés, mais quand même soulagé.

— Pardonnez-moi mon agitation de tout à l'heure. Merci d'être venu nous aider, dit-elle avec un sourire las au chef de brigade qui saluait comme s'il voyait s'ébranler un convoi funèbre.

12

Après une demi-heure de route, car Berthier, en charge d'un blessé qu'il jugeait précieux, avait conduit avec une prudence inhabituelle, et une autre demi-heure gaspillée à réveiller le personnel des urgences de l'hôpital, peu gymnastiqué à des interventions nocturnes, même sous l'aiguillon d'une épouse inquiète, Combes avait été manipulé par tous les spécialistes de l'établissement. Le service de radiologie avait conclu qu'il n'avait pas de fracture du crâne mais seulement deux côtes fêlées. Les infirmières avaient badigeonné son estafilade à la nuque d'une solution concentrée de teinture d'iode et le médecin de garde avait cru terminer la séance en déclarant que monsieur Combes, une fois ceinturé étroitement de bandes Velpeau et enturbanné de gaze, devait rester un ou deux jours en observation à l'hôpital... Mais monsieur Combes, lardé de piqûres tonifiantes qui lui avaient rendu une grande partie de sa combativité, avait violemment protesté contre cet ukase médical.

— Puisque je n'ai rien de sérieux, vous allez me f... la paix et me laisser rentrer chez moi !

L'agitation étant néfaste pour lui, le médicastre avait levé les bras au ciel et exigé qu'on lui signât une décharge. A la suite de quoi, papier rageusement paraphé par Claire qui avait été lestée de cachets de somnifères et d'analgésiques à faire ingurgiter à son patient rétif, la voiturette de Berthier avait ramené à domicile tout le personnel de l'agence Combes et compagnie.

A deux heures du matin, ce 7 avril, Joseph était enfin couché après avoir ronchonné pour avaler avec un verre d'eau deux cachets d'aspirine et un de Mogadon.

— Pourquoi ne te couches-tu pas ? avait-il demandé d'une voix enfin affaiblie.

— Parce que je suis trop énervée et que je te donnerais des coups dans les côtes en dormant, avait rétorqué sa femme. Je vais aider Berthier à faire son lit chez Robert, et je vais m'installer sur le canapé du salon. Appelle si tu as besoin de quelque chose, et essaie de te reposer. La journée a été dure.

Berthier s'était levé le premier de la maisonnée. Perclus de crampes dans les mollets, après avoir passé une grande partie de sa nuit à se recroqueviller dans un lit trop court pour lui. Descendre au bureau de l'agence, assez silencieusement pour ne réveiller personne, avait été une épreuve difficile : le chien Major, peu habitué à voir surgir dès potron-minet un inconnu en bras de chemise et pantalon pied-de-poule marron dans le couloir du premier étage, avait montré des velléités grondantes de lui interdire l'accès de l'escalier... Après un grand quart d'heure de négociations, à base de gratouillis sur le nez et sous la barbe de Major, numéro trois avait réussi à gagner le bureau, escorté par le chien qui s'était d'un bond installé sur le fauteuil de cuir pour continuer sa grasse matinée. Berthier s'était mis à consulter, une à une, les fiches remplies de l'écriture de Claire, rangées dans le classeur métallique.

Un peu avant neuf heures, il entendit quelques bruits de pas dans le vestibule. Major les avait entendus avant lui et grattait d'une patte nerveuse le vantail de la porte isolant le bureau de l'agence de l'appartement. Dès qu'il fut libéré, il partit vers la cuisine en glissant sur le dallage. En robe de chambre de pilou bleu roi, Claire s'étirait devant une casserole d'eau déjà fumante. D'une main distraite, elle répondit aux démonstrations du chien et alla soulever le rideau de la fenêtre qui donnait sur le cours Guiraudet. Le ciel était de ce bleu hésitant et transparent qui accompagne les premières journées de printemps, lorsque les marronniers défripent leur feuillage vert tendre adolescent. Elle se retourna d'un coup, comme Berthier arrivait, subitement consciente qu'elle devait avoir mauvaise mine, peignée à la diable et le teint gâté par une nuit de cauchemars, coupés de raids discrets au premier étage au chevet de son blessé.

En constatant mutuellement que l'autre n'arborait pas un air triomphant, ils s'épargnèrent un échange de politesses inutiles concernant l'efficacité de leurs sommeils respectifs.

— Un solide petit déjeuner ne vous fera pas de mal, décida Claire. Vous allez prendre un bol de café et deux œufs sur le plat.

Numéro trois paraissant séduit par ce programme, elle demanda :

— Quand voulez-vous rentrer vous changer à Figeac ?

— Si je ne vous gêne pas, dit Berthier, je pensais attendre ici la visite du chef Casterrat. Nous aurons peut-être quelques éclaircissements sur les événements d'hier et nous pourrions commencer à partir en chasse. Comment va l'adjudant-chef ?

— N'employez plus ce mot-là. Appelez-le Combes et moi Claire. On ne va pas se donner perpétuellement des titres, des « monsieur » et des « madame »... A ma dernière incursion auprès de lui, Joseph dormait encore.

En fait, ils n'eurent pas le temps de se réjouir du repos accordé à leur estropié. Pas même celui de terminer leurs agapes. La voix de monsieur le directeur, assez puissante pour dévaler dans la cage d'escalier, les laissa sur leur faim.

— Ohé ! Quelqu'un à la maison ? Je meurs de faim !

Ils consacrèrent donc la demi-heure suivante à parcourir dans les deux sens les vingt-trois marches de la cuisine à la chambre à coucher, avec de quoi sustenter leur affamé ; à inonder la salle de bains en tentant de raser le menton et les joues de Joseph, qui ne pouvait lever son bras droit à cause de ses côtes fêlées, et à essayer de le convaincre qu'il devrait rester sagement au lit pour le reste de la journée. Pendant ce répit, resté seul dans la cuisine, Major avait fait preuve de sa mauvaise éducation en torchant les assiettes de toutes traces d'œufs au plat, avant de se rendormir au pied de la fenêtre.

Vainqueur de la passe d'armes qui l'avait opposé à ses deux adjoints, Combes descendit en grimaçant jusqu'au rez-de-chaussée, cramponné à la rampe de la main gauche, la droite appuyée au coude maternel de sa femme. Il exigea d'être installé dans son raide fauteuil directorial, accepta que Claire lui glisse dans le dos un coussin enlevé au canapé du salon.

— La gendarmerie de Capdenac va bientôt débarquer, annonça-t-il. Je ne veux pas donner l'image d'une lavette pleurnichant pour un coup de matraque !

Il avait l'air un peu crispé dans son bandage pectoral qui apparaissait dans l'échancrure de la robe de chambre à fleurs concédée aux imprécations de Claire. Si son profil droit était rose, le gauche s'ornait sous le turban d'une sinistre tache bleuâtre qui progressait vers la mâchoire.

A dix heures et quart exactement, alors que Claire venait de le rejoindre au bureau, vêtue d'une jupe un peu trop estivale et d'un pull vert clair propre à lui requinquer le moral, ou du moins à le faire croire, un coup de sonnette marqua la fin de la méditation de Joseph, immobile comme un bonze en prière...

Sorti dans le vestibule pour fumer une cigarette, Berthier fit office de portier, salua un Casterrat un peu éteint, qui traînait une sacoche d'ordonnance apparemment lourde, et le conduisit directement au saint des saints.

Le chef s'arrêta sur le seuil, se découvrit et jeta au ménage Combes un regard étonné et admiratif.

— Pas de doute, vous êtes tous les deux surprenants ! dit-il avec une sincérité non feinte. Je vous ai cherché à l'hôpital, mais on m'a dit que vous aviez engueulé le toubib qui voulait vous garder, et que vous étiez rentré chez vous !

— Aux traces de coups près, grimaça Joseph, vous avez l'air passablement déplumé vous aussi. J'imagine que vous n'avez pas dû dormir beaucoup. Laissez-vous tomber dans ce grand fauteuil, que je puisse vous regarder dans l'œil, pendant que Claire va au moins vous préparer un café chaud.

— Merci ! C'est vrai que cette histoire Esquenoux tourne un peu trop violemment à mon goût. Figurez-vous...

— Pardonnez-moi de vous interrompre, mais je voudrais commencer par mon histoire. Mes souvenirs de l'après-midi d'hier se sont beaucoup éclaircis cette nuit et ce matin, et je ne voudrais pas qu'ils s'effacent avant de vous les avoir retracés au complet.

— Allez-y, concéda le gendarme.

Le compte rendu de Combes ne fut pas un modèle de discours organisé. Bien qu'il s'efforçât au respect de la chronologie, les images de l'après-midi mouvementé de la veille lui revenaient en vrac, et il tentait de les restituer brutes de décoffrage. Il y avait des redites, parfois de scènes identiques mais perçues sous un angle différent ; il y avait des pans entiers du récit qui manquaient, ceux qui correspondaient aux évanouissements successifs du narrateur. Il y avait aussi les réflexions que les différentes péripéties avaient fait naître dans l'esprit de Combes, au cours de sa réclusion dans sa niche et pendant son sommeil de préconvalescence.

Il fut assez discret sur la première heure de ses recherches tranquilles à l'intérieur de la maison de Suzanne Esquenoux. Claire et Berthier, qui croyaient bien connaître Joseph, en conclurent qu'il gardait pour lui une partie des résultats. A peine avoua-t-il qu'il avait trouvé dans l'appentis, dissimulée sous les bûches, une liasse de lettres anonymes à l'état neuf, prêtes à être distribuées, qu'il n'avait pas eu le temps de consulter et qui lui avaient été reprises après l'agression.

Il mentionna aussi qu'il avait découvert, dans un fond de tiroir du bureau de l'infirmière, un billet aller-retour de la ligne d'autocar Figeac-Villefranche, daté du 3 avril, et qu'il s'était étonné, après inspection du réfrigérateur, de n'y voir aucune denrée fraîche rapportée de ce voyage en ville.

— Aucune femme, remarqua-t-il, qui ne se rend en ville que deux fois par mois, ne négligerait de faire des achats d'alimentation à cette occasion. Les ressources de Loupiac ne doivent pas suffire aux besoins d'une cuisinière, même frugale. Je n'ai d'ailleurs trouvé aucun reste de pain dans cette cuisine, comme si on avait fait le ménage à fond.

Pour la suite des événements, le récit devenait plus décousu.

C'était apparemment en retournant à l'appentis, après sa fouille de l'habitation, que le chasseur avait été surpris par un gibier inattendu, un rustaud au front bas et au visage rubicond, qui lui avait asséné un grand coup sur le crâne avec un objet métallique.

— C'était une clé à molette, intervint Casterrat. Nous l'avons retrouvée parmi les fagots et nous avons trouvé sur le manche des empreintes digitales qui ressemblent beaucoup à celles que nous avons relevées sur le cadavre de Désiré Esquenoux. Mais comment avez-vous su que c'était lui ? Vous ne l'aviez jamais rencontré auparavant ?

— Laissez-moi donc continuer, s'énerva Combes. J'étais par terre, pratiquement dans le cirage, quand mon agresseur m'a ficelé avec un bout de corde et m'a coiffé d'un vieux sac avant de me laisser m'endormir. J'ai vaguement refait surface, je ne sais pas combien de temps après, en entendant des voix qui discutaient violemment auprès de moi...

La victime troussée et immobilisée avait fini par comprendre qu'il y avait deux hommes, en désaccord au sujet du sort qu'il convenait de lui faire subir. L'un, reconnaissable à son fort accent local, voulait l'achever sur-le-champ en assortissant ses menaces de violents coups de pied dans la poitrine. L'autre, à la voix plus policée, traitait le premier d'imbécile.

« Je vous interdis de le tuer, répétait-il en haussant le ton. Ce serait un cadavre inutile. Comprenez donc, Esquenoux, que l'enquête viendrait saboter mon scénario. Je n'ai pas mis tout ça au point pour qu'un crétin comme vous se mette à supprimer un visiteur innocent. Laissez celui-là où il est. S'il ne meurt pas du coup que vous lui avez flanqué, il se réveillera en assez mauvais état, sans pouvoir se souvenir de ce qui lui est tombé sur la tête. »

Combes prétendait que ces deux charmants discoureurs étaient repartis vers l'intérieur de la maison, en laissant ouverte la porte donnant sur la cuisine.

— Ils se disputaient de plus en plus violemment, poursuivit-il. Esquenoux criait qu'en perdant sa cousine

Suzanne il avait été le dindon de la farce, et qu'il était prêt à faire danser le responsable de ce sacrifice. La voix de l'autre montait dans les aigus. Sous mon sac, j'entendais mal les noms d'oiseaux qu'ils échangeaient. Je suis sans doute retombé dans les pommes à ce moment-là. Quand je me suis réveillé, des heures après, il n'y avait plus aucun bruit et il faisait très noir. Le temps m'a paru long jusqu'à votre arrivée.

Joseph avait prononcé ces dernières phrases avec lassitude, comme s'il n'était pas près de se remettre de cette épreuve. Berthier, qui reconsidérait peut-être son engagement dans la police parallèle sous l'angle des risques encourus, jouait les sphinx, adossé au mur et les mains dans les poches. Recroquevillée sur un tabouret au plus près de son seigneur et maître, Claire s'était bouché les oreilles de ses poings et fermait les yeux, pour chasser l'évocation des violences subies par son mari.

L'expérience de Casterrat ne le dispensait pas de ressentir un certain trouble, même s'il avait cherché à analyser froidement les détails de l'histoire. L'air grave, il toussota deux ou trois fois dans le silence qui s'était installé, avant de se décider :

— Je conçois sans peine que vous avez passé des moments particulièrement pénibles, entre les coups et les menaces de mort de ce sauvage. Quant à la présence de ce deuxième homme, qui vous a tout de même sauvé la vie avant de faire taire Désiré, selon toute vraisemblance, elle éclaire toute cette affaire d'un jour nouveau, n'est-ce pas ?

Le cerveau de Combes n'avait pas trop souffert de sa rencontre avec une clé à molette. Du moins, lassitude estompée, était-il encore en état de fonctionner.

— Premièrement, dit son propriétaire avec précaution, évitant l'inspiration qui eût été nécessaire en entamant l'énoncé de ses importantes réflexions, nous allons devoir convaincre le juge Massac que mademoiselle Esquenoux ne s'est pas suicidée mais qu'elle a été assommée puis pendue. Il y a eu meurtre, et prémédité. Quelqu'un qui projette de se tuer ne fait pas la veille soixante kilomètres en autocar pour accomplir une démarche, sans même faire quelques courses dans une ville où il ne va qu'une fois par quinzaine. De plus, je ne connais personne qui soit capable de se pendre et d'aller ensuite ranger son échelle dans une autre pièce...

— Mais c'est son cousin qui a déplacé l'escabeau ; il nous l'a dit...

— C'est faux. Le docteur Bousquet finira par vous avouer qu'il est entré chez sa maîtresse le soir du 4 avril. Suzanne était pendue et votre escabeau était absent. Je sais qu'il a eu tort de vous mentir, mais je crois à sa déclaration. Il prétend aussi que ce soir-là la lumière de l'entrée était éteinte, qu'il l'a allumée en arrivant, puis à nouveau éteinte en s'en allant. Or, votre Désiré a prétendu que, le lendemain matin, l'ampoule brillait de ses mille feux. Pourquoi ces contradictions ? Après sa tentative d'assassinat sur ma personne, j'aurais tendance à ne pas croire à la véracité de la déposition du sieur Esquenoux. Enfin, je vous rappelle les bribes de conversation que j'ai entendues : « Comprenez qu'une enquête viendrait saboter mon scénario » et « Je n'ai pas mis tout ça au point », et cetera... Si vous ne trouvez pas ces mots révélateurs d'un assassinat prémédité, je mange mon vieux képi !

— Cette discussion entre Désiré et votre inconnu pourrait avoir rapport avec tout autre chose. Par exemple un trafic dont la maison de Suzanne était le centre et que la mort subite de l'infirmière aurait désorganisé ?

— Qu'y aurait-il donc eu à trafiquer à Loupiac ? De la drogue, des médicaments, de la charcutaille ? Le stock de produits illicites aurait-il été déménagé ou volé avant votre arrivée, le 5 au matin ? Que faites-vous des lettres anonymes déposées çà et là dans la maison, traitant des frasques du docteur Bousquet et destinées à la jeune « suicidée », qui n'en a manifestement lu aucune ?

Casterrat, sous l'avalanche des arguments que Combes lui assénait, s'était avancé à l'extrême bord de son fauteuil. Il était visiblement agacé par la vivacité d'esprit retrouvée de l'assistant que le juge lui avait assigné. Jusque-là, au cours de sa carrière, il n'avait eu à traiter que des affaires mineures, désordres de cafés, incendies de granges, rixes d'après boire, accidents de circulation, litiges notariaux interminables en milieu rural. Honnêtement, il reconnaissait ne pas faire le poids face à l'expérience du mythique enquêteur de la gendarmerie aveyronnaise. Il passa une main sur son crâne, machinalement, pour rabattre la mèche hérissée qui confortait sa ressemblance avec un héron, leva le menton avec raideur.

— Je reconnais que votre thèse tient debout. J'aimerais tout de même confirmer que votre agresseur était bien Désiré Esquenoux. Par exemple en comparant les chaussures boueuses que j'ai prélevées sur son cadavre et que j'ai apportées dans ma sacoche avec les empreintes de coups de pied laissées sur vos vêtements, si vous les avez laissés en état.

Claire s'était remise de ses émotions, rassurée sur l'état de Joseph par l'autorité de sa démonstration.

— Je n'ai pas encore eu le temps de déposer à la teinturerie le veston et la chemise de mon mari, sourit-elle. Je vous les descendrai tout à l'heure.

— Merci, salua le chef, gourmé, avant de se retourner vers Combes, qui souriait aussi, de façon exaspérante : Continuons. Tout à l'heure vous avez commencé votre topo par le mot « premièrement » ; que gardez-vous sous votre turban pour remplir les autres paragraphes ?

— Je me permets de vous faire remarquer que ces chaussures boueuses ne vous apportent pas de preuves assez solides pour soutenir valablement une accusation. Le meurtrier de ce garçon peut très bien avoir enfilé ces chaussures à sa victime. Il faudra prouver qu'elles appartenaient à Désiré. Mais c'est un détail, qui n'a aucune importance, ni pour l'affaire, ni pour moi. Passons donc au deuxièmement. Vous savez, les fameuses questions, « qui », « quand », « où », « comment », « pourquoi »... A votre avis, qui est donc l'assassin de Suzanne Esquenoux et accessoirement de son cousin ?

Claire avait décidément retrouvé sa combativité. Elle répondit la première, nettement inspirée par ses lectures de la Série noire :

— Cherchez la femme !

— Il pourrait y en avoir une ou deux, comme conceptrice de ce crime. Mais nous n'en avons dans notre liste aucune d'assez solide physiquement pour manipuler le corps de Suzanne et pour maîtriser Désiré, qui devait être un costaud...

— Votre gentil et menteur docteur Bousquet, proposa Casterrat sans hésiter.

— Possible. Il aurait eu un mobile valable, la crainte d'un bâtard qui aurait ruiné sa réputation.

— Ajoutez que Désiré a été foudroyé par un coup de ciseaux en plein cervelet avec une précision professionnelle.

— Je ne le crois pourtant pas coupable, dit Joseph en faisant la moue. Je n'imagine pas notre fermier-maquignon, jaloux, ulcéré, faire équipe avec son rival. De toute façon, un médecin devrait avoir des alibis pour l'après-midi d'hier.

— Oh, s'exclama le chef, croyez bien que je vais vérifier l'emploi de chacune des minutes de son temps ! Je me réserve d'étoffer sérieusement cette hypothèse-là.

Combes était plutôt satisfait du déroulement de la séance. Avec une grimace d'effort, car la douleur commençait à lui raidir le cou, il se tourna vers Berthier, qui était resté silencieux.

— Qu'en pensez-vous, mon vieux ?

— Moi, vous savez, dit le numéro trois, je n'ai pas fumé depuis une heure, ce qui me gèle la cervelle, et je débarque tout juste dans cette histoire dont j'ignore à peu près tout. Quant à votre coupable, d'après ce que j'ai entendu, je dirais que c'est un inconnu manipulé par une femme qui a voulu faire porter le chapeau à votre ami Bousquet.

Numéro un regarda numéro trois avec un sentiment d'amitié teinté de stupéfaction.

— Voilà la réponse d'un limier selon mon cœur ! Considérez-vous comme définitivement engagé à l'agence Combes !

13

Le patron de l'agence locale, à Figeac, du quotidien provincial *Ouest-Midi* s'appelait Augustin Maraycourt, pour l'état civil. Chargé de trouver, chaque jour, matière à remplir la double page « Figeacois et Capdenacois » de son journal, il avait noué, depuis vingt-cinq ans qu'il était en fonction, des relations suivies avec les maires des communes dépendant de son secteur, les gendarmeries, les gardes champêtres, les instituteurs, les gros fermiers, les propriétaires de café ou de gargote, les agents des syndicats d'initiative, les directeurs des centres culturels, ceux des grandes surfaces qui tentaient de conquérir les marchés ruraux, les responsables des clubs sportifs, celui des pompes funèbres comme ceux des comités du troisième âge, et les directeurs des maisons de retraite ; tous gens capables d'alimenter, en détails plus ou moins intéressants, ses rubriques des arrivées, des départs, de l'état civil, des fêtes et des faits divers... Depuis quelques mois, il s'était attaché les services d'une agence immobilière, et croyait avoir décidé un notaire du cru à quelques indiscrétions, qui lui permettaient, une fois par semaine, de publier une chronique spirituellement tournée sur des sujets qu'il eût sans doute dû éviter, et qu'il signait « Le Troubadour du Célé ».

Le billet du Troubadour, dans le numéro du 7 avril d'*Ouest-Midi*, était chapeauté d'un titre énigmatique : « Quand un citadin va au pré », suivi d'un sous-titre patoisant : « *Ou quan lou merlé mont al prat...* »

A l'évidence, Augustin Maraycourt avait fait eau à toutes ses sources.

Aucun nom n'était révélé à propos des héros de cette aventure, mais le thème en était d'une simplicité antique. Une jeune merlette aventureuse avait quitté par curiosité ses buissons campagnards pour venir chercher, à la ville, miettes, fougasses et perchoir doré. Hélas, elle y avait aussi découvert un jeune coq de grand poulailler et de grand appétit, qui avait eu tôt fait de conquérir la merlette innocente, aussitôt considérée comme la dernière du harem. De vexation, la pauvrette était revenue à ses buissons originels, qui lui avaient apporté si peu de consolations qu'avant d'être obligée de pondre son premier œuf elle s'était noyée volontairement, en se jetant dans le Lot, du haut du pont de la Madeleine. Telle quelle, cette fable eût été aussi édifiante que lugubre, si la malignité du troubadour n'y avait ajouté une phrase éclairante :

« Ainsi, à Loupiac, Suzanne Esquenoux est-elle sortie meurtrie de sa confrontation avec un coquelet villefranchois, de mœurs relâchées, incapable d'assumer ses responsabilités. La malheureuse s'est pendue à son domicile mardi dernier. »

En lisant cet articulet, qui était pour le moins une façon originale de publier un faire-part de décès, le chef Casterrat, qui avait d'anciennes raisons d'en vouloir au plumitif Augustin Maraycourt, donna du poing sur son bureau et héla son permanencier avec agacement :

— Téléphonez d'urgence à *Ouest-Midi*, à Figeac. Je veux voir le Troubadour dans mon bureau ce matin même. Et apportez-moi le dossier que nous avons peut-être sur monsieur Maraycourt...

A sa grande surprise, le dossier réclamé tenait dans une simple chemise rose et n'était constitué que d'une photocopie d'un journal relatant avec verve comment le chef de gendarmerie de Capdenac avait cru devoir procéder à une troisième arrestation, celle d'un rôdeur, dans l'affaire d'un incendie de grange appartenant à monsieur Esquenoux ; et comment, pour la troisième fois, il avait été contraint de relâcher son suspect, qui s'était avéré avoir été présent à une noce à Cajarc le jour de l'incendie. Casterrat avait déjà lu ce poulet en son temps et en avait conçu un certain ressentiment, compte tenu surtout des épithètes, en l'espèce « ridicule » et « incompétent », accolées à son nom.

Une illumination lui suggéra que monsieur Berthier, le nouvel auxiliaire de l'agence Combes, habitant Figeac, pourrait avoir sur les activités du journaliste des renseignements plus croustillants, à même de rendre celui-ci plus bavard quant à ses sources. Par désœuvrement les gendarmes retraités peuvent parfois, par simple entraînement professionnel, être amenés à se constituer des dossiers sur des personnalités locales. Par chance, Berthier était chez lui, venait de se réveiller et de finir sa première cigarette, ce qui l'avait mis dans d'excellentes dispositions. Il répondit au téléphone avec aménité et débita sa fiche, concernant la bête noire de Casterrat, avec la satisfaction d'un archiviste heureux d'être consulté.

— « Augustin Maraycourt, alias Albin Marcineuf, né à Gournay, Seine-Maritime, en... en 1932. Journaliste dans une feuille locale de son pays, a changé de nom et a émigré à Figeac en 1955, après une inculpation de chantage qui s'est terminée par une relaxe... » Rien d'autre.

— C'est un tuyau sûr ?

— Tout à fait sûr, mon bon chef ! Je le tiens d'un ami qui a servi à *Ouest-Midi*, au service de gestion du personnel permanent.

— Excellent ! apprécia le gendarme en activité, en omettant de signaler qu'il n'aimait pas être appelé « mon bon chef ».

Bien décidé à faire parler son visiteur, Casterrat souriait encore quand le permanencier, aux environs de onze heures, introduisit le journaliste dans son bureau. Ce sourire ne paraissait pas destiné à l'arrivant ; il trahissait le plaisir de son auteur à l'idée de l'amusement qu'il allait retirer de l'entrevue. Le sourire d'un chat se promettant de faire danser la souris qu'il vient de prendre.

Augustin Maraycourt était une souris plutôt grasse. Petit et ventru, les épaules aussi fuyantes que le menton, le regard perpétuellement inquiet, vêtu sans soin d'un complet beige avachi, les mains agitées d'un léger tremblement qu'il était facile d'attribuer à la fréquentation des bouteilles, il paraissait un adversaire assez misérable, bien qu'il eût la réputation d'un homme retors et dangereux, « l'ennemi juré de tous les habitants de la ville », avait un jour dit le maire, après avoir échoué dans toutes ses tentatives pour faire déplacer ce faiseur de commérages.

Il inclina une tête servile devant le représentant de l'ordre, hésita une petite minute en dansant d'un pied sur l'autre et se décida enfin à s'asseoir.

Souriant toujours, le grand gendarme tendit vers lui la photocopie du vieil article concernant l'incendie de la grange. Le Troubadour se pencha sur le document et releva une face écarlate, masquant sa gêne sous un éclat de rire forcé :

— Voyons, chef, vous ne m'en voulez pas encore d'un papier vieux de deux ans, qui, au fond, mettait en lumière les difficultés de votre enquête ?

— En effet, laissa tomber Casterrat dont le visage s'était figé. Je vous ai convoqué, Albin Marcineuf, pour que vous m'expliquiez votre dernière œuvre, la fable de la merlette et du coq.

— Mon Dieu, bafouilla l'autre cueilli à froid, je n'ai fait que mon travail. Quand une nouvelle me parvient, c'est mon boulot de la faire connaître au public.

— Qui voulez-vous faire chanter cette fois-ci ?

— Mais personne, voyons ! Je n'ai jamais fait chanter qui que ce soit. Puisque vous semblez connaître mon passé, vous devez savoir que j'ai été lavé de cette accusation. J'ajoute que la direction de mon journal est parfaitement au courant de cette vieille histoire !

— Parfaitement. Mais vous ne me dites pas comment vous avez appris le suicide de Suzanne Esquenoux. Il n'y a eu aucune déclaration officielle à ce sujet.

— Sans doute ! C'est le patron du café de la Poste, à Loupiac, chez qui je me suis arrêté avant-hier, qui m'a renseigné. Il m'a affirmé tenir toutes les précisions de monsieur Esquenoux, Désiré Esquenoux, le chef de famille.

— Et, bien évidemment, vous avez demandé à ce Désiré confirmation de votre tuyau !

— Non. Je n'ai pas encore pu le joindre. Sans doute est-il parti à une vente de bétail. Il voyage beaucoup pour son commerce.

Le buste de Casterrat se redressa davantage encore. Le Troubadour se défendait pied à pied, mais la sueur commençait à couler sur ses joues blêmes et son regard ne tenait plus en place.

— Avez-vous au moins tenté de vérifier votre information avant de la publier ? Auprès d'une mairie ? D'une gendarmerie ?

Le malheureux Augustin secouait la tête d'un air désolé.

— Comprenez-vous, insista son tourmenteur, que vous vous êtes mis gravement en faute ? Qui vous a poussé, sinon payé, pour que vous mêliez « un coquelet villefranchois de mœurs relâchées », d'après vos écrits, au sort tragique de mademoiselle Esquenoux ?

Pitoyablement, l'envoyé permanent d'*Ouest-Midi* à Figeac tenta d'affirmer sa fermeté d'âme.

— Un journaliste n'a pas à dévoiler ses sources. Vous n'avez pas à remettre en cause la liberté de...

— De la presse, je sais, coupa Casterrat avec l'enthousiasme d'un sonneur d'hallali. Je suis très attaché à la liberté de la presse, cher monsieur. Mais, à votre place, je me soucierais davantage de la liberté du sieur Maraycourt, alias Marcineuf, coupable avéré de rétention d'information dans une affaire de meurtre. Je n'ai qu'un coup de téléphone à donner au juge

Massac, chargé d'instruire ce dossier, pour qu'il me demande de vous conduire, menottes aux mains, jusqu'à son bureau de Villefranche. Je vous accorde cinq minutes de réflexion pour m'avouer d'où vous avez tiré votre histoire de merlette.

Il se leva, sortit du bureau sans accorder un regard au personnage gélatineux tassé sur sa chaise et partit se dégourdir les jambes dans la cour de son casernement. Le vent du sud soufflait encore, quoique affaibli. La température avait dû gagner deux ou trois degrés et le ciel dégagé laissait augurer quelques jours de beau temps. Le délai de grâce passé, il revint s'asseoir, d'excellente humeur, devant son client.

Celui-ci avait manifestement fait ses comptes.

— Ecoutez, chef, je ne vais pas jouer les victimes d'une répression policière, d'autant que je n'ai personne à couvrir. Mes renseignements, je les tiens d'une lettre sans signature, tapée à la machine, me racontant que la jeune suicidée de Loupiac était la victime d'une rupture avec son amant villefranchois, le docteur Bousquet, dont elle avait été la secrétaire-infirmière et dont elle attendait un enfant... Vous remarquerez ma prudence : je n'ai pas cité de nom dans mon papier.

— J'espère que vous avez gardé cette lettre ?

— Evidemment. Elle est enfermée à clé avec son enveloppe, dans le coffre de l'agence du journal, à Figeac.

— Eh bien, mon cher troubadour, je vais vous accompagner à votre bureau et vous me remettrez ces documents. Je vous tiens momentanément quitte de toutes poursuites, à la condition formelle que vous observiez une discrétion totale, en paroles et en écrits, sur tous les détails de cette affaire.

— Mon travail, pourtant... Une histoire de meurtre, avez-vous dit... ?

— Rien d'officiel ! sourit aimablement le gendarme. Vous serez le premier averti en cas de développements intéressants de l'enquête.

Les deux hommes repartirent, l'un derrière l'autre, chacun dans son véhicule, sur la route descendant vers Figeac.

Augustin Maraycourt avait l'air exténué mais soulagé. Quant au maréchal des logis-chef Casterrat, la femme du gendarme Claudius, qui avait observé le départ de ce mini-convoi d'une fenêtre du logement des familles, remarqua que le supérieur de son époux avait incliné son képi sur la tempe droite, ce qui lui donnait un air cavalier tout à fait inhabituel.

A vrai dire, il se sentait content de lui et de la façon dont il était venu à bout de son témoin. C'était un monde ! Voilà qu'il se disait que son ancien, l'adjudant-chef Combes, serait content de lui !

14

Joseph avait trouvé de multiples raisons d'avoir avec François Bousquet une conversation sérieuse. Il voulait d'abord faire répéter à son client les termes mêmes qu'il avait employés, quand il était venu étaler sa détresse à dix heures du soir le 4 avril. Trop de points avaient été depuis contredits par d'autres dépositions. Il s'étonnait aussi que le médecin n'eût pas, ce soir-là ou le lendemain, devant lui et devant Casterrat, fait la moindre allusion à une possible grossesse de sa maîtresse. Pensait-il en être le responsable ? La triste Suzanne avait-elle voulu lui cacher ce développement dramatique de leur aventure ? Ou bien lui avait-elle trouvé un rival, ce qui pouvait expliquer ses rebuffades quand il allait la voir ? Il serait intéressant, aussi, d'observer de très près les réactions de l'amoureux abandonné quand on lui annoncerait que sa partenaire déprimée ne s'était pas suicidée, mais avait tout simplement été pendue, et que le coupable était encore provisoirement inconnu. Peut-être, à ce point de la conversation, serait-il judicieux de signaler l'existence de lettres anonymes de tout poil, celles qu'il avait rapportées de sa première visite à Loupiac, celle qu'avait trouvée le chef Casterrat, celles qui étaient dissimulées dans l'appentis, celle enfin qui avait été adressée à *Ouest-Midi*, dont le gendarme venait de lui annoncer triomphalement au téléphone la récupération. Cette campagne d'intoxication était-elle l'œuvre d'un autre inconnu, ou de l'assassin de Suzanne ? Où était-ce une habileté de sa part à lui, François Bousquet, d'avoir ainsi inondé le terrain d'informations hostiles, pour faire croire à son innocence ?

« Aucun doute, avait conclu Joseph, il faut au plus tôt aller passer ce garçon à la question. »

L'après-midi à peu près perdu qu'il avait passé dans la ouate, la veille, à se laisser dorloter par Claire, lui avait au moins permis de discuter sans énervement de tous les détails de l'affaire. Berthier reparti pour Figeac, avec consigne d'aller innocemment prendre contact avec les membres restants de la famille Esquenoux – « avant qu'ils ne meurent tous », avait-il lourdement plaisanté –, les Combes avaient reçu la visite de Massac, qui n'aimait pas que son détective préféré se fît assommer. Dieu merci ! les prescriptions médicales n'interdisaient pas un verre d'anisette. Le juge, rassuré, avait rejoint son tribunal, et le ménage avait eu tout le loisir de papoter pendant une longue séance de pansements.

Claire avait raconté sa déception de la veille chez Fernande Baletoux et la description que celle-ci lui avait faite d'Isabelle Rinquet, la partenaire désignée du docteur, d'après le corbeau.

— Rien ne colle, dans ce roman. Cette madame Rinquet serait parée de toutes les vertus, incapable de tromper son butor de mari ou d'apporter à ses éventuels dérèglements le dixième du tempérament que lui prêtent les calomniateurs !

Joseph avait ri, douloureusement :

— Je pense au contraire que cette invention n'en est peut-être pas une. La sage Isabelle, trop sage et d'après toi assez mal traitée par son marchand de biens, peut être sensible aux consolations offertes par le délicat François. N'oublie pas qu'elle a le même type de caractère introverti que Suzanne Esquenoux. Notre ami Bousquet aime ce type de femmes, un peu ternes d'aspect, un peu secrètes, un peu muettes. Ça rend ces lettres plus crédibles.

Sa femme ayant manifesté quelques doutes sur la fidélité d'un mâle au même type de compagne, il avait eu le tort d'ajouter :

— Si tu t'imagines avoir des chances de séduire ce bon docteur, détrompe-toi ! Tu manques trop de timidité, de patience, d'humilité, de réserve, d'innocence...

La liste était restée incomplète : Claire l'avait matraqué à coups d'oreiller, au point qu'il avait fallu refaire son turban de pacha.

Le coup de fil triomphant de Casterrat, après qu'il eut récupéré la missive anonyme envoyée à *Ouest-Midi*, fut le meilleur des reconstituants.

Jouant, un peu exagérément, le survivant d'une catastrophe et la parente éplorée, Joseph et Claire avaient suscité quelques commentaires attristés des badauds rencontrés sur les trois cents mètres séparant l'agence Combes du cabinet Bousquet. La nature de Jeanne Bouttu était généralement plus proche de l'infirmière-major que de la petite sœur des pauvres, mais elle avait montré, en escortant les Combes jusqu'à la salle d'attente, autant d'attentions et de douceur que d'indignation contre les voyous qui s'en étaient pris à un si aimable client. Ils étaient venus en fin de matinée, décidés à cuisiner le docteur aussi longtemps qu'il le faudrait, sans bloquer pour cela la file d'attente qui envahissait chaque matin le rez-de-chaussée de la vieille maison de la place des Quatre-Sergents. Ils attendirent donc, aussi discrètement que le permettaient les côtes douloureuses de Joseph, que la théorie des patients se résorbât peu à peu. Le dernier, un adolescent boutonneux et reniflant, dont on ne savait s'il venait soigner son acné ou un rhume, était parti depuis une grande demi-heure lorsque Claire se redressa sur sa banquette, prête à troubler par quelque éclat la somnolence qui semblait avoir gagné l'édifice.

— Ton client est en train de se moquer de nous, s'énerva-t-elle.

A peine si Joseph eut le temps de se demander si la subite antipathie de sa femme à l'égard du charmant François n'était pas le fruit de leur conversation de la veille au soir, concernant le type de femme préféré du séducteur putatif d'Isabelle Rinquet.

La porte du corridor s'ouvrit sur la corpulente Jeanne Bouttu. Elle avait enlevé sa blouse de fonction et s'était coiffée d'une sorte de chapeau melon de paille grise.

— J'ai prévenu le docteur que vous étiez là. Il m'a demandé de vous dire qu'il descendrait dans cinq minutes.

Elle sortit sans dire au revoir...

— Elle paraissait plutôt gênée, estima Claire.

— Elle se presse pour aller déjeuner, tempéra Joseph.

Ils se remirent à attendre. Un grand quart d'heure cette fois, qui n'améliora pas leur humeur. On eût presque pu croire que quelqu'un surveillait la croissance de leur agacement par un trou de serrure, car au moment même où le couple se dressait péniblement, la porte se rouvrit.

Les Combes ravalèrent, à la dernière seconde, les phrases énervées qu'ils avaient préparées pour accueillir le maître de maison ; une jeune femme blonde se dressait devant eux. Coiffure de fille des fjords, regard d'une transparence de glacier, robe de lin bleu ardoise, ceinturée de cuir rouge, l'apparition était si inattendue, dans ce décor de sièges de moleskine et de guéridons métalliques chargés de vieilles revues effeuillées, que les visiteurs se figèrent. La jeune femme les regardait avec un mélange d'exaspération et d'amusement.

— Il paraît que vous êtes monsieur et madame Combes, dont mon mari m'a beaucoup parlé depuis quarante-huit heures. Oui, je suis Juliette Bousquet, et je souhaite que nous discutions tous les quatre, en personnes raisonnables, de la situation invraisemblable où vous a inconsidérément entraînés mon mari. Venez ! il nous attend là-haut.

Joseph leva une main apaisante sous le nez de Claire, dont il prévoyait une réplique peu mondaine... Prendre, sous le casque de pansements blancs dont il était affublé, un air impérieux et respectable n'était pas chose aisée, mais, raidi dans son corset de bandelettes, il y réussit à peu près. Sourcils froncés, la voix sèche, la main posée sur le coude de sa femme :

— Nous avons nous aussi entendu parler de vous, madame, dit-il. Il se trouve que nous sommes ici, ce matin, pour parler du problème Esquenoux, dont je crois que vous n'ignorez rien... Si donc le docteur est d'accord pour que vous assistiez à ce grand déballage, nous aurions mauvaise grâce à refuser. Accordez-nous seulement le temps de monter votre escalier à mon rythme. Le service de votre mari est parfois dangereux, voyez-vous.

Juliette Bousquet eut le bon goût de paraître s'apercevoir de l'état manifestement peu brillant de son visiteur. Elle eut aussi assez d'habileté, dans le sourire désolé qu'elle adressa à Claire, pour désarmer la défiance de celle-ci. Elle insista pour soutenir l'autre bras du héros blessé, qui refusait énergiquement de raconter l'échauffourée. Cette dispute, purement superficielle, dura le temps de gravir péniblement un étage. Vingt-six marches, compta Claire en se demandant quelle surprise les attendait encore derrière la porte de noyer ciré qui devait donner sur le salon.

La surprise ne tenait pas au mobilier du salon, aussi conventionnel que la plupart des salons bourgeois de Villefranche. Parquets cirés, tapis vaguement orientaux, fauteuils et canapés louis-philippards recouverts d'une peluche rase de couleur tabac, tout se fondait dans une pénombre contrôlée par de hautes et épaisses tentures brunes. Cet éclairage donnait à la pièce un faux air de salle de musée, comme si on allait y rencontrer des personnages depuis longtemps disparus.

Pourtant, le seul être vivant présent à l'arrivée des Combes et de la maîtresse de maison contrastait violemment avec l'ambiance suggérée par le décor. En bras de chemise blanche, les mains enfoncées dans les poches d'un pantalon agressivement écossais, sourcils froncés, une mèche lui barrant le front, le docteur François Bousquet avait tout d'un étudiant irrité. Il attaqua, avant même que ses visiteurs ne soient arrivés au milieu du salon :

— Ah ! Vous voilà ! Vous saviez, bien sûr, que j'ai cherché à vous joindre avant-hier soir. Puisque vous aviez insisté pour que je me déclare votre client, je me croyais en droit de vous consulter sur l'évolution de ce que vous appeliez « une affaire ». Au lieu de quoi, vous m'avez laissé sans nouvelles depuis trente-six heures et vous vous êtes cru autorisé, sans me consulter, à raconter aux gendarmes de Capdenac que j'étais un menteur et que mes dépositions concernant le suicide de Suzanne étaient fallacieuses ! J'ai donc appris ce matin, par un coup de fil de votre chef Casterrat, que vous êtes allé avant-hier fouiner à Loupiac, où vous vous êtes fait casser la figure, et que les enquêteurs officiels me considéraient comme le principal suspect, dans ce qui ne serait plus un suicide mais un assassinat ! Pas d'observations, jusque-là ?

— Mon chéri, dit d'une voix suave Juliette Bousquet, tu devrais quand même faire asseoir monsieur et madame Combes et laisser ton détective t'expliquer ce qui se passe.

— Laissez donc votre mari cracher sa bile, dit froidement Joseph, qui avait profité de la diatribe pour reprendre son souffle, perturbé par l'ascension des vingt-six marches. Avez-vous autre chose à me dire, tant que vous êtes lancé ? continua-t-il en faisant face au médecin.

L'insolence manifeste de la question demanda à Bousquet un gros effort de contrôle. Il se contenta de lever le menton et de déclarer, solennel et méprisant :

— Puisque vous m'avez jeté aux chiens, je n'ai aucune envie d'avoir encore à faire avec vous. J'espère que vous voudrez bien chercher un autre docteur comme médecin de famille. Quant à moi, il tombe sous le sens que je refuse formellement d'être votre client. Au revoir.

Dans le silence qui suivit cette annonce théâtrale, Claire et Juliette échangèrent des regards éloquents. Chargés de surprise et de fureur chez Claire, d'étonnement, de défi à peine suggéré et de gêne chez Juliette.

Joseph ne fit même pas mine d'être choqué ou vexé par la brutalité de cet employeur qui le remerciait comme un laquais. Il alla droit à un fauteuil haut et large, où il s'assit avec lenteur et précaution, le buste raide.

— Vous me mettez à l'aise, dit-il avec un grand sourire à la ronde, volontairement ignorant de l'ahurissement des trois autres. La conversation que nous allons avoir ne se déroulera donc pas entre deux clients réciproques, mais entre un suspect, en l'occurrence vous, et un enquêteur, mandaté dans une affaire criminelle par un juge d'instruction et un chef de brigade de gendarmerie, en l'occurrence moi-même. Autant faire les choses comme il faut. Asseyez-vous. Après tout, vous êtes chez vous.

L'autorité n'est pas toujours l'apanage des grands musclés à la voix forte. Elle émane aussi de personnages d'allure plus modeste, qui savent, d'instinct ou d'expérience, choisir le moment et utiliser le ton et les mots qui conviennent pour retourner une situation. Nul doute que Joseph Combes était de ceux-là. En tout cas, ni les deux femmes, qui étaient pourtant à l'évidence des personnes de caracrère, ni Bousquet fils, médecin considéré et ancien interne des hôpitaux de Paris, donc habitué au moins au respect de ses interlocuteurs, ne manifestèrent une quelconque rébellion. Ils se laissèrent tomber sur les sièges les plus proches, inconsciemment assommés par les menaces sous-entendues débitées calmement par ce petit homme au pansement ridicule.

— Vous n'avez aucune raison de suspecter François, voulut protester Juliette, choisissant de jouer l'épouse au grand cœur. Mon mari a eu grand tort de céder aux avances de cette fille Esquenoux, mais il était malheureux, peut-être par ma faute. J'étais enceinte et je m'adaptais difficilement à la vie à Villefranche. Mais je suis certaine qu'il est incapable d'avoir supprimé cette femme.

— Lui l'était sans doute. Mais vous, vous aviez un motif, surtout quand vous avez appris qu'elle était enceinte !

Claire n'avait pu s'empêcher de jeter cette accusation-massue au visage de cette blonde séraphique dont les airs supérieurs lui tapaient sur les nerfs. Joseph, qui n'était pas ravi de cet assaut imprévu, remarqua quand même que madame Bousquet était réellement stupéfiée par l'annonce de cette grossesse.

— D'où tenez-vous ça ? glapit le docteur. C'est impossible !

— Le médecin légiste est sûrement capable de savoir si la victime attendait ou non un bébé. Suzanne Esquenoux était enceinte de plus de dix semaines.

— Impossible ! répéta François.

Joseph n'avait pas l'intention de laisser la grande scène d'explications, sitôt commencée, se diluer dans des protestations d'angélisme ou des pleurs hypocrites.

— Il est certain, insista-t-il, qu'avoir un bâtard avec votre infirmière aurait fait très mauvais effet auprès de votre clientèle, plus habituée à rencontrer votre femme promenant votre fils légitime !

— Puisque je vous affirme que j'ignorais cela !

— Votre liaison était pourtant de notoriété publique, monsieur Bousquet. Sinon, comment expliquez-vous que mademoiselle Esquenoux ait été la destinataire d'un certain nombre de correspondances anonymes vantant vos prouesses amoureuses auprès de différentes partenaires. On conçoit aisément que ce panégyrique ait pu pousser la malheureuse au suicide !

Le jeune docteur s'était dressé, sous les brocards de ce détective insultant.

— C'est facile de prétendre n'importe quoi ! Montrez-moi donc une de ces lettres anonymes !

— Quel genre préférez-vous ? Celle qu'a trouvée le chef Casterrat chez votre maîtresse, qui vous accuse d'infidélité et d'une certaine voracité sexuelle ? Celle qui a été envoyée à un organe de presse de Figeac, qui vous présente comme étant de mœurs dissolues ? Je peux aussi, parce que j'en ai une dans ma poche, vous en prêter une de la série personnalisée, également découverte à Loupiac. Celle-ci ne vous met pas seul en cause. Une certaine Isabelle Rinquet serait une des partenaires de vos galipettes enfiévrées...

François Bousquet avait dépassé toutes les limites de la stupéfaction, de la colère, de la rage impuissante et de l'anéantissement. Le sanglot mélodramatique de sa femme Juliette, « Non ! pas Isabelle ! Ma meilleure amie ! », le fit définitivement exploser. Comme un fou, mèche en bataille, il écarta du bras la main qui tentait de lui barrer le passage et se précipita hors du salon.

Un calme sidéral sucéda à cette suite d'éclats.

— Peut-être, suggéra ironiquement Combes, devrions-nous nous assurer que votre mari ne va pas commettre une bêtise ? Ces passions contrariées...

Juliette avait retrouvé son flegme. Pour un peu, elle eût souri tandis qu'elle expliquait, aimablement, à ce visiteur si revêche et si intransigent, à quel point le caractère de son mari était ombrageux.

— François est bien trop imbu de sa personne pour faire une bêtise. C'est aussi pour ça que je suis sûre qu'il n'est pour rien dans le suicide ou la mort de cette intrigante. C'est vrai qu'il a un tempérament exigeant, comme on dit ; mais il reste toujours dans les frontières de la bienséance... Il a fallu qu'il se heurte cette fois-ci à un jaloux furieux, qui nous a tous inondés de ces calomnies !

— Tous ?

— Oui, tous ! Même moi. Je vous remettrai, si vous y tenez, l'exemplaire que j'ai reçu. Rien que des généralités, mais bien venimeuses ! Et je crois que Jeanne Bouttu a eu son lot, elle aussi ; elle ne m'en a rien dit, mais je l'ai vue rougir d'un air gêné en me remettant mon courrier, hier matin ; elle louchait sur mon enveloppe comme si elle avait su ce qu'elle contenait.

— Soit. Je parlerai à madame Bouttu en repartant. En attendant, je désirerais savoir, horaire à l'appui, chez quels clients votre mari a passé l'après-midi d'avant-hier. Ce doit être facile à établir.

— Effectivement, acquiesça madame Bousquet en se relevant. Il suffit que Bouttu relève les pages du carnet de marche que François tient à jour. Et pendant qu'elle vous recopie tout ça, je vais aller vous chercher ma petite lettre anonyme, que j'ai soigneusement rangée dans ma chambre. A tout de suite, sourit-elle en lissant de la main sa robe de lin sur ses hanches minces.

Claire n'avait pas soufflé mot, depuis qu'elle avait lancé la grossesse de Suzanne Esquenoux dans la conversation. A grand-peine, pour complaire à son seigneur et maître, elle avait retenu ses exclamations et quelques appréciations à l'emporte-pièce. Mais le coup d'œil qu'elle lança au dos de la silhouette ondulante de Juliette, en train de sortir du salon, était suffisament meurtrier pour faire ricaner Joseph.

— Alors, demanda-t-il à voix basse, comment as-tu trouvé la représentation que nous venons de voir ? Si tu veux mon avis, les acteurs savaient très bien leur texte, mais ils jouaient particulièrement mal.

15

Interrogatoire pour interrogatoire, Combes trouvait que l'ambiance chez lui était plus détendue, s'y prêtait mieux. Pure question de point de vue, car celui qui est soumis au feu des interrogations ne voit guère de différence entre un poste de police, une antichambre de gendarmerie et un salon bourgeois. N'empêche que, d'après Joseph, sa façon même de cuisiner ses témoins était marquée de plus de bienveillanee, de patience et de compréhension, quand il se sentait dans son milieu naturel, dans le bureau de son agence. Il y éprouvait une sorte de confort moral, fait d'une certaine qualité de silence, d'une lumière familière quand il levait les yeux vers une fenêtre ou une porte, des bruits accessoires qui faisaient vivre la maison, le trot du chien dévalant l'escalier, les fredonnements de Claire chantonnant dans sa cuisine.

Pour un peu, après la sieste bienvenue sur le divan du salon, au retour de la séance éprouvante chez les Bousquet, il aurait proposé à Claire une petite promenade sur le cours Guiraudet. Le temps s'était mis au beau, pour au moins deux ou trois jours, et les passes d'armes qui avaient remplacé son déjeuner lui avaient fait oublier son crâne et ses côtes. Aussi, quand Jeanne Bouttu avait sonné à la porte de l'agence, vers dix-sept heures, avait-elle été reçue avec bonne humeur par la maîtresse de maison, qui l'avait conduite jusqu'au salon, l'avait assise dans un fauteuil et lui avait servi une grande tasse d'un chocolat crémeux à souhait. « Je vous assure, disait toujours Joseph, qu'en mettant un verre ou une tasse dans la main d'un témoin, vous obtiendrez de lui des confidences beaucoup plus positives. C'est le b.a.-ba de ma technique. » En tout cas, le procédé fonctionnait à merveille avec Jeanne Bouttu.

Sur l'insistance de Claire, elle avait retiré le caftan noir qui lui servait de manteau, avait déposé avec soin son melon de paille sur la table basse, à côté du plateau à chocolat, et avait grignoté, avec un appétit de femme au régime, un demi-paquet de sablés. A présent, lancée d'un seul mot sur l'atmosphère sinistre qui devait régner au cabinet Bousquet, elle exécutait, d'un ton enjoué, un chant de guerre contre la maison de la place des Quatre-Sergents. La première impression était celle d'un rejet brutal, épouvanté, de ce milieu d'hypocrites, mélange de méchanceté sournoise et de brutale et hautaine insolence.

A mieux écouter cette diatribe, on en percevait les nuances. Tout le mal était du côté de Juliette, mondaine, légère, dépensière, uniquement soucieuse du qu'en-dira-t-on, de son confort, de ses toilettes. Incapable d'apprécier le dévouement et le travail de François. A celui-ci, Jeanne Bouttu, en infirmière fidèle, n'osait guère reprocher que son peu d'empressement à faire payer ses malades et, surtout, sa faiblesse coupable devant sa femme.

— Peut-être aussi ses aventures extraconjugales ? tenta de proposer Claire.

— Quelles aventures ? contre-attaqua le témoin, en subtilisant sous le nez de Joseph l'avant-dernier sablé. Côté flirts, Juliette est beaucoup plus tête en l'air. A part son aventure malheureuse avec Suzanne Esquenoux, le docteur est toujours resté sérieux. Un vrai curé !

Le double éclat de rire qui salua cette comparaison inattendue ne la désarçonna pas.

— Je vous assure, jamais de main baladeuse, de privautés avec ses clientes ou le personnel, jamais de plaisanterie douteuse, de propositions sous-entendues. Vous savez, nous les infirmières, nous connaissons bien les petits péchés des médecins... Le docteur Bousquet, rien !

— Quand même, discuta Combes, il y a des gens qui écrivent des lettres pour raconter les horreurs de votre « bon » docteur... En avez-vous reçu, comme tout le monde ?

— Hier matin, au même courrier que la Juliette. Si j'avais pas repéré la même enveloppe dans son paquet, j'aurais pu penser que c'était elle qui l'avait envoyée. Les caractères de ce torchon, je l'ai bien étudié chez moi hier soir, ils sont tout pareils à ceux des revues médicales de la salle d'attente !

— Et le fond de la lettre ?

— Des inventions pures et simples. De vraies menteries !

— De qui parlait la vôtre ? Moi, j'en ai une qui prétend que François Bousquet couche avec Isabelle Rinquet. Vous y croiriez, à cette histoire ?

— Celle-là, c'est bien la seule des amies de la maison sur laquelle on ne peut vraiment rien dire de pareil ! Elle serait plutôt du genre chaisière...

Joseph se pencha vers l'envahissante infirmière, pour un clignement d'œil d'un parfait mauvais goût.

— Un curé et une chaisière... susurra-t-il.

— Oh vous alors, vous êtes un rigolo ! apprécia la Bouttu avec un gros rire.

Elle ne comprit pas tout de suite, en voyant cet étrange malade et enquêteur se lever du divan où il était assis, que cette délicieuse demi-heure d'entretien était terminée. Et lorsque, caftan endossé et melon recoiffé, Claire l'eut raccompagnée jusqu'à la porte, elle rentra chez elle persuadée qu'un interrogatoire chez monsieur Combes valait tous les goûters chez ses consœurs vieilles filles de Villefranche.

De tout ce qu'il avait glané, à Loupiac, à Villefranche ou auprès de la brigade de Capdenac, Joseph ne parvenait pas à se faire une idée sensée de cette histoire. A moins de penser que le docteur Bousquet, après avoir supprimé sa maîtresse enceinte, avait été assez intelligent pour organiser une campagne de lettres anonymes si accusatrices qu'elles suggéreraient finalement son innocence, rien ne lui venait en tête. Il admettait que Bousquet fût innocent et que le travail du corbeau consistât à faire porter le chapeau au triste François... Mais pourquoi ? Telle que l'avait peinte Jeanne Bouttu, Juliette Bousquet pouvait être le corbeau, qui se serait acheté la complicité d'un mâle pour le gros œuvre... Mais en dehors d'une vengeance sentimentale qui ne correspondait pas à son caractère, quel bénéfice attendait-elle d'un tel montage, qui ruinerait sa position sociale ? Et dans tous ces labyrinthes, quel avait été le rôle de Désiré Esquenoux, qui était tout de même le deuxième tué de cet imbroglio ?

Il en était là de ses tentatives de construction de scénario quand le téléphone sonna dans le bureau silencieux. Après ces heures d'inactivité et de piétinements, cette bruyante manifestation de la vie extérieure rappela Joseph à ses devoirs. D'un index coupable, il appuya sur le commutateur de la lampe posée devant lui, dont les contours avaient commencé à se noyer dans la pénombre pendant ses cogitations. A son oreille, la voix lasse de Berthier avait retrouvé l'animation d'un aventurier débutant :

— Formidable ! Je rentre à l'instant de Saint-Romain, le village des Esquenoux où le chef Casterrat a bien voulu m'emmener. Le patelin était quasiment en état d'insurrection ! Dame ! Deux membres de la famille au tapis et tous les deux de mort violente, ça agite les esprits ! Je ne sais pas quelle bonne langue a chuchoté votre nom dans la bourgade, en vous liant en particulier au meurtre de Désiré, mais il a mieux valu, pour vos côtes encore intactes, que vous ne soyez pas venu jusqu'ici avec nous... D'après ce que j'ai compris de l'atmosphère, une bonne moitié de la tribu s'estime orpheline, et les autres, surtout les femmes, n'osent pas montrer leur soulagement, parce qu'un crime ça amène des tas de museaux étrangers dans les affaires privées.

— Pas de renseignement plus précis sur l'inconnu qui aurait trucidé Désiré ?

— Ce n'était pas vraiment le moment de poser des questions indiscrètes, cet après-midi. A moins que vous ne m'envoyiez faire autre chose, je pense retourner à Saint-Romain demain matin. C'est dimanche, tout le monde sera dans les préparatifs des enterrements, prévus pour mardi. Ils seront tous contents de parler avec l'agent d'assurances que j'ai prétendu être... Je ne peux pas croire que dans cette famille personne n'ait sa petite idée sur ces deux morts !

— Je ne peux pas le croire non plus. D'accord, faites comme prévu, mais soyez prudent. Le fait que mon nom soit connu là-bas, à propos de leur affaire, semble prouver qu'il existe un adversaire mal intentionné à mon égard. Espérons qu'il ne vous mettra pas vous aussi sur la liste des ennemis des Esquenoux. Tenez-moi au courant.

Au moment de raccrocher il eut presque envie de remercier son gendarme retraité, qui avait repris avec tant de plaisir les trots et les galopades d'un limier cherchant une piste. A la dernière seconde, le remerciement, qui eût paru trop sentimental, fut remplacé par un dernier conseil :

— Dites ! Ne cherchez pas trop la trace du tueur aux ciseaux. Après tout, ça ne m'intéresse qu'accessoirement. Tâchez plutôt de faire parler une jeune cousine des dernières semaines de la triste Suzanne...

Il faut croire que le réchauffement de l'atmosphère et l'arrivée inespérée d'un anticyclone sur le Sud-Ouest avaient énervé quelques tempéraments sensibles, au point de les pousser au tumulte et à des provocations publiques scandaleuses, auxquelles ils n'auraient même pas pensé sous un ciel plus chagrin.

A Saint-Romain, près de Capdenac, on avait frôlé l'émeute parce que deux membres de la même famille étaient morts brutalement au cours de la semaine.

A Villefranche-de-Rouergue, dans le quartier de l'Est, au-delà des ponts sur l'Alzou et sur l'Aveyron, où de vieux hangars désaffectés s'égayaient de la présence de quelques villas collées aux falaises qui bordaient la rivière, une bataille vocale tonitruante avait opposé, entre dix-sept heures quinze et dix-sept heures quarante-cinq, deux jeunes femmes censées appartenir à la bonne société en dépit du langage ordurier qu'elles utilisaient...

Les retraités habitant la maison voisine ayant jugé nécessaire d'appeler le commissariat avant que l'algarade ne tournât au drame, une patrouille de police avait ramené le calme après avoir dressé procès-verbal.

Celui-ci racontait que madame Juliette Bousquet, honorablement connue comme étant l'épouse du docteur François Bousquet, domiciliée 3 place de la Fontaine, avait stoppé son véhicule automobile, immatriculé 62 RT 12, devant la porte d'entrée de l'habitation du sieur Antoine Rinquet, marchand de biens, et de son épouse Isabelle Rinquet... Ayant signalé sa présence par un concert d'avertisseur, la dame Bousquet avait ensuite, dès l'apparition de la dame Rinquet à son balcon, adressé à celle-ci une bordée d'injures particulièrement violentes, telles que « putain », « traînée », « voleuse de mari », « mijaurée », et « fesses-au-vent ». A l'arrivée de la voiture de police, dont la sirène ajoutait au tumulte, la dame Bousquet n'avait fait aucune difficulté pour suivre les agents au commissariat, où elle leur avait montré une lettre anonyme, reçue le matin même, l'avertissant de son infortune conjugale, ce qui, à ses dires, justifiait qu'elle fût allée dire son fait à... (voir les insultes précédemment employées).

Un si petit tapage, à la fin d'une si belle journée de printemps, ne serait sorti de la main courante du commissariat que si quelqu'un avait estimé devoir donner à l'incident des suites judiciaires. Les voisins ne portèrent pas plainte, Antoine Rinquet pas davantage. Juliette Bousquet cessa d'aller clamer son malheur dans les rues. Ce qui explique que ni le juge Massac, ni le chef Casterrat, ni Joseph Combes n'entendirent parler de cette joute oratoire dans des délais raisonnables.

Ce début de soirée sentait la fin des vacances. Le lendemain, devait arriver de Bergerac la partie active de la famille Combes. On pouvait s'attendre à quelques manifestations d'indépendance de Robert et de Thi-Ba ; la rude discipline que faisait régner leur grand-mère, chaque fois qu'elle en avait la charge, les rendait particulièrement épris de liberté quand ils retrouvaient le train-train des heures de collège et les repas en famille. Il allait falloir, comme à chaque reprise du combat, assurer une inspection complète des paquetages ramenés de vacances, avec tri des trouvailles inutiles à refouler, et recherche des indispensables volontairement jetés mais à remplacer. Claire, normalement chargée de cette fonction d'intendance, en était déjà pleine d'appréhension. A chaque retour de Bergerac, ses enfants lui paraissaient plus inventifs dans la recherche des bêtises à réaliser. Robert rêvait, depuis un an, de se faire offrir un vélomoteur, ce dont sa mère ne voulait pas entendre parler ; et Thi-Ba, même pas quatorze ans à la prochaine rentrée scolaire, avait entrepris de se constituer une caisse noire destinée à l'achat de fards, de crèmes variées, de rouges à joues et à lèvres, de crayons gras et de faux cils, indispensables à toute bonne secrétaire de détective privé.

« Tu ne peux t'en prendre qu'à toi-même si ta fille ne s'imagine la vie que d'après les romans policiers américains dont tu inondes la maison et qu'elle te pique pour les lire en cachette », avait ironisé Joseph.

Claire avait été fort marrie de cette remarque, qui datait du Noël précédent ; elle s'était juré que la trousse de maquillage de sa petite dernière resterait à l'état de projet encore deux ou trois ans.

Elle venait de répéter ce serment à son mari goguenard, ainsi que quelques ukases, qu'elle avait l'intention de promulguer, notamment « Il est interdit de jeter des mégots de cigarette dans le lavabo ou l'évier de la cuisine : mieux, il est interdit de fumer » ou « Ne pas donner à manger au chien ailleurs que dans la cuisine » et « Tout inconnu invité par un des enfants devra obligatoirement être présenté et accepté par l'un des parents avant d'être admis dans la maison »...

C'est alors que dans le calme du crépuscule la sonnette de la porte d'entrée sonna la fin d'une scène de ménage latente, avant même qu'elle eût commencé ; les deux combattants se regardèrent avec un sourire désolé, bien décidés à se rassembler contre le gêneur, pour lui faire sentir combien il importait de ne pas déranger les Combes en plein travail de réflexion.

Malheureusement, l'arrivant était Massac, qui avait conquis au cours des mois l'estime de Joseph et l'amitié de Claire ; elle répétait volontiers que ce petit juge était l'homme qu'elle eût dû épouser. Ils l'encadrèrent affectueusement sur le canapé du salon. Depuis quelques semaines, Massac avait changé d'allure et de comportement. Peut-être s'était-il rendu compte que sa carrière n'irait pas plus loin que son poste actuel. Cette résignation s'accompagnait d'un détachement souriant, à tendance permissive.

— Mes amis, avoua-t-il avec excitation, en acceptant le rituel verre de Ricard, la vie m'apprend tous les jours quelque chose de nouveau sur mes semblables. Il paraît que vous avez eu avec ce pauvre docteur Bousquet une explication orageuse, chez lui, vers midi, en présence de sa femme. Exact ?

— Honhon !...

— Devinez ce que ce garçon a fait ensuite ? Il s'est précipité sur sa voiture, est parti comme un pilote de rallye jusqu'à Loupiac, où il est resté stationné sans descendre de son siège, pendant à peu près une heure, en fixant la porte d'entrée de la maison de sa maîtresse. Il est ensuite parti, à allure raisonnable, vers Capdenac et s'est présenté à la gendarmerie, en exigeant de voir d'urgence le chef de brigade. Celui-ci était chez les Esquenoux et n'a rejoint son casernement qu'à dix-sept heures passées. Il y a trouvé un Bousquet « à la limite de la transe », m'a-t-il dit, à la fois démoralisé et exalté, protestant de son innocence et avouant toutes les turpitudes qu'on lui imputait.

Bref, Casterrat m'a demandé la permission de garder Bousquet à la brigade, cette nuit, et m'a fortement encouragé à l'inculper officiellement demain matin... J'ai réservé ma réponse, parce que je voulais avoir votre avis d'abord. La position sociale est à considérer. Les circonstances dans lesquelles s'est déroulée cette affaire sont de nature à créer un scandale dont il ne se relèverait pas, même en cas de non-lieu.

— Franchement, dit Combes, je ne crois Bousquet coupable de rien d'autre que d'avoir aimé passionnément, hors mariage, une jeune femme naïve et trop sensible. Pour le reste, il est fondamentalement un faible, englué dans une campagne d'opinion qui le dépasse et qui a déjà causé des ravages irréparables. Sa réputation et son avenir professionnel à Villefranche sont irrémédiablement fichus. L'expulsion se fera presque en douceur si le scandale reste à demi discret. Si la justice s'en mêle, non-lieu ou pas, vous aurez sur les bras une agitation qui tournera au politique, avec interviews dans les journaux, convocation chez le garde des Sceaux, création de comités de défense de Bousquet, manifestations du syndicat des infirmières et Dieu sait quoi encore !

— Finalement ? A votre avis ?

— Gagnez du temps. Refusez encore l'incarcération. Il n'y a pas vraiment de preuves contre Francois Bousquet. Casterrat ne sera pas content. Tant pis ! Si vous le désirez, j'irai, demain matin, lui expliquer vos raisons de patienter.

16

Tout à sa joie d'avoir repris du service, Berthier avait tendance à se conduire comme un enfant émoustillé par les à-côtés de la profession. Son premier souci, quand Joseph avait confirmé son engagement, avait été de se fournir en matériel indispensable à tout bon détective.

La librairie-papeterie-Maison de la Presse Fortunat, au centre de Figeac, lui avait fourni, après maintes études comparatives, deux carnets à trois exemplaires carbonés pour les comptes rendus, un calepin plus exigu destiné aux notes à la volée, quelques crayons plus ou moins gras, un stylo magique qui affichait quatre couleurs d'encre au choix, et une loupe de bureau à grossissement 4, avec manche en bois de châtaignier. Il savait pertinemment qu'il n'aurait pas souvent l'occasion de se servir de sa loupe, mais un bon ouvrier se doit d'avoir de bons outils.

Pour la même raison, il hésita une grande demi-heure à s'acheter une casquette, qu'il n'aurait peut-être pas le courage de porter ; mais c'était quasiment une marque distinctive, comme l'avait été le képi quand il était gendarme. Il avait choisi un modèle français, coiffant large, de couleur tabac, sans carreaux. Il s'était soigneusement entraîné à se poser cet ustensile sur le crâne, devant le miroir de son cabinet de toilette. S'il était à la retraite, il n'en gardait pas moins le respect de la rigueur et de la précision militaires, qu'il avait à dire vrai assez souvent omis de prendre en compte à l'époque du service actif.

Son allure un peu endormie, son air prudent et volontiers raisonneur l'avaient desservi tout au long de sa carrière. Son vice tabagique, cause d'accidents, avait définitivement arrêté son cursus au plus bas de l'échelle des grades. Il n'en avait conçu aucune aigreur, persuadé qu'un jour quelqu'un reconnaîtrait sa vraie valeur. Et voilà que Joseph Combes le distinguait, en le nommant à la fonction de « détective », la plus élevée dans son idée de la hiérarchie, parce qu'elle savait concilier initiative, liberté d'action, goût du risque et rapidité de décision.

Une telle promotion valait bien qu'on sacrifiât à quelques dépenses d'équipement et qu'on s'entraînât à se plaquer une casquette sur les cheveux, d'un geste à la fois viril et distingué.

A dix heures du soir, ce samedi 7 avril, en se promettant une fructueuse journée d'enquête à Saint-Romain, le détective Jacques Berthier éteignit sa lampe de chevet... et se coucha en doutant de pouvoir dormir. Trop exalté pour fermer l'œil !

La première désillusion du dimanche matin, pour Berthier, fut l'absence de soleil. Le temps qu'il avale son frugal petit déjeuner de célibataire, café bouilli et quignon de pain rassis, une petite pluie s'était mise à tomber. Deux trois gouttes par-ci, deux trois gouttes par-là. Dix minutes plus tard, les poches de son vieil imperméable militaire lestées de ses carnets à copies carbonées et de sa loupe de fonction, le crâne bien pris dans sa casquette couleur tabac, au volant de sa vaillante Renault, il maugréait contre les essuie-glaces, impuissants à écoper l'averse qui s'abattait sur son pare-brise. Pour dévorer, sous ce déluge, les sept kilomètres de côtes séparant Figeac de Capdenac, il lui fallut une grande demi-heure. Comme il n'était pas homme à se perdre deux fois dans les mêmes chemins de campagne, il s'aperçut, en s'embourbant dans un carrefour, qu'il y était déjà passé un quart d'heure plus tôt, et que, par conséquent, il avait mal négocié l'embranchement vers Saint-Julien, à l'entrée de Capdenac. Se désembourber, toujours sous une pluie battante, retrouver la bonne direction, qui, tout compte fait, passait par les ornières qu'il avait creusées au cours des précédentes tentatives, ne lui parut qu'une mise à l'épreuve. La ténacité devait être la qualité dominante d'un détective.

Insensiblement, la pluie s'était arrêtée. Etait-ce à cause de ce temps infect ou parce que c'était un dimanche ? Sur toute l'étendue du plateau, damier de terres grasses qui semblaient respirer d'une haleine fumeuse accrochée aux mottes, bouquets d'arbres déplumés et désolés, qui s'égouttaient dans un univers de boue, on ne voyait au premier abord pas âme qui vive. Le miracle, pour Berthier, rincé, noyé, mais toujours résolu à aller enquêter à Saint-Romain, fut de déraper dans une flaque qui avait des airs de fossé d'épandage. Descendu de sa 4L pour constater les dégâts, et particulièrement agressé par l'odeur, il constata qu'il était dans un drain d'ensilage de betteraves fourragères. Un fantôme de paysan, qui semblait avoir dormi sous la pluie tant son vieux feutre et son ciré étaient boueux, était en train de charger une brouette. Les deux hommes s'évaluèrent du regard méfiant qui inaugure les rencontres entre inconnus, sur des propriétés privées. La casquette tabac de Berthier ressemblait à une vieille chique, ce qui plaida en sa faveur.

— Comme ça, graillonna le conducteur de brouette, vous vous croyez sur le chemin de Saint-Romain ! On peut dire que vous avez pas de chance !

— Qui vous a dit où je voulais aller et pourquoi je n'ai pas de chance ? questionna assez aigrement Berthier.

— Ce que j'en dis, vous savez... Cette route-là, c'est la seule route d'en bas pour le village ; mais elle est fermée depuis que le camion de Désiré, il a effondré le pont !

— Mais je suis venu hier, avec les gendarmes !

— Je le sais bien. Je vous ai reconnu. Vous êtes le monsieur de l'assurance, non ? Les gendarmes, ils viennent par la route d'en haut, celle qui passe par Sonac.

Le vieux cracha dans ses mains avec satisfaction, comme si le camion de Désiré avait réussi une bonne plaisanterie aux dépens des touristes. Puis il regarda avec pitié la petite voiture crottée jusqu'au toit et laissa tomber généreusement :

— Devriez laisser votre engin ici. Le temps de remplir ma brouette et je vous mène à Saint-Romain.

A pied, c'est juste derrière les buissons, à trois cents mètres !

Il y avait un peu plus de trois cents mètres, les Pataugas du détective s'étaient alourdies d'un kilo de terre collante chacune, et la seule contribution du vieux à la conversation fut la constatation d'une évidence :

— *Macarel* ! Ce que ça pue, cette saloperie !

Après quoi, il se tourna vers son compagnon, dont le stoïcisme évident avait gagné son estime, et l'invita à entrer dans sa maison de pierres sèches et de lauzes.

— Z'avez bien mérité un café ou une goutte de prune ! Vous me tiendrez compagnie. Y a rien d'autre à faire, le dimanche !

A partir du moment où il eut claqué de la langue pour apprécier l'eau-de-vie offerte par Emile Dessidou, son nouvel ami, les événements se montrèrent étonnamment favorables à l'enquête de Berthier.

Son paquet de gauloises de réserve était resté au sec. Emile accepta d'en griller « une toute cousue » en racontant sa vie.

Il était ouvrier agricole, loué sur le domaine Esquenoux depuis le début de règne du grand-père Antoine. Il avait survécu à l'avènement des deux générations suivantes. A ce qu'il disait, la mort brutale de Désiré Esquenoux, quatre jours auparavant, signifiait la fin de la dynastie.

— Le bonhomme, expliquait-il, c'était un chef, qui connaissait son boulot. Injuste, gueulard, bagarreur quand il était sûr de gagner, coureur et même violeur de filles quand elles résistaient, un salaud, quoi ! Mais un chef. Le dernier de la famille. Ses cousins sont des braves garçons, incapables d'assurer le commerce du bétail. Ils vont se battre entre eux, avant six mois, pour un champ, un bois ou une vigne ! Moi, *qué mi fas*[1] ? Y aura toujours un d'entre eux qui me laissera mon toit, en échange d'un service ou d'un petit travail.

— Si vous avez connu toute la famille, osa demander Berthier, vous savez sans doute qu'une cousine de Désiré est morte récemment, à Loupiac. Mon bureau s'occupait justement de son dossier d'assurance !

— Vous parlez de la Suzanne ! s'égaya Emile. Ça, c'était quelqu'un ! La seule de toute la bande capable de tenir tête à Désiré. L'avait réussi dans la vie, avec ça. Infirmière, qu'elle était. C'est Alberte, la veuve d'un autre cousin qu'a sa ferme juste à côté, que vous devriez aller voir, si vous cherchez des renseignements sur Suzanne. Je sais qu'elle avait gardé des rapports avec elle, qu'elle allait chez elle à Loupiac, se faire soigner son eczéma. Même qu'elle savait pas comment cette histoire de soins allait s'arranger, parce que Suzanne voulait quitter le pays et s'installer loin d'ici, je sais pas où.

A raison d'une cigarette en échange d'un verre de prune, la matinée touchait presque à sa fin quand le numéro trois de l'agence Combes réussit à convaincre Emile qu'il devrait lui faire un brin de conduite jusque chez Alberte. Parce qu'il était présenté par un habitué, Berthier fut reçu avec les honneurs, c'est-à-dire avec une chaise paillée au bord de la table et un verre du vin rouge des vignes Esquenoux.

1. « Qu'est-ce que ça me fait ? »

Quand la conversation en vint au suicide de Suzanne, la veuve explosa en imprécations contre ce sale bonhomme de Désiré, qui avait rendu la vie impossible à celle qui ne voulait pas de lui.

— Déjà que depuis un mois elle avait décidé de quitter Loupiac, de vendre sa maison, il a fallu qu'il la menace de tuer son ancien amoureux si elle quittait le pays... Elle disait...

Berthier ne sut pas ce que l'infortunée Suzanne avait confié à sa cousine Alberte, car celle-ci éclata en sanglots sur son verre de rouge ; les deux garçons endimanchés, qui rentraient alors chez leur mère, parurent mal disposés à l'égard de ce visiteur coupable de troubler l'Alberte jusqu'aux larmes.

Ce fut Emile Dessidou qui sauva la situation, en prenant congé et en entraînant par le bras son pourvoyeur en gauloises bleues.

— Tu devrais profiter que la pluie a pas repris pour reprendre la route, mon gars. Je vais te raccompagner jusqu'à ta charrette. A nous deux, on arrivera bien à la sortir du fossé. Faudra seulement pas oublier de la laver au jet, à cause de l'odeur.

Ce fut un pur hasard si la 4L de Berthier réussit à retrouver la route menant de l'ensilage de betteraves à Capdenac. C'en fut un autre qu'elle s'arrêtât devant la gendarmerie, alors que la Coccinelle des Combes allait en repartir. L'aspect du véhicule revenu de la campagne profonde trahissait une patrouille difficile ; la dégaine, tout comme la démarche, de son conducteur indiquait qu'il avait dû payer de sa personne. Claire, qui avait tenu à conduire pour ménager les côtes de son mari, embraya comme une débutante ; la Coccinelle bondit et vint bloquer Berthier contre son tas de boue.

Entamé de cette façon abrupte, le compte rendu de numéro trois à son chef fut assez filandreux. Malgré ses invites engageantes, le subordonné ne put convaincre Joseph et Claire d'aller boire quelque chose de frais dans le premier café venu, et il dut expliquer, sur le trottoir, ses errances sous la pluie, et répéter les jugements d'Emile Dessidou et les anathèmes de la cousine Alberte contre Désiré.

— Cette veuve-là, conclut-il, elle en sait beaucoup plus sur le suicide de votre infirmière, mais au moment où elle allait vider son sac, nous avons été interrompus par ses fils. J'ai préféré ne pas insister, mais je suis sûr de pouvoir la faire parler, quand vous voudrez savoir le fin mot de l'histoire.

— Joli travail, apprécia Combes. Inutile d'aller voir Casterrat, nous le mettrons au courant plus tard. Rentrez chez vous et remettez-vous des émotions de la matinée. Je vous téléphonerai ce soir.

Parce que rien ne lui échappait, et qu'il savait faire plaisir à Berthier, il ajouta :

— Jolie casquette !

Il referma frileusement sa vitre et fit signe à sa femme de démarrer.

Plus tard, sur la route de retour à Villefranche, il soupira :

— J'ai bien eu l'impression que notre nouveau détective était un peu éméché ! J'espère qu'il n'ajoute pas maintenant l'alcool au tabac !

Et comme Claire profitait de cette reprise languissante de leur conversation pour lui demander le programme de l'après-midi, il leva une main épuisée.

— Franchement, deux heures ce matin pour convaincre ce Casterrat de malheur d'attendre deux jours de plus avant d'embastiller le jeune Bousquet, c'est assez de travail pour un convalescent. Sans compter que ta mère et les enfants débarquent ce soir ! Il sera bien temps, demain matin, d'aller questionner la torride madame Rinquet, qui a peut-être quelque chose à nous apprendre...

17

Une fois de plus, le lendemain matin, Combes eut l'occasion de regretter les facilités qui allaient de pair avec le service actif du maintien de l'ordre.

Un chef de brigade de gendarmerie désire-t-il entendre un témoin ? Il a tout loisir d'envoyer au domicile ou au lieu de travail de celui-ci une équipe de fonctionnaires en uniforme, chargés de délivrer une invitation à se rendre au bureau du chef. Tel jour, telle heure. Il est rare que ledit témoin, dûment invité, refuse grossièrement de se présenter au rendez-vous. Du moins lui faut-il ensuite formuler une excellente excuse.

Alors qu'un détective privé, même officieusement mandaté par la justice, doit user de subterfuges pour approcher un témoin récalcitrant, et n'a aucun moyen de convaincre un éventuel suspect qu'il doit se soumettre à un interrogatoire. Au début de sa carrière civile, Combes avait cru qu'un coup de téléphone annonçant sa visite préviendrait les refus abrupts ou les dérobades de dernière minute. Il y avait renoncé, car le procédé le privait de tout effet de surprise. Il allait donc devoir croiser les doigts, pour éviter le mauvais sort, et se rendre chez les Rinquet. Au diable vauvert, après le premier pont sur l'Aveyron...

Heureusement, il avait paresseusement décidé de s'y rendre en voiture, persuadé qu'il n'était pas en état de supporter une aussi longue promenade à pied. Lorsqu'il finit par localiser la villa sans jardin où habitait le ménage Rinquet, et qu'il se fut arrêté sur l'extrême talus au bord de la route étroite, il constata que tous les volets étaient fermés et que la maison paraissait vide. Pour la forme, il cogna du poing aux persiennes des fenêtres du rez-de-chaussée et donna de la chaussure dans l'élégante porte jaune à filets noirs qui commandait le perron. Il sourit, en se rappelant à quel point Claire avait été révulsée par le décor du bureau d'Antoine. Ce porche tape-à-l'œil était tout à fait dans la note.

Il allait remonter dans la Coccinelle, déçu et résigné, quand une petite femme boulotte, quinquagénaire à lunettes et aux joues roses, ouvrit la porte de la villa voisine ; elle le regarda avec un sourire d'accueil, qui disait le plaisir promis par l'arrivée d'un inconnu, qu'il allait falloir renseigner et avec qui, peut-être, on pourrait échanger quelques ragots de quartier.

— Oui, dit Combes, je voulais parler aux Rinquet. Savez-vous où j'ai des chances de les trouver ?

— Venez-vous pour le scandale de samedi après-midi ?

— Non. Quel scandale ?

— Vous n'êtes pas au courant ?

La voisine était vraiment offusquée que personne n'eût jugé bon d'avertir toute la ville de ce qui avait ameuté toute sa rue.

Elle raconta donc, avec force détails, l'arrivée de l'automobiliste outragée, son numéro de klaxon, le coup de téléphone qu'elle-même avait prudemment adressé au commissariat, la longue bordée d'insultes qu'une femme honnête ne pouvait répéter (mais qu'elle répéta), l'arrivée des agents de police puis leur départ, suivis par la virago, « qui avait l'air contente d'elle ».

— J'avoue, continua la narratrice, après avoir précisé qu'elle-même et son mari Jean-Auguste Duprat, retraités de la poste, étaient honorablement connus, j'avoue que nous avions toujours trouvé bon genre à la pauvre Isabelle. Mais bien sûr, il va falloir demander des explications aux Rinquet quand ils rentreront.

— Ils sont partis ? demanda Combes.

— Comme tous les mois, dit madame Duprat. Elle va passer une semaine chez une vieille tante qui vit seule dans sa grande maison, à Rignac. Son mari reviendra sans doute demain matin et repartira la chercher lundi prochain, comme ils font toujours.

— Avez-vous l'adresse de cette tante ? Voyez-vous, ce que j'ai à leur demander est assez urgent.

— Vous trouverez facilement. Mademoiselle Chapelière, elle s'appelle. Si vous allez là-bas, dites, ne racontez pas que vous êtes au courant du scandale. J'avais promis de ne rien dire...

— Je serai muet comme une tombe, jura Combes en ouvrant sa portière. Et merci pour tout !

Quand il repassa sur la route dans l'autre sens, après avoir fait demi-tour un kilomètre plus loin, un soleil triste faisait miroiter les eaux rapides de la rivière.

Tous les volets du premier étage de la maison Duprat étaient ouverts.

De retour à l'agence, Joseph s'étonna presque d'être accueilli par le seul Major. Après avoir manifesté, la veille, sa joie de voir rentrer Robert et Thi-Ba au logis, le chien était dépité que personne n'eût voulu le sortir. Les enfants devaient être partis faire la tournée de leurs camarades. Claire et sa mère étaient sûrement en corvée d'alimentation.

Après avoir acheté par un biscuit l'apaisement provisoire de Major, qui le suivit dans le bureau et s'installa dans le fauteuil des confessions, Joseph s'assit avec précaution derrière son sous-main de directeur. « Vous en avez pour plusieurs semaines », avait annoncé l'urgentiste de l'hôpital, avec une pointe de jubilation dans la voix. Depuis l'apparition de François Bousquet et l'ouverture de cette affaire, l'ancien gendarme avait tendance, en privé, à vouer aux gémonies tout le corps des médecins.

Il soupira prudemment et entreprit de feuilleter l'annuaire téléphonique départemental, « Rignac... Chapelière, Gilberte... 3 et 5 route de Rodez ». Pestant contre la miniaturisation des chiffres et se demandant s'il n'allait pas, un de ces jours, devoir se payer des lunettes, il recopia péniblement le numéro de la demoiselle Chapelière sur une feuille volante, referma l'annuaire et réfléchit quelques secondes aux questions qu'il souhaitait poser à la tante d'Isabelle Rinquet. On ne pouvait pas entamer tout à trac une conversation avec une vieille dame inconnue en lui demandant : « Savez-vous que d'après des lettres anonymes votre nièce est une gourgandine particulièrement experte ? »

A Rignac, une main décrocha dès la première sonnerie, comme si quelqu'un était installé auprès de l'appareil. Une voix de femme, grave, avec des fléchissements de ton qui trahissaient un âge certain, annonça :

— Vous êtes chez Gilberte Chapelière. Bonjour ! Qui est au bout du fil ?

Une élocution de personne instruite, sans véritable accent, révélatrice d'une éducation et d'un niveau social aimablement provinciaux. Exactement ce à quoi s'était attendu Joseph. Cette dame s'appelait d'un nom rare dans le pays, qu'avait illustré un notaire qui habitait un hôtel ancien rue du Théâtre. Cette parenté probable avait déterminé le détective à se présenter en toute honnêteté, sans chercher à dissimuler les raisons de son appel.

— Je suis Joseph Combes, dit-il d'un ton égal. Etes-vous, mademoiselle, parente de maître Chapelière, avec lequel j'ai eu l'occasion de travailler autrefois, quand je commandais la brigade de gendarmerie de Villefranche ?

— C'était mon frère, cher monsieur, rétorqua la voix paisible de Gilberte. Mais qu'ai-je à faire avec la gendarmerie ? Aurais-je commis quelque délit bien que je ne sorte plus souvent de chez moi ?

— Non, non ! s'empressa Joseph. Mais, bien que maintenant à la retraite, j'enquête sur une affaire dont m'a chargé le juge Massac, à propos de laquelle votre nièce, madame Rinquet, pourrait peut-être avoir à déposer. Je crois qu'elle passe la semaine chez vous, à Rignac ?

Cette foix, le ton de la vieille tante était manifestement altéré, à la fois par l'inquiétude et par une colère naissante.

— Eh bien ! Isabelle m'a en effet, ce matin même après le départ de son mari, raconté une honteuse histoire de lettres anonymes, distribuées dans tout Villefranche et la présentant comme une Messaline faisant la vie avec un médecin local ! Ne me dites pas que c'est à ce sujet que vous désirez l'entendre !

— Je conçois que vous soyez bouleversée par ces ragots, argumenta le détective. Mais il se trouve que la diffusion de ces lettres est directement liée à deux meurtres, qui ont eu lieu très récemment à Loupiac...

— Je ne suis pas bouleversée, comme vous dites, jeune homme ! Je suis très fâchée que vous pensiez venir chez moi pour poser vos questions malsaines à ma nièce. Tous ceux qui la connaissent vous diront que lui prêter un amant relève de l'affabulation la plus éhontée. Et prétendre qu'elle serait liée à des meurtres est encore plus invraisemblable.

— Je ne tiens pas, dit Combes avec un soupçon d'énervement, à déranger madame Rinquet dans ses habitudes. J'aurais seulement voulu qu'elle m'affirmât être totalement étrangère à l'intrigue qu'on lui attribue et qu'elle n'a aucune suggestion à me faire sur la personnalité du corbeau qui s'intéresse tant à elle.

— Ma foi, monsieur... Combes, vous paraissez un homme raisonnable. Je vous promets de parler de votre coup de téléphone à Isabelle. Et je vous promets aussi de lui conseiller de vous envoyer dès demain une lettre vous donnant tous les éclaircissements souhaitables. En échange, je vous en prie, renoncez à venir chez moi pour... la cuisiner, comme vous dites. Cette enfant est terriblement atteinte par cette histoire. D'accord ?

Dans certains cas difficiles, un compromis est préférable à un affrontement. Il était évident que mademoiselle Gilberte Chapelière était du bois dont on fait les barrières infranchissables. S'il voulait lui forcer la main, et se présenter route de Rodez à Rignac, Combes devrait se faire escorter par des argousins. Il préféra accepter l'armistice proposé :

— Très bien, mademoiselle. J'attendrai donc, pour le plus tôt possible, une lettre détaillée de madame votre nièce. Je vous remercie de m'avoir écouté, et je compte que vos conseils soient entendus.

— C'est moi qui vous remercie. Au revoir, monsieur Combes !

Joseph reposa le combiné sur son socle. Il était épuisé par ses efforts d'urbanité. La peste soit de ces interlocuteurs bien élevés, qui manifestent leur sensibilité au moindre mot déplaisant et qui finissent par vous faire croire que vous feriez une erreur en choisissant votre solution plutôt que la leur... De la pure manipulation. Joseph n'appréciait la manipulation que lorsque c'était lui qui la pratiquait.

Devant lui, sur le fauteuil, dressé sur ses pattes de devant, Major le regardait sarcastiquement en inclinant la tête sur le côté, les yeux brillants sous les sourcils en broussaille.

— J'espère, lui dit Combes, que tu as retenu la leçon que je viens de te donner : il faut être poli avec les dames !

Réfléchir était finalement la seule activité qui ne fatiguât pas un quinquagénaire blessé aux côtes. Il réfléchit donc sur le cas d'Isabelle Rinquet. Comment, par qui, et pourquoi avait-elle été introduite dans le circuit ?

Les seules lettres anonymes la concernant étaient celles qu'il avait trouvées la première fois qu'il était allé à Loupiac. Pourquoi celles qui avaient été envoyées à Villefranche, à Juliette Bousquet et à Jeanne Bouttu, ne parlaient-elles pas de la partenaire du docteur ? Et pourquoi ce stock de lettres toutes prêtes camouflées dans l'appentis de Suzanne Esquenoux ? Quel usage le corbeau comptait-il faire de ce stock ? Le corbeau était-il François Bousquet, qui serait alors d'un machiavélisme digne d'admiration ? Ou sa femme Juliette, outrée d'être moquée dans tout Villefranche ? A moins que la lubricité d'Isabelle Rinquet ne soit aucunement de l'affabulation, et qu'elle se soit émue d'apprendre que son amant avait fait un enfant à sa rivale !

Toutes ces interrogations avaient un sens, mais aucune n'avait de réponse. Peut-être fallait-il se rabattre sur une enquête bassement terre à terre, horaires, déplacements, terrain, recherche de témoins...

Il y avait de quoi démoraliser un détective sans imagination. Peut-être le coup qu'il avait reçu sur le crâne était-il responsable de la perte de ce qui avait contribué à sa réputation ? « Combes invente des pistes et ce sont les bonnes », avait dit un jour un de ses capitaines. Aujourd'hui, il n'inventait plus rien. Pire ! Il ne s'inquiétait même pas d'être en panne.

Il avait seulement envie que Claire rentre à la maison, que les enfants viennent lui raconter leurs petits malheurs de vacances, et que sa belle-mère reparte à Bergerac.

Peut-être aussi, décida-t-il, d'un petit pastis...

18

Le mardi suivant, aucun des enquêteurs intéressés à résoudre l'affaire Esquenoux ne connut de réussite marquante.

Le chef Casterrat, aux prises avec la rédaction d'au moins quatre rapports pour le suicide controversé de l'infirmière et de trois autres sur l'assassinat de Désiré Esquenoux, avait passé une journée studieuse dans son bureau de la brigade. Pour la première fois depuis qu'il avait pris son commandement, deux ans auparavant, ses hommes s'étonnaient que leur chef, qu'ils appelaient en privé « Jugulaire et Veux-pas-l'avoir », se montrât aussi peu affirmatif dans ses certitudes. La brigade de Capdenac, dont la devise était « Garde-à-vous et Obéissance », commençait à sentir, suivant l'expression des gens de cheval, que les rênes étaient flottantes.

De son côté, sous sa couverture de « Monsieur Assurances », le limier de l'agence Combes en mission dans le Capdenacois avait, à force de fréquenter les rares culs-de-sac qui y menaient, presque obtenu sa carte de citoyen de Saint-Romain. Presque seulement, car Berthier n'avait encore pu confesser l'Alberte, dont les deux fils veillaient farouchement sur le statut de veuve.

Quant à Joseph Combes, que les douleurs de la convalescence rendaient d'une humeur difficile, il avait affirmé à Claire qu'il trouverait un dérivatif en allant vérifier les alibis des Bousquet pour l'après-midi du meurtre de Désiré. Jeanne Bouttu lui avait remis une copie du journal de bord du médecin, qui faisait état de sept visites à domicile entre treize heures et dix-huit heures trente.

Joseph avait trouvé le programme attrayant. Il faisait beau et l'itinéraire, de Maleville à Brandonnet et Compolibat, avec retour par La Bastide-l'Evêque, empruntait de petites routes ombragées, des bois denses bordant la basse vallée de l'Alzou, des collines couvertes de châtaigniers, et les gorges de l'Aveyron pour les derniers kilomètres.

Pendant un instant, en étudiant cette liste, il avait cru découvrir un indice important, qui risquait de nuire gravement à la cause de l'innocence du docteur : la dernière visite de cet après-midi du mercredi précédent avait été faite à monsieur Auguste Duprat ! Bousquet chez les voisins des Rinquet ! Autant dire à portée de voix de sa maîtresse supposée. Pour lui rendre compte des événements de Loupiac ? Pour lui dire que le stock de lettres anonymes de l'appentis avait été récupéré et détruit ? Du coup, Combes décida de parcourir le trajet à l'envers et de s'intéresser en priorité au récit dudit Duprat.

Partagée entre deux désagréments, soit confier à madame mère, pour la journée, sa maison, ses armoires et sa cuisine si elle décidait d'escorter son mari sur les routes de campagne, soit laisser le pauvre Joseph, à demi impotent, disait-elle, s'embarquer seul dans cette équipée à risques, Claire se préparait de longues heures de regrets et d'inquiétude. La mère affirmait qu'elle était suffisament adulte pour se débrouiller seule, sans fouiner dans les secrets de sa fille... Joseph réclamait le droit à un peu de paix domestique ; ce fut lui qui obtint gain de cause, quand il proposa de s'encombrer de Major, qui servirait d'agent de liaison, en cas de panne précisa-t-il, évitant soigneusement le mot « accident ». Sa femme recopia les noms et les adresses des patients de Bousquet et exigea que chacune des étapes lui soit signalée par un coup de téléphone. Equipé de ces directives, lesté d'un sandwich-baguette pour deux personnes, beurre et jambon de pays, et accompagné d'un Major frétillant, Combes partit enfin pour son odyssée. Il était onze heures vingt.

Ce grand voyage à travers le Ségala aveyronnais dura exactement une heure et vingt-six minutes.

A une heure de l'après-midi, la Coccinelle à nouveau garée sur la place du L'Hez, traînant un chien alangui qui eût bien continué sa sieste sur le siège arrière de la voiture, Combes se paya le luxe de pousser le bouton de sonnette à la porte de son agence.

— Papa ! s'écria Robert en ouvrant la porte. Qu'est-ce qui est arrivé ? Maman disait que tu étais parti pour la journée !

Joseph nota que son fils, malgré les vacances, n'avait pas oublié de laisser sa serviette de table avant de recevoir un visiteur. Il nota aussi, avec un plaisir exempt de tout complexe, que Robert était maintenant aussi grand que lui.

— Ma journée s'est finie plus tôt que prévu, dit-il en souriant. Je rentre déjeuner à la maison. Normal, non ?

Déjà, Claire sortait de sa cuisine et s'appuyait au chambranle. Le poing serré au creux de l'estomac, les yeux effrayés, le visage blanc de craie. Elle regardait son mari comme si elle s'était attendue à le voir, une nouvelle fois, éclopé, ensanglanté, meurtri.

— Qu'est-ce qui s'est passé ? bredouilla-t-elle. Un accident ?

Elle s'était jetée dans ses bras, hoquetante, au bord des larmes.

— Attention à mes côtes, rit-il malgré son corset de bandes Velpeau. Il s'est passé que ma première étape m'a suffisament renseigné pour que je n'aie pas besoin d'en faire plus aujourd'hui. Je te raconterai tout à l'heure. Si vous êtes encore à table, je mangerais bien un morceau. Je meurs de faim, d'autant que les Duprat m'ont fait boire deux pastis très tassés...

Toujours serrée contre lui, Claire, qui reprenait des couleurs, rit nerveusement.

— Qu'as-tu fait de ton sandwich ?

— Major l'a mangé. Je l'avais enfermé dans la voiture pendant que j'étais chez mon témoin.

Cette fois elle leva sur lui son regard faussement courroucé, celui qui l'attendrissait comme quinze ans auparavant.

— Ne me refais jamais un coup pareil ! chuchota-t-elle. Un jour tu disparais, et il faut te chercher dans tout le département ; et un autre tu débarques sans prévenir, avec cinq heures d'avance !

— Tu n'as pas eu le temps de cacher ton amant ? voulut-il plaisanter.

Elle s'écarta de lui et fit semblant de lui envoyer un coup de poing dans la poitrine. Semblant seulement, parce qu'elle avait envie de chanter.

Plus tard, alors que Madame Mère faisait une petite sieste au premier étage et que les enfants commençaient à rassembler cahiers et bouquins de classe dans leurs chambres, l'état-major de l'agence, réduit à numéro un et numéro deux, discuta de ce que les Duprat avaient raconté à Joseph.

En s'arrêtant devant la dernière villa qu'avait visitée le docteur Bousquet, le jour où il avait été attaqué, Joseph avait, avec peu de discrétion, lorgné la façade de la maison Rinquet. Les volets étaient toujours clos. Aucune voiture n'était stationnée devant la porte jaune à filets noirs. Antoine Rinquet devait pourtant être rentré de Rignac depuis la veille. Peut-être battait-il la campagne pour une estimation ou pour une vente. Le ménage des retraités de la poste était déjà sur la plus élevée des deux marches de son minuscule perron, arborant de confiance le sourire d'accueil des désœuvrés en quête de distractions inattendues.

Jean-Auguste Duprat était aussi long et maigre que sa femme était petite et ronde, et aussi jaune de teint qu'elle était rubiconde. Madame Duprat reconnut Combes sur-le-champ et entreprit d'expliquer à son époux qu'il s'agissait du si aimable visiteur de la veille, qui voulait entrer en contact avec les Rinquet.

« Vous n'avez pas de chance, constata-t-elle. Le mari est revenu hier matin, mais il est reparti de bonne heure ce matin, pour son travail sûrement. »

Lorsque Joseph eut refermé la porte de la Coccinelle sur son chien noir et poilu, qui aboyait à plein gosier, et précisé que, cette fois, il ne venait pas voir les Rinquet mais eux-mêmes, les Duprat, pour préciser quelques détails de la dernière visite que leur avait faite le docteur Bousquet, un frisson de satisfaction anticipée illumina les visages des retraités. Ils l'invitèrent aussitôt à entrer et le conduisirent au salon, où ils le firent asseoir dans un fauteuil confortable. La pièce était de dimensions exiguës, chauffée par un mirrhus rougeoyant. Le parquet et les meubles de bois sombre sentaient bon l'encaustique, et ses hôtes, assis face à lui, sur un canapé un peu passé de teinte, rayonnaient d'amabilité.

Quand il eut expliqué qui il était, qu'il travaillait avec le juge Massac et qu'il cherchait quelques précisions capables d'aider leur médecin à se tirer d'une mauvaise affaire où il était impliqué, l'amabilité se transforma en attention passionnée. Jean-Auguste se leva du canapé et décida que leur éminent visiteur allait bien leur faire le plaisir de boire avec eux un petit pastis. Combes sourit malgré lui. Tout compte fait, le métier de détective avait un avantage sur celui de gendarme : il avait le droit de boire en compagnie des témoins qu'il interrogeait.

Le pastis était frais, les Duprat prêts à répondre à toutes les questions.

Oui ! Le docteur Bousquet était depuis un an leur médecin traitant. Il leur avait été recommandé par leurs voisins Rinquet, qui étaient de ses amis. Un excellent homme, ce Bousquet, qui ne « se croyait pas », qui savait doser ses ordonnances et venait ausculter Jean-Auguste très régulièrement.

« Ses médicaments lui font beaucoup de bien », dit sa femme en grimaçant un clin d'œil en direction du verre d'anis, qu'avalait à grandes lampées son malade du foie.

Oui encore, à la question : « Est-il venu mercredi dernier ? »

« Vers dix-sept heures quarante-cinq, en disant qu'il arrivait d'une tournée éreintante, de Maleville à Compolibat et La Bastide-l'Evêque. Il avait l'air crevé, le pauvre. Comme Jean-Auguste protestait qu'il allait de mieux en mieux, il n'est resté qu'un quart d'heure. Il devait encore aller voir si Isabelle prenait bien les potions qu'il lui prescrivait, pour soigner une espèce d'anémie qu'elle traîne depuis des mois.

— Est-il resté longtemps chez vos voisins ? demanda Combes.

— Vingt minutes à peu près, confirma madame Duprat. Il avait dû attendre monsieur Antoine, qui était en tournée. Comme personne n'arrivait, il est parti vers Villefranche. J'ai vu sa voiture depuis la fenêtre de ma chambre... »

Peut-être cette dernière phrase, qui suggérait une surveillance active, était-elle de trop. Elle parut en tout cas, au détective, une ouverture pour en arriver à des questions plus indiscrètes. D'ailleurs, madame Duprat avait changé de mine, comme si elle s'était aperçue qu'elle était trop bavarde. Fronçant les sourcils, elle tenta de donner le change en s'exclamant « Voyons Auguste ! » en direction de son mari, qui s'était levé une nouvelle fois et dissimulait sa gêne en servant d'autorité une nouvelle tournée.

« Franchement, dit Combes, avez-vous l'impression que le docteur venait souvent rendre visite à madame Rinquet quand son mari n'était pas à la maison ?

— Pourquoi ça ? souffla Jean-Auguste, qui n'avait pas retrouvé son sourire.

— Eh bien, avez-vous supposé quelquefois que monsieur Bousquet ne venait pas jusqu'ici seulement pour soigner votre voisine, mais aussi pour la distraire, pendant ses longues heures de solitude ? En un mot, pensez-vous qu'ils ont une aventure amoureuse ?

— Vous voulez dire qu'ils coucheraient ensemble ? précisa madame Duprat dans un soupir, en se penchant sur son pastis pour éviter d'en dire davantage.

— Ça vous paraît invraisemblable ? » insista Joseph, en scrutant le visage de Jean-Auguste par-dessus son verre.

Le retraité des Postes avait l'air malheureux d'un chef d'agence qui vient de découvrir un trou dans la caisse des mandats. Il leva les yeux sur leur visiteur et soupira longuement, avant de se lancer dans une explication difficile :

« Voyez-vous, vous m'auriez posé cette question vendredi dernier, je vous aurais répondu que c'était invraisemblable. Madame Rinquet n'est pas du tout le genre de femme à avoir une aventure, comme vous dites. Elle n'est pas très jolie, elle est élégante mais pas coquette, souriante mais pas aguicheuse. Bonne éducation bourgeoise de chez nous. Les Chapelière – c'est le nom de son père – étaient une famille de notaires, à

Villefranche, à Rignac, à Lanuéjouls : trois frères, tous morts à présent. Jusqu'à samedi dernier je n'ai jamais entendu un commérage sur son compte. Tout juste la plaignait-on d'avoir un mari trop cavaleur, du moins à ce qu'on dit, parce que personne n'a jamais raconté où il faisait ses fredaines. Et voilà que cette femme blonde vient faire son cinéma, en voiture de sport, avec klaxon et injures à la clé, traitant madame Rinquet de voleuse de mari ! Nous n'en sommes pas revenus, ma femme et moi !

— Savez-vous qui était cette blonde ? demanda Combes.

— Oui, depuis hier. Je suis allé en ville jusqu'au commissariat. Un de mes beaux-frères y travaille, aux écritures. Je voulais savoir si le tapage qu'elle avait fait samedi valait que je porte plainte pour scandale sur la voie publique. Mon beau-frère m'a conseillé de ne rien faire. Il m'a dit que la pauvre madame Bousquet avait bien assez de malheur comme ça. Alors quand j'ai raconté ça à Marguerite, en rentrant, on s'est posé des questions, évidemment. On a pensé aux visites du docteur et à cette soi-disant anémie de madame Rinquet... Ça nous fait de la peine, de nous dire qu'on s'est peut-être trompés sur leur compte. »

Après ce long et pénible aveu, il baissa les yeux sur le verre qu'il tenait toujours en main, et le vida d'un coup. Marguerite Duprat n'avait pas quitté le détective du regard, épiant ses réactions au récit de son mari. Quand celui-ci se tut, elle rajouta une dernière pincée de fiel à l'histoire :

« Tu oublies, Jean-Auguste, de raconter à monsieur Combes ce qui s'est passé ce matin. Je commençais juste mon ménage. En ouvrant les fenêtres du rez-de-chaussée, j'ai vu monsieur Rinquet qui sortait sa voiture du garage. Alors, mine de rien, je lui ai dit bonjour et je lui ai demandé des nouvelles de sa femme ! J'ose à peine vous répéter ce qu'il m'a répondu : "Elle est à Rignac, chez sa vieille peau de tante. Ne vous en faites pas pour cette garce." Et il est parti, furieux, en faisant gueuler son moteur ! »

— Je comprends pourquoi tu sentais l'anis en rentrant, sourit Claire qui avait religieusement écouté le compte rendu de son mari, avant d'ajouter, soudain sérieuse : J'ai l'impression que ton client risque d'avoir de plus en plus besoin de ton aide ! Toutes ces précisions sur sa liaison avec la douce Isabelle ne vont pas persuader Casterrat et Massac de son innocence !

— A première vue, j'en ai peur, concéda Joseph. Mais je ne peux pas m'empêcher de penser que tout ce scénario est remarquablement bien agencé. Il n'y a que deux raisons possibles à une telle perfection : ou elle est l'exprcssion même de la vérité, ou elle est le résultat d'un montage génial. Dans ce cas-là, j'aimerais bien en connaître l'auteur...

A Rignac, en ce début d'après-midi, Isabelle Rinquet quitta la table du déjeuner frugal qu'elle avait pris avec sa tante, pour monter dans sa chambre. Depuis qu'elle avait confié à tante Gilberte le fond de ses soucis, elle semblait avoir retrouvé sa sérénité. Elle disait avoir compris pourquoi un détective s'intéressait à elle, et avait apprécié les qualificatifs louangeurs conférés à ce monsieur, dont elle avait raté les mises en garde téléphoniques, parce qu'elle était allée faire un tour dans le village. Suivant les conseils de sa tante, elle avait rédigé une longue lettre expliquant comment elle en était arrivée là, et qui était le responsable de cette dérive. Elle relut les feuillets écrits avec une froideur de style qui était loin de correspondre à son humeur, plia ces quatre pages de confession et d'accusations et les glissa dans une enveloppe adressée à « Monsieur Combes, Villefranche-de-Rouergue »...

Après quoi, parce que c'était ce qu'on attendait d'elle, en jeune femme équilibrée et raisonnable, elle avala une cuillère à soupe de la potion prescrite par François Bousquet et s'allongea pour une sieste d'une heure.

A quinze heures, elle se réveilla de son somme, la tête lourde et mal à l'aise. De sa fenêtre, elle regarda le ciel à peu près découvert et décida d'aller passer une heure ou deux chez sa cousine Geneviève, qui avait repris la charge de son père à Lanuéjouls. Notairesse, placide, étrangère à la passion, Geneviève serait une conseillère plus efficace que la tante Gilberte. Elle descendit au salon, trouva dans une coupelle les clés de la Citroën de l'oncle Gaston, qui ne servait plus qu'en de rares occasions depuis le décès de celui-ci, un an auparavant, et qui sommeillait au garage le reste du temps. N'ayant rencontré au rez-de-chaussée ni sa tante, ni la vieille bonne, elle griffonna un mot qu'elle posa sur un guéridon, sous un cendrier. Le cœur tranquille, elle passa au garage, ouvrit la porte de la Citroën et celle du garage, mit le contact et fit chanter le moteur, parti au premier coup de démarreur.

La traversée du village était brève, Lanuéjouls à douze kilomètres. Une promenade.

Après la ligne droite qui laissait Saint-Félix à main gauche, elle ressentit brutalement un malaise, comme si un voile épais était tiré devant ses yeux. Elle se sentait incapable de réagir. Elle aborda beaucoup trop vite le virage à droite qui suivait le carrefour de la route d'Anglars. La voiture traversa la chaussée, plongea dans le fossé gauche et amorça le premier des deux loopings qui l'envoyèrent se fracasser contre le tronc d'un châtaignier bicentenaire.

19

La mort accidentelle d'Isabelle Rinquet, née Chapelière, fit beaucoup plus de bruit dans tout l'ouest du département que n'en avaient suscité le suicide de Suzanne Esquenoux ou même le meurtre de son cousin Désiré. S'ils avaient eu vent du lien possible entre ces trois faits divers, nul doute que les organes de presse et l'opinion publique n'eussent explosé en supputations, ragots et délires romanesques. Heureusement, si tant est qu'il y eût quelque chose d'heureux dans le déroulement de ces trois drames, les écarts de conduite prêtés au docteur Bousquet, seul lien soupçonnable entre ces affaires, n'étaient connus que des enquêteurs officiels, de ceux de l'agence Combes et d'un journaliste muselé d'*Ouest-Midi.*

En l'état actuel de la situation, aussi bien à Lanuéjouls qu'à Rignac et à Villefranche, tout le monde se remémora les mérites des Chapelière, tabellions de haute volée et de haute moralité ; tout le monde compatit au chagrin de la famille et surtout à celui d'Antoine Rinquet, marchand de biens si honorablement connu dans le département ; tout le monde s'attrista du décès d'une jeune femme si douce, distinguée et charitable. Et, parce qu'il faut une explication à tout ce qui est inexplicable, on accusa généralement le sort, qui avait mis, entre les mains d'une conductrice experte, le volant d'une voiture usagée, à court d'entretiens et de contrôles.

A Villefranche, Joseph Combes avait été le premier prévenu par un coup de téléphone de Gilberte Chapelière. Etonnamment digne, la voix cassée, mais sans sanglots, la vieille demoiselle avait confié à Joseph, ce mercredi matin à huit heures, qu'elle se sentait responsable de ce malheur.

— Je n'aurais jamais dû laisser traîner les clés du vieux tacot de mon défunt frère. Ce n'est pas une consolation de penser qu'elle n'a pas eu le temps de souffrir. Elle est morte sur le coup, m'a affirmé mon médecin. Nous sommes tous atterrés, ici. Tout le monde aimait Isabelle, à Rignac. Quand elle était petite, c'est ici qu'elle venait passer ses vacances. Heureusement que sa cousine Geneviève, qui habite Lanuéjouls, est venue hier soir pour que nous nous soutenions mutuellement.

— Vous avez, bien sûr, pu joindre monsieur Rinquet ?

— Oui, dès que j'ai été prévenue. Il a passé la nuit à veiller le corps d'Isabelle, à la morgue de l'hôpital de Rodez, où elle avait été emmenée. Il m'a annoncé, tout à l'heure, qu'il allait faire le nécessaire pour la faire revenir à Villefranche. Il souhaite qu'elle soit enterrée dans le caveau de ses parents. C'est bien naturel. Il espère que la cérémonie pourra avoir lieu vendredi. Vous y viendrez, n'est-ce pas ? Vous ne la connaissiez peut-être pas, mais je suis certaine que vous auriez compris quelle parfaite jeune femme elle était. Je vous remettrai la lettre qu'elle vous destinait et qu'elle vous avait écrite, suivant mes conseils.

Après cette pénible conversation, Combes était resté pendant de longues minutes devant son téléphone muet. Le cœur plein de colère contre l'enchaînement des faits qui avaient conduit à cette mort stupide, inutile.

Claire l'avait retrouvé là, accoudé sur son bureau, et il lui avait annoncé la nouvelle sans ménagement. Ecroulée sur le fauteuil aux confessions, elle regarda son mari avec plus de fureur encore que de chagrin.

— Qui a bien pu faire une chose pareille ?

Claire l'inattendue, dont l'instinct et le cœur étaient si souvent en avance sur le froid raisonnement ! Cette accusation immédiate, un quasi-réflexe, sortit brutalement Joseph de sa torpeur hargneuse. Il tenta de se redresser sur son fauteuil de métal. La douleur même qu'il ressentit dans les côtes réveilla son goût du combat.

— Autrement dit, demanda-t-il, tu ne crois pas à un accident malgré les constatations officielles ? Il paraîtrait que la direction a lâché. La voiture était vieille...

— Y a-t-il déjà un rapport d'expertise ?

— Je ne sais même pas si quelqu'un en a demandé une !

— Pas d'autopsie non plus ?

— Pas que je sache ! Rinquet va ramener le corps de sa femme à Villefranche, pour la faire enterrer après-demain.

De part et d'autre du bureau, Joseph et Claire échangèrent un regard plein de compréhension mutuelle. En deux questions et deux réponses, tout avait été dit : si la mort d'Isabelle Rinquet n'était pas accidentelle, il ne restait pas beaucoup de temps pour en faire la preuve...

Le juge Massac se levait tard, ou paressait dans son bain. Il n'était que huit heures vingt. Massac ne décrocha qu'à la septième sonnerie et Combes ne lui laissa pas vingt secondes pour le jeter dans l'action. D'abord, en lui annonçant que la partenaire (selon certaines lettres anonymes) de Bousquet était morte brutalement la veille au soir dans ce qui pouvait être un accident de la route.

— Mais vous pensez, avec votre esprit soupçonneux, que ce pourrait être autre chose, coupa le juge, qui connaissait bien son enquêteur préféré. Qu'attendez-vous de moi ?

— En premier lieu, que vous demandiez à Casterrat de procéder, ce matin même, à l'arrestation du docteur François Bousquet.

— Vous ne vouliez pas en entendre parler !

— Depuis, j'ai entendu un nouveau témoignage, dont je vous ferai part. De deux choses l'une, ou il est coupable de deux meurtres, ou il est totalement innocent et sera la prochaine victime. Je vous expliquerai mes deux hypothèses tout à l'heure, quand je viendrai vous chercher.

— Où voulez-vous m'emmener, et pourquoi ?

— Dans un premier temps à Rignac, pour y entendre mademoiselle Gilberte Chapelière, la tante d'Isabelle Rinquet, chez qui elle séjournait provisoirement. Ensuite à Rodez, pour quelques démarches administratives urgentes.

— De quel genre, ces démarches ? questionna Massac, qui ne songeait apparemment pas à se rebeller contre le ton expéditif de son correspondant.

— Ouverture d'une enquête judiciaire, demande d'expertise technique d'un véhicule accidenté, et autopsie de la victime. Rien que de très normal, après un accident mortel.

Pendant un court silence, le juge parut soupeser ces exigences.

— Très bien ! accepta-t-il enfin. Passez me prendre au tribunal, dans vingt minutes.

Combes avait laissé le volant de la Coccinelle à sa femme, qui l'avait menacé d'une grave querelle de ménage si elle n'était pas du voyage. Il était inconfortablement installé sur la banquette arrière et cherchait à devancer les effets, dévastateurs sur ses côtes, des forces centrifuges et centripètes. Il ne récriminait même pas, comme à l'accoutumée, contre les envies de vitesse de Claire. Sur le deuxième siège avant, celui du mort, Massac, de peur d'afficher son inquiétude concernant la technique de la conductrice, avait pris l'air concentré d'un intellectuel penché sur un problème de mots croisés, alors qu'il se contentait de feuilleter sans les voir les feuilles volantes d'un dossier totalement étranger à l'affaire...

« Vous m'expliquerez votre histoire en arrivant à Rignac », avait-il enjoint à Combes par-dessus son épaule, après le démarrage sportif réussi par Claire devant le tribunal.

Exactement une demi-heure plus tard, un coup de frein tout aussi sportif faillit le jeter sur le pare-brise, quand la Coccinelle manqua de peu la sortie de la belle départementale goudronnée.

— La maison Chapelière est à trois cents mètres à gauche, expliqua Joseph en se penchant sur le dos de son épouse. Stoppe sur le bas-côté, le temps que je raconte ma petite histoire à monsieur le juge...

Sa plaidoirie fut tout à fait convaincante :

— Ma première hypothèse est que le docteur Bousquet pourrait avoir tué par pendaison Suzanne Esquenoux, parce qu'elle allait lui donner un bâtard, et Isabelle Rinquet, par médicament interposé, parce que sa liaison avec elle commençait à être connue et à faire scandale... Dans ce cas-là, le problème des lettres anonymes reste entier et nous le résoudrons plus tard.

Massac hocha la tête avec un sourire amer.

— Ma deuxième hypothèse est que le même docteur Bousquet n'est coupable que des coucheries qu'on lui reproche dans ces lettres. Une personne jalouse, dont l'identité reste à découvrir, a décidé de le punir, en éliminant ses conquêtes avant de le supprimer, lui aussi. Auquel cas, la prison lui servira d'abri.

— Vous avez vraiment l'esprit inventif, soupira le juge. Alors, à quoi bon les démarches que vous me demandez de faire à Rodez ?

Combes essaya de ne pas montrer combien l'incompréhension du magistrat le décevait :

— Mais c'est simple ! Si rien ne nous apporte le moindre doute sur la véracité de l'accident de madame Rinquet, c'est vrai, nous n'aurons pas fait avancer d'un pas notre affaire de Loupiac. Sinon, si doute il y a, il est possible que le meurtrier ait fait une faute, cette fois. L'autopsie de la victime peut nous révéler qu'elle a été droguée, ou empoisonnée ; l'expertise technique peut prouver que le véhicule a été saboté. Et ces résultats pourraient nous renseigner sur la personnalité du coupable !

Massac était habitué aux noirceurs de l'esprit humain et, si leurs manifestations l'attristaient toujours, il ne s'en étonnait plus. Il tenta de plaisanter, mais son ton était plus amer que réjoui :

— En somme, vous trouvez indigne de vous de n'enquêter « que » sur deux assassinats. Vous en voulez un troisième, commis à soixante kilomètres des deux premiers, et prétendez ainsi simplifier l'affaire ! Eh bien ! Allons-y donc ! Je marche avec vous. Pas convaincu mais curieux... Vous verrez qu'un jour nous nous casserons la figure !

A la sortie de la petite bourgade, la propriété de mademoiselle Chapelière était exactement conforme à l'idée qu'on se fait d'une « maison de notaire ». Entourée d'un mur bas, dont le crépi trahissait l'abandon, l'habitation principale affichait une prospérité bourgeoise et satisfaite, derrière une façade entièrement nappée de vigne vierge, qui montait d'un parterre de rosiers bien taillés jusqu'au bord d'un toit pentu, dallé de lauzes grises. Tout juste si celui qui l'avait autrefois fait construire s'était permis la coquetterie d'un encadrement de brique, que le temps avait sombrement bruni, autour des cinq hautes fenêtres du premier étage et de la large porte d'entrée, équipée de vitres teintées derrière un motif de fer forgé.

Claire négocia prudemment le passage entre les grilles peintes en vert bouteille, ouvertes à l'entrée d'une allée de dix mètres menant à la maison. Malgré un ciel clair et une température clémente, seuls les volets de bois plein du rez-de-chaussée étaient entrebâillés. Peut-être en signe de deuil... Rien ne semblait respirer à l'intérieur.

Pourtant, alors que les trois occupants de la Coccinelle se dépliaient péniblement sur le gravier de la cour, la grande porte s'ouvrit sur une jeune femme brune, toute de noir vêtue. Elle devait avoir un peu plus de trente ans. Sans être joli, son visage était avenant, même si ses traits tirés et ses yeux rougis derrière des lunettes à monture d'écaille montraient qu'elle venait d'éprouver un profond chagrin. Regardant ces visiteurs inconnus, qui s'alignaient devant elle, deux hommes en blazers sombres et pantalons gris, une femme en robe de lainage bleu marine, elle les prévint d'une voix un peu voilée, teintée d'un imperceptible accent de la région :

— Pardonnez-moi, mais ma tante et moi venons d'éprouver un deuil, très récemment, et nous ne souhaitons recevoir personne.

Joseph avança d'un pas, pour éviter que Massac ne cédât à l'envie d'une annonce trop officielle de sa qualité de juge d'instruction.

— Je présume, dit-il cérémonieusement, que vous êtes mademoiselle Geneviève Chapelière, notaire à Lanuéjouls, dont mademoiselle votre tante m'a parlé au téléphone tout à l'heure. Je suis Joseph Combes, de Villefranche-de-Rouergue. Je suis venu aussitôt avec ma femme et le juge Massac, car il est très important que nous puissions nous entretenir de choses graves avec votre tante et vous.

La jeune femme s'avança à son tour et tendit une main accueillante à ce petit homme raide, au regard si direct.

— Je suis heureuse de vous connaître. Ma tante m'a en effet parlé de vous, en ajoutant que, sans vous avoir encore rencontré, elle avait beaucoup d'estime pour votre tact et votre finesse d'esprit. Entrez tous, je vous prie.

Prenant la tête de la troupe, elle conduisit les visiteurs à travers un hall sombre, dallé de noir, jusqu'à un salon donnant sur la cour. Elle en ouvrit une fenêtre et écarta les volets.

— Veuillez vous asseoir, pendant que je vais chercher Tante Gilberte, qui vient de monter dans sa chambre... Excusez le désordre, mais notre bonne, Victoire, est malade depuis hier soir. Elle aimait beaucoup Isabelle, elle aussi.

Restés seuls, les trois arrivants firent, de l'œil, le tour de la grande pièce lambrissée, au haut plafond garni de moulures, meublée très bourgeoisement d'un piano droit, de deux canapés et de six chaises à haut dossier, garnis de tapisserie. Avant de choisir l'une des chaises, Claire prit sur un guéridon un cadre en argent et le regarda de près, longuement. La photographie qu'il contenait était celle d'une jeune fille d'une vingtaine d'années, aux traits fins, au regard rêveur, au visage un peu étroit, casqué de longues anglaises brunes.

— Je parierais que c'est Isabelle Rinquet, murmura-t-elle avant de reposer le cadre et de s'asseoir enfin.

Jusque-là muets, ses deux compagnons se penchèrent sur leurs sièges pour tenter de distinguer la photo présumée de la victime.

— Je ne savais pas, dit Massac à voix basse, que vous faisiez preuve, à distance, d'autant de tact et de finesse d'esprit !

— Oh, commenta une Claire acidulée, le charme de Joseph réussit parfaitement avec les femmes de tous âges !

Un murmure de voix et le tapotement clair d'une canne sur le dallage du hall les firent lever tous les trois, pour accueillir la maîtresse des lieux.

Du seuil de la porte, appuyée sur une canne d'ébène qui tremblait avec son poing fragile, crochée de l'autre main au bras de sa nièce, Gilberte Chapelière regardait ces visiteurs inattendus avec une expression étrange. Combes fut le premier des trois à comprendre que la vieille demoiselle, aux épais cheveux blancs et aux pommettes ridées, était aveugle.

Il s'approcha d'elle et s'inclina.

— Je regrette vraiment d'être obligé de vous importuner, dans des circonstances aussi pénibles pour vous. Je sais bien que je ne pourrai vous apporter aucune vraie consolation, si ce n'est de savoir que le coupable du décès de votre nièce sera puni, s'il en existe un. C'est pour m'aider à le découvrir que je me suis permis de venir avec monsieur Massac, juge d'instruction à Villefranche, et mon épouse Claire, qui me seconde dans mes enquêtes.

Quand il avait prononcé les mots « coupable » et « puni », les deux femmes serrées l'une contre l'autre avaient sursauté, comme s'il leur avait fait découvrir un aspect inconnu de leur drame. Et lorsqu'il se tut, Gilberte Chapelière lâcha le coude de sa nièce et tendit le bras en avant, jusqu'à ce que sa main touche le revers de la veste de Joseph.

— Vous êtes monsieur Combes, bien sûr ! J'ai reconnu votre voix ! Voulez-vous me conduire à vos compagnons, et ensuite à mon canapé préféré, devant la fenêtre... Il paraît faire beau, aujourd'hui ?

Après quelques minutes consacrées aux condoléances des visiteurs, que le maintien de la vieille dame impressionnait, Joseph, remarquant un geste de Massac vers sa montre, reprit la parole, sans se rasseoir :

— Mademoiselle, il faut nous pardonner. Monsieur Massac va vous expliquer pourquoi nous devons être à Rodez le plus tôt possible, pour hâter les démarches administratives. Pendant ce temps, permettez-vous que je prenne connaissance de la lettre que m'a laissée madame Rinquet et que je jette un coup d'œil dans la chambre qu'elle occupait ?

— Qu'espérez-vous y trouver ?

— Quelques notes, qu'elle aurait écrites, un flacon ou une boîte du médicament qu'elle prenait, peut-être. Nous en avons pour quelques minutes, ma femme et moi !

— En effet ! dit l'aveugle. Je crois qu'elle suivait un traitement... Geneviève va vous montrer le chemin jusqu'aux « quartiers d'Isabelle », comme nous appelions les deux pièces du premier étage qu'elle avait colonisées.

Les vieux et larges couloirs parquetés de l'étage grinçaient sous les pas de Geneviève Chapelière, qui précédait le ménage Combes. Voilées de doubles rideaux de reps, les hautes fenêtres ne laissaient passer aucune clarté. A peine si, à la lueur des faibles lumignons alignés sur des torchères de cuivre, luisaient les poteries de quelques jarres, empanachées de roseaux séchés.

— Voici l'antre d'Isabelle, dit la jeune femme aux lunettes, en s'arrêtant au bout du couloir.

Elle ouvrit la porte, manœuvra un interrupteur électrique et s'effaça pour laisser entrer Joseph et Claire.

La première pièce, plutôt exiguë, n'était qu'un boudoir meublé de deux fauteuils bonne-femme, d'une chaise et d'un secrétaire en noyer, sur la tablette duquel dormait un pot d'étain, garni d'un bouquet de fleurs des champs. Une enveloppe fermée, libellée au nom de « Joseph Combes, Villefranche-de-Rouergue », était posée contre l'anse du pot. Joseph l'empocha sans commentaires, pendant que Claire passait en revue les quatre ou cinq aquarelles qui ornaient les murs tapissés de gris clair.

Le boudoir s'ouvrait, par une arcade de construction récente, sur une chambre plus spacieuse, dont les murs tendus de toile de Jouy conservaient le caractère « chambre de jeune fille ». Lit très large, manifestement moderne, sans boiseries apparentes ; deux tables de chevet d'une simplicité ascétique ; deux chaises, également en Jouy, encadraient les battants d'un large placard à vêtements.

— Monsieur Rinquet dormait-il ici ? demanda Joseph.

— Bien sûr, répondit Geneviève, qui parut surprise par la question. Pourquoi ?

— Il peut arriver qu'un couple ne s'entende pas !

La notairesse eut un petit hochement de tête, comme si un souvenir lui revenait.

— D'après ce que m'a raconté ma tante, il paraît, en effet, que mari et femme avaient eu une dispute sérieuse avant de venir, dimanche dernier. Isabelle était parfois difficile et Antoine est très occupé par son travail. Mais je crois que la paix régnait à nouveau quand Antoine est reparti à Villefranche, lundi.

Combes digéra l'information sans insister. Pendant cet échange, Claire avait contourné le lit, ouvert une dernière porte quasi invisible et entamé une incursion rapide dans ce qui était une salle de bains de maison de vacances. Elle en ressortit presque aussitôt, sans pouvoir tout à fait dissimuler un sourire satisfait.

— J'ai mis dans mon sac les deux flacons du médicament prescrit à madame Rinquet par son médecin, annonça-t-elle avec l'accent triomphal d'un enquêteur qui termine avec succès une perquisition importante.

— Parfait, décida Joseph. Il est plus de dix heures et demie. Nous devons repartir pour pouvoir actionner les services de Rodez avant midi. Nous reviendrons en fin d'après-midi, pour tenir au courant mademoiselle Chapelière des développements éventuels de nos recherches.

Avec plus de chaleur, avant de retourner à la Coccinelle, il répéta cette première conclusion et cette promesse à la vieille tante Gilberte, dont les yeux morts n'avouaient rien du trouble que trahissait sa voix, quand elle lui serra le bras, du fond de son canapé préféré :

— Je compte sur vous, monsieur Combes. Je veux savoir ce qui s'est passé. Tout ce qui s'est passé !

20

Le centre médical de Rodez, dans le sous-sol duquel se trouvait la morgue, rappela à Combes et à Claire de mauvais souvenirs. C'était dans une de ses chambres, cinq ans plus tôt, que Claire avait passé trois mois de coma, après son enlèvement et la blessure au crâne qui avait accompagné sa libération. Joseph, à l'époque en instance de jugement administratif parce qu'il avait tiré sur la coupable de la séquestration de sa femme, avait laissé au personnel de l'hôpital l'image d'un mari insupportable, impatient et peu respectueux des règlements intérieurs et du professionnalisme hautain du médecin-chef.

Aussi Massac prit-il la tête du trio qui investit le bureau d'accueil avec la fougue de patients mécontents. Apprendre que le corps de la femme tuée la veille sur la route de Lanuéjouls était encore au sous-sol ne demanda que dix minutes au compulseur de registres... Obtenir qu'on amenât les visiteurs au bureau du médecin-chef entraîna quelques éclats de voix. Le praticien étant en tournée de visites dans les étages, il fallut se rabattre sur le directeur ; ce haut personnage ayant protesté, au téléphone intérieur, qu'il avait en ce moment même un entretien avec le parent d'un accidenté et que l'heure de fermeture de son service était midi, Massac, passablement énervé, arracha le téléphone de la main du planton, vociféra quelques menaces à l'encontre du directeur. Avec un succès immédiat.

Si les dalles du couloir n'avaient été de caoutchouc, le bruit de la charge des Villefranchois eût retenti jusqu'aux combles de l'établissement.

Derrière son bureau métallique format ministre, le maître des lieux s'était levé, sans doute en espérant briser le premier assaut. Les sourcils froncés du juge et son regard furieux le dissuadèrent d'accepter le combat. A peine osa-t-il marquer son étonnement à la vue du couple qui pénétrait dans le saint des saints à la suite du magistrat. Son visiteur s'était levé, lui aussi, et tourna la tête vers les arrivants, comme s'il n'en reconnaissait aucun.

— Nous avons de la chance, dit Claire à voix haute, nous arrivons avant que monsieur Rinquet n'ait emmené sa femme...

— Pardonnez-moi, dit le marchand de biens en s'inclinant, de ne pas vous avoir reconnue. Vous devez savoir ce qui est arrivé à ma pauvre Isabelle. Je suis anéanti.

De fait, sa brosse de cheveux noirs faisait ressortir le teint gris de celui qui n'a pas dormi, et des cernes lui mangeaient les joues, soulignant les paupières rougies de qui a longuement pleuré. Il n'avait plus l'air d'un sportif bien entretenu et ses épaules se voûtaient dans une veste élégante, mais froissée comme s'il la portait depuis une semaine.

Cette statue de l'affliction eut pourtant un accès de dignité :

— Je ne voudrais pas m'immiscer dans l'affaire qui vous amène, mais j'ai cru comprendre, tout à l'heure au téléphone, que l'un de ces messieurs est juge d'instruction ?

— C'est moi, Massac, juge d'instruction à Villefranche.

— Eh bien, monsieur, peut-être pourriez-vous appuyer la demande que je fais depuis une heure auprès de monsieur le directeur. Je pense qu'il serait raisonnable de procéder à l'autopsie de ma femme. Quelque chose n'a pas tourné rond. Isabelle était bonne conductrice et connaissait cette route depuis trente ans. Et je pense aussi qu'il faudrait faire examiner la voiture, non ?

— Vous pensez bien, monsieur. Soyez satisfait. Le directeur fera procéder dans les plus brefs délais à l'autopsie de madame Rinquet. Non parce que vous le désirez, mais parce que je suis venu à Rodez, en toute hâte, spécialement pour ordonner cette autopsie.

Massac était généralement un homme calme, mais le déroulement de cette matinée, imprévue et pleine d'activités, paraissait avoir éveillé sa bile. Il tourna la tête vers le maître de l'hôpital, comme s'il était prêt à mordre.

— Comprenez-moi, monsieur le directeur : quand je dis « dans les plus brefs délais » je veux dire immédiatement, toutes autres affaires cessantes. Tout juste accepterai-je que vous téléphoniez à monsieur le procureur, qui vous confirmera ma demande : je sors de chez lui.

Cette sortie énergique l'ayant un peu calmé, ce fut d'un ton moins cassant, quoique encore glacé, qu'il acheva son numéro :

— Pendant que je mobiliserai ainsi vos services, vous voudrez bien, avec la même célérité, faire analyser le contenu des deux flacons que va vous remettre madame Combes, qui travaille maintenant pour moi ainsi que son mari... Je ne vous présenterai pas, vous les connaissez depuis cinq ans, je crois.

Un long silence salua cette péroraison en forme d'ultimatum. Maté, le directeur reprit son téléphone et commanda d'une voix blanche :

— Envoyez-moi le chef du laboratoire. A mon bureau. Tout de suite !

Joseph n'avait pas ouvert la bouche depuis leur incursion. Il était ravi de l'agressivité manifestée par le juge, mais n'avait pas cessé d'observer Antoine Rinquet pendant la durée du *one man show* du magistrat.

Il avait saisi l'étincelle de satisfaction presque joyeuse qui avait illuminé, le temps d'un éclair, le regard du mari entendant programmer l'autopsie de sa femme. Il en avait conçu quelques doutes sur la réalité du chagrin affiché. Il toussota pour attirer l'attention de son gibier :

— Je crois que vous ne savez pas qui je suis, dit-il aimablement. Joseph Combes, enquêteur privé. Je travaille actuellement sur une autre affaire que la vôtre, celle du suicide de la maîtresse de votre ancien ami, le docteur Bousquet.

Il nota que Rinquet avait tiqué au mot « ancien » et continua allègrement, en rustaud sans tact, incapable de nuancer son propos :

— Je sais que Bousquet était le médecin traitant de votre femme et qu'il la suivait de près. De très près, même, acheva-t-il avec un ricanement de mauvais goût.

— Ne me parlez pas du docteur Bousquet, se révolta le triste Antoine. J'ai appris tout récemment que ce monsieur a abusé de ma confiance et a voulu, honteusement, profiter de la solitude que mon métier imposait à ma malheureuse Isabelle. Si vous saviez...

— Je sais, je sais, coupa Joseph. C'est pourquoi je tiens à vous féliciter d'avoir su pardonner à votre femme, et de chercher à savoir comment est morte celle que, hier matin encore, vous appeliez devant témoin une garce !

— Je vois que vous avez écouté les racontars de la mère Duprat. Cette bonne femme est une des plus méchantes commères que je connaisse. Mielleuse et venimeuse... Un sous-entendu dans chaque phrase. Elle me met en rage à chaque fois qu'elle m'adresse la parole. Dans l'état de nerfs où m'avait mis la nouvelle de la prétendue infidélité de ma femme, étonnez-vous plutôt que je n'aie pas tordu le cou à cette mégère...

— Bien sûr, bien sûr, convint Joseph qui voulait avoir l'air gêné d'un questionneur trop curieux. J'espère que la justice vous rendra le corps de votre épouse assez tôt pour l'enterrement.

— S'il le faut, dit le veuf avec un semblant de fermeté, nous retarderons la cérémonie. J'entends que le médecin légiste aille jusqu'au bout de ses examens !

Le juge Massac, qui avait écouté cette passe d'armes avec intérêt, reprit opportunément la parole :

— Vous avez entendu, monsieur le directeur ? Monsieur Rinquet et moi souhaitons que cette autopsie ne soit pas faite à la va-vite. Je vous en rends responsable. Et maintenant, je vais me retirer avec mes amis Combes. Nous devons encore nous occuper de l'examen technique de la voiture accidentée...

Arrivé au seuil du bureau, il se retourna.

— Au fait, monsieur Rinquet, savez-vous où se trouve cette épave ?

— Je pense que mademoiselle Chapelière, la tante d'Isabelle, s'en est occupée.

Du couloir, la voix de l'enquêteur privé atteignit le mari au grand cœur, comme une dernière flèche du Parthe :

— Dites donc « la vieille peau », comme d'habitude !

Malgré le programme encore chargé de cette journée, Massac avait tenu à marquer une pause-déjeuner dans une brasserie proche de la place de la cathédrale. Les rares consommateurs éparpillés dans la vaste salle avaient suivi d'un œil allumé cette jolie femme, élégante dans sa simple robe bleu marine, qu'escortaient deux messieurs compassés, en vêtements stricts qui sentaient l'officiel ou le fonctionnaire à une lieue.

Quand le trio fut installé à la plus lointaine des tables, où aucun voisin ne risquait de surprendre le moindre secret, et qu'un garçon en gilet eut noté leurs commandes, en l'occurrence un plat typiquement de terroir, trois choucroutes alsaciennes, Massac demanda quelques explications :

— Bon sang, Combes ! Depuis ce matin, je fais de l'improvisation en aveugle, sans pouvoir me raccrocher à des faits précis, dont je suis persuadé que vous avez connaissance... Eclairez un peu ma lanterne !

Claire et son mari n'osèrent pas rire franchement de l'air dépité et agacé du juge.

— Vous avez pourtant été remarquablement performant, se hâta de dire Joseph. D'abord, en convainquant la vieille demoiselle que nous voulions agir pour rendre justice à la mémoire de sa nièce, ensuite chez le procureur, auquel vous avez présenté un résumé particulièrement touffu de notre affaire de Loupiac. Quant aux quelques piques que j'ai envoyées au sieur Rinquet, il faut que je vous rende compte de ce que m'ont raconté ses voisins, chez qui je suis allé hier matin...

Il narra ses visites chez les Duprat, leur facilité à parler à tort et à travers, le goût de l'espionnage de la retraitée, les scrupules de son mari et, finalement, l'honnêteté du ménage...

— Indéniablement, conclut-il, notre ami Rinquet, que l'on présente comme un coureur, était furieux à l'idée que sa sage épouse ait pu lui rendre la monnaie de sa pièce.

— Ce qui en fait un coupable possible, du moins en ce qui concerne la mort d'Isabelle Rinquet, se passionnait déjà Massac, la fourchette levée au-dessus de sa choucroute.

— N'oubliez pas le scandale déclenché par madame Bousquet. Vous en trouverez certainement la description dans la main courante du commissariat. Elle aussi était en rage. Je l'avais jugée plutôt froide et assoiffée de respectabilité. C'était une erreur ; elle est aussi férocement jalouse.

— Alors ?

— Alors, rien encore ! On ne peut commencer à soupçonner quelqu'un qu'avec un minimum de preuves. Nous devons attendre le résultat de l'autopsie et celui de l'analyse des flacons trouvés par Claire dans la salle de bains de madame Rinquet. L'un est à peu près vide, l'autre presque plein. Et ils portent tous deux une étiquette de la pharmacie Fabre, avec la mention « ordonnance du docteur François Bousquet » !

Le juge mordit avec hargne dans une saucisse de Francfort.

— En somme, nous en sommes toujours à l'hypothèse numéro un !

— Je n'en sais rien, hésita Combes. La lettre que notre dernière victime m'a laissée à Rignac nous apporte quelques contradictions, qui méritent réflexion...

— Quand l'avez-vous lue ?

— Tout à l'heure, dans la voiture. Vous ne parliez pas... et moi j'ai toute confiance dans les facultés de conductrice de ma femme !

Cette fois, ils éclatèrent de rire tous les trois, malgré le coup de pied dans les chevilles que Claire lança sous la table en direction de Joseph.

Ils s'accordèrent un répit, car la choucroute commençait à refroidir. Massac ayant avoué sa gourmandise, ils s'accordèrent aussi quelques profiteroles en dessert et ne revinrent aux choses sérieuses que devant les tasses de café fumant apportées par le garçon.

— Bon ! Cette lettre, s'énerva le juge, en quoi nous apporte-t-elle des éclaircissements ?

Avec une lenteur exaspérante, Combes sortit d'une poche intérieure de son blazer l'enveloppe prise sur le secrétaire d'Isabelle. Il en sortit quatre feuillets pliés, de petit format, les déplia, se carra sur sa chaise et commença à lire à mi-voix ce qui suit :

Monsieur Combes,

Votre coup de téléphone à ma tante l'a profondément impressionnée et la confiance qu'elle semble vous accorder me pousse à répondre aux questions que vous vous posez à mon sujet, avec toute la franchise que vous dites attendre de moi.

Avant tout, j'affirme avec énergie que les affirmations concernant une aventure amoureuse entre le docteur Bousquet et moi ne sont que d'abominables calomnies. Le docteur Bousquet et sa femme ne sont que des relations amicales. J'admets que la solitude à laquelle le travail de mon mari me condamne parfois me rend assez dépressive et que je trouve, dans les visites et le traitement pharmaceutique du docteur, la force de lutter contre ma neurasthénie. Sans plus !

Quant à l'origine de ces calomnies, je ne peux faire que des suppositions. Peut-être ont-elles été lancées par madame Bousquet, désireuse de perdre son mari de réputation, depuis qu'il entretient, sans beaucoup s'en cacher, une liaison avec son ancienne infirmière. Juliette aurait voulu se venger. Je pense que le scandale inadmissible qu'elle est venue faire devant chez moi, samedi dernier, n'avait d'autre but que d'asseoir la véracité de ces racontars.

Peut-être aussi, parce que je ne suis ni sourde ni aveugle, faut-il attribuer cette rumeur, qui tend à me déshonorer, à une des conquêtes amoureuses de mon mari, jalouse de ma seule existence. Depuis huit ans que nous sommes mariés, je sais qu'Antoine souffre d'un besoin quasi obsessionnel de liaisons, avec tout ce qui porte jupon. J'en ai pris mon parti, parce que je sais qu'il finit toujours par revenir à ce qu'il appelle son foyer et que j'appelle, moi, sa banque.

Si, en tout cas, il était partie intéressée dans cette campagne de dénigrement contre moi, ce dont je doute fort, il aurait très vite fait machine arrière. Après des reproches très violents au cours d'une scène qui a failli en venir aux coups, samedi soir, il a accepté toutes les explications que j'ai bien voulu lui donner, s'est déclaré convaincu de ma bonne foi, et s'est conduit très raisonnablement avec moi jusqu'à son retour d'hier à Villefranche. Il m'a même promis de tenter de juguler ses excès de tempérament !

C'est tout ce que je trouve à vous dire, sur ce sujet pénible. Quant à l'idée que je pourrais être impliquée dans une affaire criminelle, je tombe des nues, ne sachant, ni de près ni de loin, de quelle affaire il peut être question.

Croyez, monsieur Combes, à mon innocence et à mon honnêteté.

Isabelle Rinquet

Claire fut la première à donner son impression lorsque Joseph se tut. Le panégyrique que lui avait débité Fernande Baletoux, quelques jours plus tôt, lui avait laissé quelques aigreurs. Le sort malheureux de cette jeune femme trop parfaite en avait déjà effacé quelques-unes, mais cette lettre mettait en lumière une douceur de caractère et une résignation sans amertume qui achevaient d'annuler ses dernières préventions :

— Cette femme était quelqu'un de bien, décida-t-elle. Je la trouve courageuse, lucide et émouvante.

— Elle affirme, objecta Combes, mais elle n'apporte aucune preuve que ce qu'elle écrit est vrai !

— Comment prouver l'irréalité de ce qui n'existe pas ? Je parie, en tout cas, que sa mort est soit accidentelle, soit l'œuvre d'un ou d'une ennemie. Tu peux déjà rayer à son sujet l'hypothèse d'un remords menant au suicide. Qu'en pensez-vous, monsieur Massac ?

Le juge avait pris la lettre des mains de Combes et la relisait silencieusement. Il leva les yeux vers le détective et secoua la tête avec lassitude.

— Je trouve cette déposition *post mortem* à la fois très émouvante et très décourageante... Si nous ajoutons foi à ce que madame Rinquet vous a écrit, et je ne vois pas pourquoi nous ne le ferions pas, comment pourrons-nous lier cette affaire Rinquet à ce qui s'est passé à Loupiac ?

Combes finit posément sa tasse de café refroidi et sourit à ses deux partenaires, de ce sourire de sphinx qui plongeait toujours le magistrat dans la gêne d'une incompréhension irritante.

— La patience est la vertu des enquêteurs, comme l'exactitude est celle des rois. Nous sommes comme des parachutistes. Nous avons survolé tout le terrain. Maintenant il faut sauter, et reconnaître à pied tous les buissons qui marquent notre piste.

Ce genre d'aphorisme avait le don de déplaire profondément à Massac. Il se montra quand même assez grand seigneur pour payer le déjeuner.

21

Pendant que les têtes pensantes de l'agence Combes et compagnie se laissaient attirer par les charmes de la bourgeoisie notariale, sur la route de Rodez, Jacques Berthier, qui n'était que le numéro trois, poursuivait sa mission de tentative d'approche des ruraux, sur la route de Figeac à Saint-Romain...

Le temps ne lui causait plus nulle gêne. Qu'il ventât ou qu'il plût, il menait sa vaillante petite Renault jusqu'au cœur du hameau, avec la décontraction d'un épicier-boulanger-boucher faisant sa tournée hebdomadaire. Saint-Romain comptait quatre grosses maisons de ferme, autant d'étables, deux hangars à machines et à tracteurs, et une énorme grange à fourrage. Même sans avoir beaucoup de notions sur le fonctionnement d'une exploitation agricole, il était facile de comprendre que Saint-Romain était un village du genre familial, et que chaque ferme travaillait en parfaite liaison avec les trois autres.

— C'est plus organisé qu'une coopérative, expliquait Emile Dessidou à son ami Berthier. Le seul empoisonnement, maintenant, c'est que le patron n'est plus là, à dire à ses cousins « Toi tu vas faire du trèfle dans le champ d'en bas », ou « Toi, je veux que tu t'essayes aux betteraves, ce couillon d'Emile t'aidera à l'ensilage »... Et quoi c'est-y que tu viens faire chez nous aujourd'hui ?

Dessidou était accueillant, mais trouvait que « l'assureur », comme il l'appelait, commençait à être regardant dans le partage de son paquet de gauloises.

Ce mercredi-là, quelque chose dans l'air donnait à Berthier un brin d'enthousiasme, ce qui n'était pas dans sa nature. Il répliqua à la curiosité d'Emile par une contre-vérité manifeste :

— Je vais te dire la vérité. Votre village me plaît, et je me demandais si je ne pourrais pas y trouver un gîte pour l'été...

— *Macarel !* s'esclaffa Dessidou. Tu feras croire ça à personne ! En quatre jours t'es venu chez nous quatre fois ! Y a que la gaudriole qui peut pousser un homme comme toi à s'enterrer dans une cambrousse comme Saint-Romain !

— Tu ne te trompes pas, mais je ne sais pas trop comment présenter la chose...

Emile rit aux larmes.

— A ton âge, c'est pas croyable d'être timide comme ça ! Je sais bien ce qui te tracasse. A mon avis, l'Alberte est pas très séduisante avec son eczéma, mais faut de tout, dans le monde !

Numéro trois frémit à l'évocation de la pesante dulcinée que lui prêtait l'ensileur de betteraves. Il était décidé à approcher son témoin et à le faire parler ce jour même. Il ne supporterait pas un jour de plus les sous-entendus grivois d'Emile, l'idée d'une Alberte attendrie, l'odeur qui planait sur la route d'en bas et le goût poussiéreux de l'eau-de-vie de prunes. Il se résolut à faire un dernier effort :

— Ce n'est pas de la timidité, mais ses deux fils me regardent de travers, chaque fois que nous nous rencontrons. Je n'ai pas envie de déclencher une bagarre au village, parce que je veux parler seul à seul avec leur mère...

— Si tu dis clairement ce qui t'amène, le tranquillisa Dessidou, il n'y aura pas de dispute. Ils ne croient pas que tu sois dans les assurances. Ils te prennent pour un policier en civil, qui veut leur faire des ennuis pour une histoire de bataille rangée au bistro de la Gare à Capdenac, le mois dernier.

— Merci du renseignement, sourit Berthier. Je vais retenter ma chance...

Depuis le dimanche, il avait eu le temps de concocter une histoire vraisemblable, basée sur la décision imaginaire de Suzanne de léguer la maison de Loupiac, si elle n'était pas vendue, à sa parente la plus proche, la compagnie d'assurances étant chargée des démarches de succession.

Les deux fils Esquenoux avalèrent cette justification avec l'appétit de truites longtemps privées de mouches. Du moment qu'il s'agissait d'agrandir leur patrimoine...

Alberte, la veuve, ne fut pas non plus insensible à cette promesse d'héritage, fit asseoir civilement son visiteur et décida qu'il méritait bien de manger la soupe et de boire une bouteille de la cuvée familiale. Il s'attabla avec décision.

Les femmes ne prenant pas leurs repas en même temps que les hommes, elle se contenta de s'asseoir en face de son invité et de le regarder manger, avec une concupiscence inquiétante. Ce n'est qu'après avoir posé sur la table une assiette de fromage et lui avoir resservi un verre de piquette qu'elle attaqua :

— Alors, comme ça, cette petite Suzanne...

Berthier s'était préparé à prendre en main la conversation. Il connaissait trop bien les habitudes locales qui lançaient les parleurs dans d'interminables digressions. En deux minutes, il ramena son hôtesse au seul sujet qui lui importait, les événements qui avaient marqué les derniers mois de la vie de l'infirmière.

— Suzanne, dit la veuve en grattant son cou épais de sanguine, c'était pas quelqu'un comme nous. Autrefois, en classe, avant que j'aie marié son cousin, on l'appelait « la Grosse » et elle était toujours première dans les devoirs. Quand elle est revenue de Toulouse, elle était pas plus jolie, mais elle avait l'air d'une demoiselle de la ville, maigrichonne et la parole froide. Ce qui s'est passé avec son docteur de Villefranche, elle me l'a pas raconté. Elle m'a seulement dit qu'il venait la voir encore de temps en temps, et que ça la rendait malheureuse, parce qu'il était déjà marié. Quand j'ai commencé à aller me faire soigner chez elle, à Loupiac, il y a trois mois, elle parlait déjà vaguement de quitter le pays. Et puis, trois ou quatre semaines plus tard, elle m'a dit, en pleurant toutes les larmes de son corps, qu'un étranger était arrivé un soir, en disant qu'il voulait lui acheter, tout de suite, la maison qu'elle me laisse ; la soirée s'était mal terminée et son visiteur l'avait violée, avant de disparaître. Vous pensez qu'après, elle voulait plus que jamais s'en aller ! C'est là que ce salopard de Désiré, qui courait après depuis son arrivée à Loupiac, a commencé à la faire chanter, comme je vous l'ai expliqué l'autre jour.

— Vous a-t-elle donné des détails sur l'homme qui l'aurait violée ? Son nom ? Son physique ? demanda doucement Berthier.

— Vous savez, rêva Alberte, j'imagine que dans ces moments-là, on pense pas à demander son nom au violeur... Elle a seulement ajouté qu'il était brun, grand et bien bâti, et qu'il l'a à moitié assommée avant de la forcer. Elle était encore pleine de bleus, quand je l'ai vue, deux jours après.

— Eh bien, dit numéro trois en se levant, merci beaucoup pour votre accueil, pour la soupe et le vin. Je vais rentrer à Figeac pour faire presser notre affaire.

— Et pour la maison ?

— Vous recevrez un courrier, vous indiquant les dernières démarches à faire, dit lâchement le détective, auquel sa conscience reprochait déjà son mensonge.

Au moment où il allait franchir la porte de la ferme, la future héritière fit une dernière tentative pour le retenir :

— Vous n'allez pas partir comme ça, juste après déjeuner. Restez donc un peu pour digérer, avec une petite prune !

Il grimaça lui aussi un sourire :

— Hélas ! Je ne peux pas, je dois avoir l'esprit clair. A plus tard !

A jamais j'espère, se promit-il en galopant le long des buissons vers sa 4L, stationnée devant la maisonnette d'Emile.

En arrivant à Figeac, il se précipita sur son téléphone. Les renseignements qu'il rapportait de Saint-

Romain justifiaient, à son avis, un compte rendu immédiat à son chef d'agence.

Une voix jeune et acidulée répondit à la troisième sonnerie.

— Allô, ici l'agence Combes et compagnie. Je suis Clairette. Mon père et ma mère sont partis ce matin pour Rodez et ne rentreront qu'en fin d'après-midi. Laissez un message ou dites-moi qui ils doivent rappeler.

— Dites-leur que Berthier les a appelés. Je ne sortirai plus jusqu'à ce soir. Merci.

La petite voix joyeuse insista :

— Oh, monsieur Berthier ! J'ai appris que vous travaillez maintenant avec Papa. Vous ne vous souvenez peut-être pas de moi. Quand j'étais petite, on m'appelait Thi-Ba... Je suis grande, aujourd'hui. Je suis contente de vous voir bientôt à Villefranche...

— C'est ça, à bientôt ! se hâta-t-il de dire, en raccrochant un peu brutalement.

Il en avait par-dessus la tête des tentatives de séduction. Il était resté célibataire, soit ! Mais il n'avait le tempérament ni d'un gigolo, ni d'un pédophile !

La matinée des Combes avait été longue, et par certains côtés pleine de rapports tendus et même agressifs. Ce n'était pas pour déplaire à Joseph, qui pensait qu'une ambiance électrique pousse parfois les acteurs d'un drame à des réactions incontrôlées et par conséquent plus révélatrices. Par contre, le début de l'après-midi, passé à Rignac chez mademoiselle Chapelière, avait été placé dans le chapitre « Emotion ». Massac était resté à Rodez, pour une nouvelle entrevue avec le procureur, et avait décidé de se faire ramener plus tard à Villefranche par une voiture de service du tribunal. Joseph avait donc été contraint d'annoncer, lui-même, à la tante Gilberte et à sa nièce Geneviève les dispositions prises au chef-lieu. Les deux demoiselles avaient reçu la confirmation de l'autopsie d'Isabelle comme un choc. Après un décès brutal, déjà particulièrement pénible quand il s'agit de celui d'un être cher, apprendre que des mains étrangères et insensibles vont tailler et charcuter le corps du défunt crée un traumatisme mental souvent aussi difficile à supporter.

La tante s'était raidie dans son fauteuil. Main crispée sur le pommeau de sa canne, mais les yeux secs, le visage blanc, elle avait gémi un « Mon Dieu » balbutié, avant de réciter à voix inaudible une prière qui faisait trembler ses lèvres de craie. Sa nièce Geneviève, plus démonstrative, s'était contentée de pleurer interminablement, la tête renversée sur le dossier de sa chaise en tapisserie.

Joseph avait pensé, avec raison, que la lettre écrite par la morte ne contenait rien qui pût ajouter au chagrin des deux femmes. Il en avait lu la photocopie, qu'il avait fait faire avant de laisser l'original au juge. Avec quelques larmes supplémentaires, les Chapelière avaient imaginé leur morte devant son secrétaire, tourmentée, cherchant ses mots pour protester de son innocence et donner quelques fondements à ses accusations incertaines...

Un peu calmée, la tante Gilberte avait émis quelques confirmations, en entendant celles qui avaient trait à Antoine Rinquet.

« Mon frère s'est toujours méfié de cet arriviste », avait-elle mâchonné, avec ce ton rancunier des vieilles personnes difficiles à amadouer.

Quant à la notairesse de Lanuéjouls, qui avait cessé de pleurer en même temps que Combes lisait le passage incriminant Juliette Bousquet, elle avait semblé comprendre pourquoi le détective lui demandait de venir à son bureau à Villefranche, le lendemain.

« C'est moi, en effet, qui dois gérer la succession d'Isabelle, avait-elle confirmé. »

Les deux voyageurs avaient eu de la peine à laisser les deux parentes seules dans cette grande maison. Mais les Chapelière étaient de bonne race. La vieille tante avait elle-même demandé aux Combes de partir, sur la promesse qu'elle serait aussitôt informée des résultats de l'autopsie et des examens, ainsi que de la date possible des obsèques.

A cinq heures de l'après-midi, la Coccinelle stoppait à sa place habituelle sur le parking du L'Hez. Ils avaient roulé sagement, à la demande de Joseph. En silence. A peine Claire avait-elle soupiré, en passant à l'endroit supposé de l'accident, un « Pauvres femmes » désolé.

Clairette Combes, dont les treize ans n'étaient plus, à son avis, compatibles avec le surnom de Thi-Ba, hérité des souvenirs indochinois de son père, était très intéressée, par contre, par la fonction de demoiselle du téléphone, que Joseph lui confiait dans les grandes occasions. Ce matin-là, avant de partir avec Claire pour la journée, il avait intronisé sa fille « grande maîtresse des communications », et Clairette était très fière d'avoir été préférée à sa grand-mère, pour ce rôle essentiel.

A dire vrai, ce travail astreignant ne l'avait occupée que peu de temps depuis le début de l'après-midi. Mais quand il est question de responsabilité, l'importance ne se juge pas à la durée durant laquelle on l'exerce. Elle avait rempli trois feuillets de son bloc-notes, pour être sûre de ne rien oublier. Au retour de ses parents, elle prit son air le plus important pour venir faire son compte rendu au bureau.

— Le gendarme-chef de Capdenac a appelé à treize heures trente et m'a demandé de « dire exactement à monsieur Combes que l'oiseau était en cage » et « de secouer le juge pour qu'il envoie d'urgence l'ordre d'incarcération »... Il paraît que tu comprendras ce que ça veut dire.

— Oui, merci, je comprends, opina Joseph, jouant le jeu du grand patron, sa fille-secrétaire sur les genoux.

— Deuxième appel, continua celle-ci avec le sérieux d'une major de l'école Pigier, monsieur Berthier, de Figeac. Pas très aimable. Il voudrait que tu le rappelles chez lui, avant ce soir.

— Quoi d'autre ?

— Une dame est venue sonner à la porte. Il était quatre heures. Grand-mère voulait la faire entrer au salon mais je lui ai expliqué que les clients de l'agence devaient attendre au bureau. Elle s'appelait Bousquet et c'était toi qu'elle voulait voir. Elle avait l'air très énervée. J'ai essayé de lui faire la conversation, mais ça n'a pas marché. Au bout d'un quart d'heure, elle est partie en insistant pour que tu ailles lui parler dès ton retour.

— C'est tout ?

— Non ! dit la jeune personne avec une froide résolution. Je veux une augmentation ! Avec tous les clients que tu as, tu dois gagner des sous. Je devrais toucher un pourcentage !

— Eh bien, sourit Joseph, nous en reparlerons quand j'aurai vu tes notes du troisième trimestre. File !

— J'espère, dit Claire quand leur fille fut ressortie en ricanant, que tu ne vas pas te laisser emberlificoter par cette intrigante !

— Difficile, douta le chef de famille, elle a de qui tenir !

Il relut les trois lignes notées pendant le compte rendu de sa fille. Casterrat avait apparemment mis le docteur Bousquet en garde à vue ; il pouvait attendre vingt-quatre heures que le juge décide une inculpation. De toute façon, Massac ne rentrerait pas à Villefranche avant la nuit.

Il choisit d'appeler d'abord Berthier, qui, jusqu'à présent, avait plutôt piétiné dans son secteur. Cette fois pourtant, l'histoire détaillée de Suzanne Esquenoux, telle que l'avait racontée sa cousine Alberte, déclencha un hourra de satisfaction de la part de numéro un. Et des gloussements amusés chez Claire, qui avait pris l'écouteur et s'imaginait les inquiétudes de numéro trois aux prises avec sa veuve entreprenante.

Le coup de téléphone suivant fut plus bref et moins réjouissant. Juliette Bousquet paraissait au bord de la crise de nerfs.

— Monsieur Combes, attaqua-t-elle, je sais que mon mari comptait sur vous pour le tirer de cette mauvaise affaire de Loupiac ! Or, vous avez si bien travaillé qu'il a été arrêté ce matin par la gendarmerie de Capdenac ! Nous sommes très mécontents et je vous promets...

— Ne parlez donc pas à tort et à travers, la coupa cavalièrement Joseph. Le docteur n'est pas arrêté, mais en garde à vue, nuance importante. Faites fermer le cabinet pour deux ou trois jours. Vous verrez alors que je sais m'occuper correctement de mon client. Je vous recontacterai demain !

— Ne raccrochez pas, monsieur Combes. Vous n'êtes pas Dieu le père. Votre insolence est inqua...

— Votre acharnement à faire scandale, comme samedi dernier sur la route de Compolibat, est également un cas ! Pour quelqu'un qui veut défendre son conjoint, aller clamer sa trahison en pleine rue n'est pas particulièrement adroit... Allô ?

L'irritable Juliette Bousquet avait, semblait-il, jeté son téléphone contre un mur.

Joseph mit quelques minutes à se calmer. Toute souriante, à la fois attendrie et ironique, Claire vint l'embrasser dans le cou, sous le petit pansement qui couvrait encore la trace d'une clé anglaise.

— Au moins, dit-elle, voilà une blonde dont je ne crains pas la concurrence !

— Qui sait, ma belle ? Ces blondes glaciales peuvent devenir passionnées ! En attendant, essaie de joindre Jeanne Bouttu, l'infirmière, et demande-lui de passer nous voir ce soir sans faute. Moi, je ne bouge plus. Ta façon de conduire m'a éreinté !

22

Peut-être Claire, à mesure qu'elle se construisait une expérience d'enquêtrice, avait-elle perdu un peu confiance dans ses capacités de séduction. Malgré les mises en garde de Joseph, autrefois flatté, puis amusé, aujourd'hui lassé de ce qu'il voulait prendre à la plaisanterie, elle était de plus en plus jalouse.

Aussi n'accepta-t-elle pas de bon cœur le partage du travail qu'il avait prévu pour la matinée du jeudi...

Pendant qu'il travaillerait au bureau avec Geneviève Chapelière, qui avait promis d'apporter le dossier concernant la succession de sa cousine, Claire, profitant de la présence de sa mère qui ne devait rentrer à Bergerac que dans la soirée, irait relancer Antoine Rinquet à son bureau. Mise au courant de la première démarche de sa fille, Madame Mère avait trouvé très cocasse l'idée de vendre sa maison du Périgord. Elle avait estimé que discuter plus en détail de cette transaction avec le marchand de biens serait un excellent prétexte, « pour voir ce qu'il a dans le ventre ». Claire avait donc dû s'incliner devant cette coalition familiale. Malgré le ciel bleu et la température presque estivale de ce matin-là, elle était bougonne quand elle entraîna sa mère vers le parking du L'Hez.

« Ne te laisse pas séduire par le sémillant Antoine. Tu es particulièrement en beauté aujourd'hui », lui avait demandé Joseph à leur départ.

La route n'était pas assez longue pour donner des inquiétudes à sa passagère. Très digne, dans une robe à mi-mollet de crêpe gris foncé qui la faisait ressembler à une bonne sœur *ex partibus*, le chef coiffé d'un chapeau de paille noire couronné d'un ruban violet, les mains gantées de filet, la vieille dame bavardait joyeusement, tout excitée à l'idée de participer à une enquête policière.

— Attention, prévint numéro deux de son ton le plus professionnel ; ce type est intelligent et n'a pas, à ce qu'on dit, beaucoup de scrupules avec les femmes !

— Ne me prends pas pour une idiote ! répliqua vertement sa mère.

Penchés à une fenêtre de la maison d'à côté, les Duprat assistèrent à l'arrivée de la Coccinelle, qui s'arrêta sur le bas-côté, derrière la Peugeot des Rinquet. Deux femmes inconnues débarquèrent de cette voiture, qu'ils croyaient reconnaître, sonnèrent à la porte jaune filetée de noir, qui s'ouvrit presque immédiatement, et disparurent à l'intérieur.

Antoine Rinquet n'avait plus grand-chose de l'homme abattu rencontré la veille au centre médical de Rodez. A la satisfaction de Claire, plus rien non plus du coureur cynique qui l'avait reçue la semaine précédente.

Il la salua avec un sourire triste et s'inclina devant la personne âgée qui l'accompagnait.

— Ma mère, qui passe quelques jours chez nous, voulut expliquer la fille.

Madame Mère entendait bien prendre elle-même les choses en main. Peut-être son accent était-il un peu trop coloré pour qu'elle pût jouer à la douairière de grande famille, mais elle attaqua avec autorité :

— Cher monsieur, je souhaite que vous me pardonniez de venir vous déranger dans les circonstances pénibles que vous traversez. Ma fille m'a mise au courant du deuil qui vous frappe et j'ai un peu honte de vouloir vous parler de questions bassement matérielles. Mais comme je repars ce soir à Bergerac...

Le veuf fut à deux doigts de répondre quelque chose du genre « Je vous en prie, c'est sans importance » ou « Les affaires n'attendent pas ». Du moins Claire crut-elle que c'était ce qu'il allait dire. Mais il sourit à nouveau, de ce sourire poli de l'homme blessé que ses devoirs contraignent à se bien tenir ; il fit entrer ses deux visiteuses dans le bureau aux affreuses banquettes orange d'aérogare, les pria de s'asseoir.

— Bien sûr, vous désirez me parler de la vente de votre maison à Bergerac, dont votre charmante fille m'avait déjà entretenu. Je regrette de n'avoir que très peu de temps à vous consacrer aujourd'hui, mais je dois me rendre à Rodez avant la fin de la matinée ; le directeur de l'hôpital m'a appelé pour m'informer que l'autopsie de ma pauvre Isabelle était pratiquement terminée. Ils ont fait vite. Il faudra que je remercie le juge Massac de cette promptitude. Pardonnez-moi, je vais avoir un tas de démarches à faire rapidement, pour ramener le corps à Villefranche et organiser l'enterrement.

Il avait débité sa tirade d'une voix grave, avec à peine un fléchissement d'émotion soulignant le mot « autopsie ».

Avant que sa fille n'eût ouvert la bouche, Madame Mère reprit les rênes :

— Je conçois, dit-elle, que vous ayez besoin de nombreux renseignements. Faites-m'en rapidement une liste. Je vous ferai envoyer mes réponses et les documents nécessaires par ma fille.

Lugubre, Antoine acquiesça et entreprit de jeter quelques lignes sur une feuille blanche. Dans le silence tendu qui régnait, le crissement de la plume sur le papier, chaque fois qu'elle attaquait un nouveau paragraphe, ajoutait un peu d'électricité à l'ambiance. Sur sa banquette, Claire commençait à regretter d'être là. Il fallait d'urgence pousser ce Rinquet dans ses retranchements. C'était peut-être imprudent, mais elle se décida à jouer les mondaines gaffeuses :

— Mon Dieu, minauda-t-elle, quand j'y pense, vous avez dû tomber des nues quand madame Bousquet est venue faire cette scène horrible à votre femme, samedi dernier !

Rinquet leva la tête et resta plume en l'air. La question était impardonnable entre gens de bonne compagnie. Puis il parut se souvenir que monsieur Combes était détective ; il sourit, cette fois franchement, à cette beauté sans manières.

— Vous ne connaissez pas énormément Juliette, dit-il. Quand elle a rejoint ici son mari, son ménage et le nôtre se sont beaucoup fréquentés. Vous devez savoir que j'ai la réputation d'être parfois le consolateur des femmes malheureuses. C'était son cas.

François s'était acoquiné avec son infirmière, et Juliette était jalouse et triste. Quand cette Esquenoux est repartie dans son village et qu'elle a cru son mari assagi, nos relations se sont notoirement distendues. Elle n'a pas supporté cette nouvelle infidélité, surtout avec ma femme comme partenaire.

— Comment l'avait-elle apprise, à votre avis ?

Rinquet était redevenu l'homme qui aimait jouer au dominateur. Il regarda cette pauvre maladroite qui croyait l'embarrasser.

— Je crois, chère madame, que vous étiez présente quand votre mari lui a parlé de certaine lettre anonyme ?

Comme si les trois dernières minutes avaient été consacrées à une conversation de salon, il termina la ligne commencée, plia soigneusement sa feuille, l'inséra dans une enveloppe qu'il ne cacheta pas et tendit à Madame Mère, souriant toujours :

— Voici la liste demandée, chère madame. Dès que j'aurai reçu vos réponses, je pourrai ouvrir un dossier et me remettre en contact avec vous. Maintenant, je vous demande de bien vouloir m'excuser. Il va falloir que je parte...

Au moment où sa future nouvelle cliente se levait pour prendre congé, un peu désarçonnée par cette expulsion à peine déguisée, il se tourna vers Claire, déjà debout ; le sourire avait disparu. D'une voix plus sourde, le ton sec et amer, il reprit son rôle de veuf ulcéré :

— Je tiens à vous dire, madame Combes, que, malgré les condoléances polies que vous ne m'avez pas présentées, la façon dont votre mari et vous avez cherché à me provoquer m'a été encore plus pénible que désagréable ! Vous avez le droit d'être curieuse, mais pas celui de vous acharner sur un homme qui vient de perdre sa femme.

Il traversa le bureau pour reconduire les deux femmes jusqu'à la porte d'entrée, inclina la tête quand elles défilèrent devant lui et ne prit pas la peine de les raccompagner à la Coccinelle.

— Je trouve, dit la vieille dame d'un air pincé quand elle fut assise, que ce monsieur avait raison. Tu as été particulièrement impolie avec lui.

Claire actionna le démarreur et soupira.

— Ma pauvre mère, si tu veux chasser un rongeur de ta maison, mieux vaut lui donner de la mort-aux-rats que du sucre en poudre...

C'était encore un aphorisme que n'eût pas renié Joseph !

Vautrée sur la dernière marche de l'escalier avec le chien, Thi-Ba salua le retour de sa mère et de sa grand-mère d'une phrase remarquablement fielleuse :

— Une jolie jeune dame à lunettes est dans le bureau depuis une demi-heure avec Papa ; il a demandé qu'on ne les dérange pas.

Claire jeta à sa fille un regard meurtrier et poussa brutalement la porte de la pièce interdite. Penché sur son sous-main, Joseph écrivait paisiblement, dans son carnet à secrets, une tirade de charabia judiciaire qu'était en train de lui dicter Geneviève Chapelière, perchée du bout des fesses sur un accoudoir du fauteuil confessionnal.

Combes leva la tête, constata au premier regard que sa femme était excitée, sans doute par sa visite à

Rinquet, et tout aussi visiblement agacée par la présence auprès de lui de la notaire de Lanuéjouls. Il s'empressa d'adresser à Claire son sourire le plus désarmant :

— Je suis content que tu viennes me distraire un peu de ce langage incompréhensible dont m'abreuve mademoiselle Chapelière depuis son arrivée ! Comment s'est passée la proposition de vente de ton héritage ?

Croyant comprendre que le sujet paraissait gênant à aborder, il sourit derechef et expliqua :

— Notre visiteuse est bien la cousine d'Antoine Rinquet, mais par alliance ! Et quand bien même ? L'antipathie ne se commande pas, il semblerait que Geneviève Chapelière et Antoine Rinquet ne peuvent pas se sentir !

— Dites plutôt que c'est moi qui suis hostile à toute amélioration de nos relations, intervint avec hargne Geneviève. Ce don Juan huileux sait très bien que je ne lui pardonnerai jamais d'avoir trompé Isabelle avec aussi peu de discernement ; qu'il ait été volage, passe encore, mais avec tant de goût pour l'indiscrétion, voire l'exhibitionnisme !

— Et figure-toi, ma chère, conclut Joseph, que malgré les précautions prises lors de la signature du contrat de mariage par son beau-père, ce joli monsieur pourrait bien hériter de la fortune de sa femme, qui a eu la faiblesse, ou la sottise, ou l'imprudence, de faire un testament en sa faveur !

Claire leva une main apaisante pour réclamer un créneau de silence. Visiblement, la complicité entre son mari et la notaire la rassurait ; qu'ils aient trouvé un terrain d'entente dans le mépris qu'ils vouaient au sieur Rinquet calmait sa jalousie inconsciente. Elle se hâta d'annoncer le résultat de sa démarche du matin :

— Premièrement, le mari de votre cousine s'est montré un peu trop agressif à l'égard de l'agence Combes, qu'il accuse tout net de harcèlement et d'acharnement à son égard. Tout juste s'il ne m'a pas menacée...

— Sans doute l'avais-tu provoqué ?

— A peine ! Je lui ai seulement demandé comment il avait supporté la scène publique de Juliette Bousquet devant chez lui...

— Et il a trouvé que ce rappel de ta part était une méchanceté gratuite ?

— Même pas ! Il s'est mis à me raconter la difficile arrivée de ladite Juliette à Villefranche, et il m'a pratiquement avoué qu'ils ont été, elle et lui, du dernier bien. « J'ai été son consolateur », tels ont été ses propres termes. Après quoi, il nous a mises à la porte, ma mère et moi !

Stupéfaite, Geneviève Chapelière s'était laissée glisser au fond de son fauteuil et regardait Claire avec des yeux ronds derrière ses lunettes. Elle dut s'y reprendre à deux fois pour protester :

— Mais... C'est inconcevable ! Antoine et madame Bousquet ! C'est peut-être lui qui s'est cyniquement vengé en sabotant la voiture d'Isabelle ? Si la malheureuse lui avait parlé de son testament...

— Vous a-t-elle dit l'avoir prévenu ?

— Non. Elle m'a remis une enveloppe scellée que je n'ai ouverte que ce matin, devant mon premier clerc. Il n'est pas possible de prouver que l'héritier désigné ait été mis au courant.

Combes ne tenait plus en place. Dressé hors de son fauteuil métallique, il se mit à arpenter la pièce en marmonnant autour des deux femmes sidérées. Appuyée au bureau dont il s'était éloigné, Claire le suivait de l'œil, tentant de deviner les pensées, apparemment bousculées, de son seigneur et maître :

— Penses-tu que cette nouvelle installe Rinquet au poste de suspect numéro un ? osa-t-elle demander d'une petite voix.

Il arrêta son piétinement et haussa les épaules en soupirant.

— Suspect, oui, sans doute ; mais il faut attendre les résultats des examens demandés à Rodez.

— D'après le bel Antoine, Rodez les aurait promis pour aujourd'hui avant midi.

— Eh bien, sourit Joseph, il faut croire que Massac a réellement secoué ces fonctionnaires. Ce sera l'autopsie la plus rapide du siècle !

Tourné vers la notairesse, qui n'avait pas retrouvé sa combativité, il posa une dernière question :

— Maître, pouvez-vous nous donner une idée du montant de l'héritage de votre cousine ? Ou faudra-t-il attendre la lecture officielle du testament ?

— Officiellement, oui, il faudra attendre, dit de son ton le plus raide mademoiselle Chapelière, redressée au fond du fauteuil, entièrement revenue à l'éthique de sa profession.

Sans doute s'aperçut-elle qu'elle avait déjà transgressé une bonne partie des règles, car son air guindé fit place à un sourire gêné et elle ajouta :

— Il faudra que je fasse réévaluer certains biens immobiliers et le prix de certaines terres. A vue de nez, je dirais plusieurs millions. En nouveaux francs, évidemment. Entre six et sept. En quarante ans d'exercice, mon oncle avait beaucoup agrandi la part d'héritage que lui avait laissée Grand-père.

Elle parlait sans être entendue. Depuis qu'elle avait donné son estimation, les Combes n'écoutaient plus, étonnés par le volume de cette fortune discrètement amassée par une lignée de tabellions provinciaux.

— Ma foi, dit finalement Claire, c'est une somme impressionnante. Monsieur Rinquet est donc crédité de six millions de mobiles !

Elle souriait, aux anges. Joseph la regarda avec attendrissement. Comme toujours, sa femme allait plus vite aux conclusions que ne le voulait la raison ! Il leva la main pour contenir cette précipitation, mais avant qu'il ait ouvert la bouche le téléphone sonna sur le bureau.

— Allô ! Combes, mon vieux, vous avez encore une fois mis dans le mille !

La voix du juge Massac vibrait d'excitation joyeuse.

— Le substitut du procureur vient de m'appeler de Rodez ! Le légiste et les techniciens ont mis les bouchées doubles et viennent de donner leurs conclusions. Primo, la voiture : aucun sabotage détecté, freins corrects, pneumatiques en bon état, direction également, accident non imputable au véhicule. C'est là que les choses deviennent passionnantes. L'autopsie est catégorique : madame Rinquet a été empoisonnée. A petites doses depuis plus de deux mois, et plus abondamment depuis une semaine. Tenez-vous bien ! Le poison en question était présent dans les deux fioles de potion prescrites par notre ami Bousquet. Or c'est lui qui faisait préparer la solution et récupérait les flacons à la pharmacie avant de les donner à sa patiente en mains propres. Il n'y a plus beaucoup de doutes à avoir. Bousquet est notre homme !

— Quel poison a-t-on utilisé ? demanda Combes d'une voix blanche.

— Rodez m'envoie le rapport du légiste par motard cet après-midi. Vous aurez tous les détails techniques. Il ne vous reste plus qu'à mettre de l'ordre dans cet imbroglio et à nous concocter un scénario qui tienne debout ! Encore bravo !

Combes reposa le combiné comme s'il avait été une grenade dégoupillée. Immobile, le visage blanc, le regard perdu, il ne semblait pas conscient des questions silencieuses que lui criaient les yeux des deux femmes debout devant lui.

— Incroyable, murmura-t-il enfin. Ce serait la plus grave bourde de ma carrière. Je suis bon pour une retraite définitive !

— Bon sang ! s'énerva Claire. Vas-tu nous dire ce qui se passe ?

— L'autopsie est formelle. Isabelle Rinquet a été empoisonnée. Par la potion du docteur Bousquet. Massac est ravi.

23

Durant tout le déjeuner Joseph parut tourmenté. Au point que le silence s'installa à la table familiale. Un silence prudent, puis inquiet. Thi-Ba avait bien essayé de lancer une conversation à mi-voix avec son frère, mais un coup d'œil avertisseur de sa mère l'avait convaincue de se taire. Depuis, elle boudait sur son assiette d'épinards. Comme Madame Mère, sensible à l'atmosphère, vexée que personne n'ait eu l'air de se soucier de son opinion sur le sieur Rinquet. Le chef de famille, qui mangeait de bon appétit, ne prit conscience de cette attente muette et révérencieuse qu'au moment de se servir une tranche de roquefort. Il sourit presque aimablement et demanda à la cantonade :

— Quelqu'un peut-il me dire le titre de ce film de Hitchcock, qui commence dans un train et raconte l'histoire de deux hommes qui échangent leurs crimes ?

Quatre paires d'yeux s'écarquillèrent. Tout le monde savait Joseph friand de littérature policière, métier oblige, mais que cette demi-heure de mutisme obligé, annonciateur de catastrophe, débouchât sur une question aussi anodine, à propos de cinéma, donc de distraction, déclencha une explosion de commentaires.

— Vraiment ! s'étonna poliment Madame Mère, couteau levé sur la pomme qu'elle était en train d'éplucher.

— Qui c'est, ce Iscoq ? questionna Robert, qui n'aimait pas le cinéma.

— Un gros monsieur qui s'amuse à faire peur, expliqua avec amabilité sa sœur, qui ajouta : Je parie qu'il a téléphoné à Papa pour lui proposer une nouvelle affaire ! Pas vrai ?

Seule Claire, qui connaissait son Joseph sur le bout de son petit doigt, ne participa à la détente générale que par une remarque apaisante :

— J'imagine que ce film, à ton avis, pourrait expliquer l'affaire de Loupiac ?

Son mari la regarda avec reconnaissance. Claire, l'unique, la seule à comprendre son entêtement quasi animal quand il était sur une piste et à épouser ses hypothèses les plus farfelues. Sa belle-mère ne lui laissa pas le temps de manifester sa satisfaction autrement que par une main posée sur celle de sa femme :

— *L'Inconnu du Nord-Express* ! s'écria-t-elle, triomphante. Je l'ai vu à la télévision, l'année dernière. Ne me demandez pas de vous raconter l'histoire, j'en serais incapable !

— Grand merci, salua Joseph. Travail de cet après-midi pour tout le monde, me trouver le scénario de ce film. Où vous jugerez bon de le chercher, dans une librairie, un club, au cinéma, je m'en moque, pourvu que vous me rameniez l'histoire.

L'abattement causé par le coup de fil de Massac était oublié. Il se sentait presque guilleret. En tout cas, relancé sur de bons rails.

Combes était resté seul avec le chien. Claire, sa mère et ses enfants étaient partis à la chasse au scénario d'un film vieux de plus de vingt ans ; les plus jeunes avec enthousiasme, leur grand-mère avec l'idée bien arrêtée d'aller visiter Julie Espinasse, une vieille amie, veuve et férue de cinématographe, qui la retiendrait peut-être jusqu'à l'heure du thé. Seule Claire allait au hasard, sans véritablement croire au prétexte qui avait servi à Joseph à les éloigner. Il voulait être seul, pour réfléchir, classer ses notes, soupeser ses arguments, estimer la valeur des preuves qu'il croyait avoir et articuler tous les détails de sa théorie. Claire souriait en traversant la place des Quatre-Sergents en direction de la mercerie Sagnol. Elle appréciait qu'après une enquête aussi tortueuse et si pleine d'événements sanglants son mari se sente arrivé à la phase terminale. Car elle était sûre de son diagnostic : Joseph avait trouvé le coupable, le pourquoi et le comment. Entre elle et lui, c'était une question d'osmose. Et si elle se sentait excitée, c'était seulement par son désir d'obliger le grand détective à lui confier la solution de toute l'affaire, avant de l'exposer aux officiels. Que diable ! Elle était tout de même le numéro deux de l'agence Combes !

Pendant ce temps, Major sur les talons, numéro un avait traîné dans toute la maison, persuadé qu'il avait enfin découvert le pot aux roses mais impatient de recevoir les confirmations qu'il attendait. Bouttu, la secrétaire infirmière de Bousquet, convoquée depuis la veille, avait annoncé sa visite pour cet après-midi même, mais elle n'arrivait pas. Et pourquoi le motard dépêché par le procureur de Rodez n'était-il pas encore chez Massac avec le rapport d'autopsie concernant Isabelle Rinquet ? Pourquoi n'avait-il aucune nouvelle de Casterrat à propos des réactions de Bousquet depuis son arrestation ?

Pour tromper son énervement devant cette immobilité de la situation, Joseph atterrit dans le salon ; il essaya d'oublier ses problèmes en regardant par la fenêtre les progrès inexistants de son jardin, ce qui ne lui apporta pas le calme souhaité. Presque sans s'en rendre compte, il se servit deux doigts de whisky et reprit son périple, du salon à la cuisine et de la cuisine au bureau, le verre à la main, suivi du griffon, appliqué comme un chien de police. Arrivé derrière le plateau nu de sa table de travail, il prit conscience de ce qu'il tenait à la main, hocha la tête et dit à Major, qui venait de sauter sur le fauteuil-confessionnal :

— Mon vieux, aujourd'hui, oublions les interdits, toi et moi !

Il leva son verre avec solennité, juste avant la sonnerie du téléphone. Le chien et son maître sursautèrent tous deux, comme des spectateurs exilés au bar rappelés d'urgence à leurs fauteuils par le signal de fin d'entracte.

— Allô, Combes ! Je viens de recevoir les conclusions du légiste. C'est une catastrophe. Je ne sais plus sur quel pied danser !

D'habitude mesurée, la voix du juge vibrait d'un mélange d'excitation et d'angoisse.

— Ecoutez ça, continua-t-il. La cause de la mort est un malaise brutal, qui a vraisemblablement tué le sujet avant même le choc consécutif à l'accident. Ce malaise cardiaque est indéniablement le résultat d'une ingestion de suc de muguet, hautement toxique, dans le quart d'heure qui a précédé la perte de contrôle du véhicule. La même substance a été découverte dans les deux flacons soumis à analyse, fort titrage dans le flacon à peine entamé, cinq à six fois plus faible dans le flacon à peu près vide, dont l'action n'a dû entraîner que des troubles légers du rythme cardiaque...

— Et vous croyez le docteur Bousquet assez fou pour empoisonner sa supposée maîtresse avec un bouquet de fleurs de muguet, qui ne seront certainement pas écloses avant une quinzaine de jours ?

— Pas besoin des fleurs. Le bulbe suffit, les tiges aussi ; même l'eau du verre où vous faites tremper votre bouquet est éminemment toxique ! Peut-être a-t-il supposé que personne ne songerait à un empoisonnement...

Etrangement, Combes n'était pas aussi stupéfié par le résultat de l'autopsie que Massac s'y était attendu.

— Vous comprenez bien, reprit le juge, que cette nouvelle va offrir à votre protégé, Bousquet, un système de défense imparable. Il lui suffira de prétendre que n'importe qui peut avoir rajouté du suc de muguet dans sa potion. Nous aurons du mal à prouver le contraire.

— En somme, ricana Joseph, vous regrettez que le meurtre ait l'air plus artisanal que professionnel. Il se trouve que je crois pouvoir vous expliquer ce qui s'est passé.

— Encore une de vos théories extravagantes ?

— Parfaitement. J'attends quelqu'un qui doit me donner quelques précisions indispensables et je viens vous voir tout de suite après. Disons, vers trois heures. Je suis certain que vous serez satisfait de mon exposé extravagant et que nous aurons le temps de prendre les mesures nécessaires pour régler cette affaire dès ce soir. Je veux dire ces affaires. Esquenoux et Rinquet, une seule solution ! A tout à l'heure, monsieur le juge !

Assis dans son fauteuil directorial, le numéro un de l'agence Combes soupira de satisfaction. Il sourit en songeant à l'attente insupportable qu'il imposait à son ami magistrat. Il leva son verre une nouvelle fois en direction de Major, qui, lui, paraissait parfaitement serein.

— Eh bien ! Ce coup-ci, personne ne m'empêchera de fêter notre succès !

Et de fait, quand un nouveau coup de sonnette à la porte d'entrée vint déranger cette béatitude, il prit le temps de finir son whisky avant d'aller accueillir Jeanne Bouttu.

L'infirmière était de fort mauvaise humeur et voulait que ça se sache. Elle salua l'ouverture de la porte d'une projection de menton qui signifiait qu'elle avait failli attendre, bougonna tout au long du couloir quelques imprécations, contre ce jeune écervelé de Bousquet, contre sa vipère d'épouse et contre la gendarmerie, qui la mettait au chômage technique en obligeant le docteur à fermer son cabinet. Elle avait l'air si prête à la bataille quand elle s'arrêta devant le fauteuil-confessionnal, masse malveillante qui exigeait des égards, que le chien ne tint pas trois secondes sous son regard avant de libérer la place. Il sauta discrètement au sol et entreprit de raser les murs pour venir se mettre à l'abri sous le bureau de Claire.

— Madame Bouttu, attaqua Joseph, savez-vous qu'on peut facilement empoisonner quelqu'un avec du muguet ?

— Monsieur Combes, répliqua la volumineuse personne avec un haut-le-corps outragé, n'oubliez pas que je suis infirmière ! Les dangers de la convalotoxine du muguet sont aussi connus que les bienfaits de sa convalomarine !

— Alors, comment expliquer que votre cher docteur en ait fourni à la louche à une de ses malades, qui d'ailleurs en est morte ?

— Impossible ! Le docteur Bousquet n'utilise jamais ces extraits de plantes dans ses ordonnances.

— Il semblerait qu'il ait ajouté sa soupe mortelle après le travail du pharmacien.

Jeanne Bouttu se dressa dans son fauteuil, indignation et mépris dans l'œil.

— J'imagine que vous l'avez vu faire sa cuisine vous-même, pour oser soutenir une accusation pareille ! Et dire que je vous croyais son ami !

Elle en était arrivée à un tel niveau de dégoût et de découragement qu'il fallut à Combes un grand quart d'heure de protestations et de persuasion pour remonter dans l'estime de cette femme dévouée. Quand il eut expliqué sa conception personnelle du déroulement des abominations de ces derniers jours, elle avait rétabli le détective dans ses prérogatives d'« ami de François ». Quand il lui eut demandé son aide active dans la cérémonie qu'il projetait, elle manifesta un tel enthousiasme qu'il dut raisonner son impatience.

— Je rentre chez moi et j'y attends votre coup de téléphone, assura-t-elle enfin en secouant la main de Joseph à la porte de l'agence.

Major n'avait pas daigné la raccompagner jusque-là. Combes la regarda partir d'un air martial sur le trottoir de la rue du Sergent-Bories. Elle avait le pas assuré d'un cheval de bataille prêt à charger.

Au tribunal, le juge Massac fut plus difficile à séduire. Alors que seule l'impression favorable du détective plaidait en faveur de l'innocence du jeune Bousquet, tous les indices matériels et tous les raisonnements sensés en faisaient un coupable assez présentable, de l'assassinat déguisé en suicide de Suzanne Esquenoux, parce qu'elle portait son bâtard, de l'empoisonnement d'Isabelle Rinquet, dont la participation révélée aux orgies du docteur ne pouvait que nuire à sa réputation. Joseph dut d'abord convaincre Massac de la fragilité d'une campagne de lettres anonymes dont à peine une demi-douzaine avaient été diffusées. Il ne s'était pas agi de faire basculer l'opinion publique mais d'orienter la piste offerte aux enquêteurs.

Quand le juge eut admis ce premier postulat, les récits accumulés de Berthier, sur le viol de Suzanne, et des Duprat, sur le climat du ménage Rinquet, contribuèrent à l'ébranler. L'annonce d'une ancienne liaison avouée entre Juliette Bousquet et le volage Antoine acheva de le rendre perméable à la nouvelle théorie « extravagante » de Combes.

Faire référence à une intrigue de film n'était ni raisonnable, ni véritablement convaincant, mais les élucubrations de Joseph avaient au moins le mérite d'offrir une solution qui ne contredisait pas les faits. Et surtout, reconnut le magistrat, qui ne risquait d'entraîner que quelques vexations d'amour-propre en cas d'erreur ! Au regard de trois morts, c'était un risque minime.

— J'ai beau me méfier de votre imagination comme d'une morsure de serpent, conclut Massac à bout de résistance, je vais encore vous suivre en plein brouillard. Que devons-nous faire ? Rien d'illégal, j'espère ?

— Trois fois rien, le rassura Combes. D'abord vous renseigner sur la durée du séjour de Rinquet à Rodez. L'idéal serait qu'on lui demande d'attendre demain matin pour ramener le corps de sa femme à Villefranche. Je voudrais qu'il laisse une adresse où l'on pourra le joindre là-bas ce soir. Le reste n'est que broutilles administratives...

Le bureau du procureur se montra à la hauteur. Peut-être, justement, parce que le veuf était dans les locaux et y attendait une signature réclamée par la morgue. Dix minutes plus tard, le greffe téléphona au juge pour l'avertir que le mari d'Isabelle pourrait emporter son cadavre le lendemain à dix heures et qu'en attendant il passerait la nuit à l'hôtel de la Tour-Carrée, dont il avait donné le numéro de téléphone afin que l'on puisse lui communiquer tout retard éventuel.

— Il n'avait pas l'air ravi de devoir attendre une nuit de plus, ricana le fonctionnaire, mais il m'a avoué qu'il était éreinté de fatigue et de chagrin et qu'il préférait coucher sur place que de faire une fois de plus la route jusqu'à Villefranche !

Massac parut se réjouir de ce premier succès. Il était difficile à lancer, mais enthousiaste une fois parti. Il sourit à Joseph.

— Premier vœu satisfait, monsieur le détective. Passons maintenant à vos broutilles.

— Primo, donnez l'ordre à Casterrat d'être ce soir chez moi à vingt heures. Avec François Bousquet, à qui il aura rendu ses objets personnels. Secundo, signez un ordre de perquisition de l'officine de Rinquet, à exécuter avant la nuit par la gendarmerie de Villefranche. Mission, rechercher les traces des tractations professionnelles du marchand de biens dans les environs de Capdenac depuis, mettons, quatre mois. Pour ma part, je vais demander à mon fidèle Berthier de venir également chez moi ce soir.

— On dirait que vous battez le ban et l'arrière-ban de nos chasseurs pour l'hallali, ironisa le juge. Qu'est-ce que je deviens, dans votre organisation ? Je suis quand même le grand veneur !

— Aussi vous demanderai-je également de passer à mon agence à la même heure, avant d'aller tous en groupe faire une visite que j'espère décisive.

Massac posait déjà la main sur son téléphone quand un voile d'inquiétude assombrit son humeur.

— Nous ne pourrons pas entrer chez Rinquet, dit-il. Il est à Rodez.

— Tant mieux ! Il ne saura pas si les gendarmes se sont présentés un peu avant ou un peu après le coucher du soleil. Ils pourront enfoncer la porte. C'est une horrible mignardise de cocotte, jaune et noir, qui gagnera à être remplacée.

Combes envolé sur cette dernière boutade, le magistrat sonna son greffier, l'inamovible Cadaquès, pour déclencher le branle-bas au tribunal. Il se sentait euphorique, comme un gamin qui va faire l'école buissonnière à la poursuite d'un joueur de flûte. Et Combes était bien le seul joueur de flûte qu'il connût capable de demander à seize heures une perquisition qui devait être faite à dix-huit.

24

Madame Mère et les enfants avaient dîné seuls dans l'appartement. Berthier, d'humeur charmante, le chef Casterrat, que le décousu inexcusable de cette enquête choquait profondément et qui affichait une mine gourmée, François Bousquet enfin, qui se relevait difficilement de sa garde à vue, faisaient à peine honneur au buffet de sandwichs au jambon de pays hâtivement confectionnés par Claire.

Seule avec les quatre hommes dans le bureau de l'agence, elle manifestait une quiétude qui n'était sans doute due qu'à la confiance qu'elle accordait au flair de son Joseph. A peine regardait-elle sa montre un peu trop souvent, en essayant de masquer son impatience.

Combes avait expliqué à ses trois visiteurs les détails de son hypothèse et le programme de la soirée à venir. Il entendait que chacun jouât son rôle et tenait à le leur faire répéter.

Aucune difficulté pour numéro trois, habitué par l'expérience à obéir aveuglément à son chef. Casterrat n'était pas aussi facile à persuader. Il ne connaissait d'ailleurs que la partie Loupiac de l'affaire et prétendait rester étranger au problème de l'accident de

Rignac. Quant à François Bousquet, il avait paru ne s'intéresser ni au chapitre des lettres anonymes de toutes sortes, ni à une éventuelle aventure sentimentale de sa femme, ni à l'empoisonnement, au muguet, d'une patiente que d'aucuns affirmaient être sa maîtresse.

A peine avait-il souri avec amertume lorsque Combes lui avait alloué le rôle du méchant désespéré.

L'arrivée d'un Massac hilare, une demi-heure plus tard, réchauffa sensiblement l'atmosphère. En bon psychologue, il avait estimé que la troupe serait encouragée par l'annonce d'un premier succès. Ses premiers mots furent consacrés au récit de la perquisition au cabinet Rinquet. La porte avait été ouverte sans effraction par un serrurier habile, les documents recherchés avaient été découverts, photographiés puis soigneusement remis dans leurs classeurs ; ils seraient faciles à retrouver en présence du maître des lieux.

— Personne ne pourra les détruire avant que vous n'y reveniez officiellement ? demanda Combes.

Le sourire du juge était juvénile.

— J'ai cru bon de laisser quelques gendarmes pour interdire toute intrusion...

Cette allégresse dans l'inobservance des règlements fit forte impression sur le chef Casterrat. Si un magistrat, dans l'exercice de ses fonctions, donnait ainsi son aval à la théorie du détective, c'était parce qu'elle pouvait être la bonne. Naïveté ou pureté de cœur, Casterrat croyait en l'infaillibilité de la hiérarchie. Du coup, il reprit un sandwich et termina son verre de bière.

— Je pense, dit Claire, qu'il serait temps de passer à la phase suivante. Il est huit heures et demie. Il ne pleut pas, mais il n'y a pas de lune. Il nous faudra un grand quart d'heure pour nous mettre en place.

La phase numéro deux était entièrement téléphonique. Entièrement, aussi, assurée par un acteur qui devait montrer à la fois son assurance d'homme de l'ordre et son angoisse devant une menace imprévue. Combes n'était pas un acteur de spectacle visuel, mais il eût excellé dans un spectacle radiophonique. Surtout en ayant lui-même écrit son texte.

Quand il fit le numéro de la victime qu'il avait choisie pour ce canular en forme de piège, les occupants du bureau firent silence, comme des passionnés de théâtre au lever de rideau. Même avertis de ce que Joseph allait dire, ils furent tous les cinq saisis par sa voix feutrée, où se devinaient excitation et inquiétude :

— Madame Bousquet ? Pardonnez-moi de vous déranger si tard. Ici Joseph Combes. J'ai une très grave nouvelle à vous communiquer. Il s'agit de votre mari...

Que lui est-il arrivé ? coupa la voix stridente de Juliette Bousquet. Ne me dites pas qu'il s'est...

— Non, non ! Rien d'aussi définitif, rassurez-vous. Mais quelque chose d'extrêmement grave : il s'est évadé de la gendarmerie de Capdenac. Inutile de préciser que toute la brigade locale est à sa recherche. Je n'ai aucun détail, mais monsieur le juge d'instruction Massac, qui m'a averti, m'a demandé de vous mettre très sérieusement en garde. Ne sortez pas de chez vous et fermez soigneusement à clé toutes les portes donnant sur l'extérieur.

— Enfin, s'énerva Juliette, ça n'a pas de sens ! Pourquoi m'inquiéterais-je du retour de François ? Je pourrais le raisonner, lui faire comprendre que cette évasion est ridicule, qu'il doit immédiatement se rendre à la police...

Il ne fallait pas laisser à cette femme de tête trop de temps pour réfléchir. Le détective accéléra le tempo :

— Méfiez-vous, conseilla-t-il. Votre François s'est, paraît-il, vivement ému de rumeurs qui lui ont été rapportées à votre sujet et à celui d'un de vos amis intimes. Il aurait, devant le chef de brigade de Capdenac, qui l'interrogeait, promis qu'il allait vous faire payer votre trahison. A votre place, je ferais très attention à ces menaces. Avec les accusations de meurtre qui pèsent sur lui, il n'a plus grand-chose à perdre. Croyez-moi, barricadez-vous et laissez faire les autorités. Si votre mari vous téléphone, donnez-lui un rendez-vous et prévenez immédiatement le cabinet du juge Massac, où un permanencier est en veille toute la nuit. Je passerai chez vous demain matin pour discuter de tout ça. Et quand vous aurez tout fermé, restez calme et essayez de dormir, si vous le pouvez.

Joseph raccrocha et soupira longuement, le regard fixé sur le combiné, comme s'il pouvait voir à l'autre bout du fil l'expression peinte sur le visage de madame Bousquet. Il espérait que c'était de l'inquiétude ; peut-être de la peur. Avait-il été assez convaincant ? Pour s'encourager, il passa en revue les mines de ses auditeurs silencieux. Claire, c'était prévisible, souriait aux anges. Berthier aussi, ainsi que Massac, avec une nuance d'admiration pour l'énormité du procédé. Casterrat fronçait les sourcils ; peut-être était-il seulement vexé que l'on eût pu prétendre qu'un prisonnier s'était évadé de chez lui. Le docteur, lui, était carrément furieux. Cette colère si manifeste risquait de troubler le déroulement de la suite des opérations. Il fallait immédiatement pacifier ce révolté.

— Mon cher docteur, le gourmanda Joseph, rappelez-vous que nous essayons de vous sauver la mise, en démasquant celui ou ceux qui sont les vrais coupables des crimes qu'on vous impute. Que votre femme vous ait trompé est un fait avéré, votre secrétaire et la camériste de votre épouse me l'ont confirmé. Alors, évitez de vous laisser aller à vos accès enfantins de jalousie et de rage, et faites ce qui vous est demandé.

Le téléphone, décidément à l'ouvrage, interrompit cette mercuriale. C'était le dévoué Cadaquès, qui s'était, en bon greffier, porté volontaire pour assurer la garde au cabinet de Massac. Son compte rendu fut bref :

— Je viens de recevoir un appel de madame Bousquet qui voulait avoir confirmation de l'évasion de son mari et demandait que le juge fasse poster quelques agents pour garder sa maison. J'ai confirmé, comme prévu, et lui ai déclaré que mon chef était déjà parti sur le terrain après avoir expédié en patrouille tous les effectifs disponibles. J'ai ajouté qu'elle-même ferait bien de se tenir à carreau. J'ai eu l'impression qu'elle commençait à paniquer.

— Messieurs, dit Combes, cette fois satisfait, Cadaquès m'annonce que le piège semble fonctionner. Jusqu'à présent. J'appelle madame Bouttu, pour lui donner rendez-vous dans une demi-heure, nous finissons les sandwichs et Claire va nous préparer une thermos de café chaud. La nuit sera sans doute fraîche. Départ dans vingt minutes pour la phase trois.

25

Jeanne Bouttu, qui n'avait pas compris grand-chose aux explications données très sommairement par cet autoritaire monsieur Combes, était partagée entre la satisfaction de revoir son patron médecin en homme libre et l'inquiétude contagieuse qu'elle avait ressentie en saluant brièvement tous les membres du groupe rassemblé dans la première venelle entre la rue de la République et la place des Quatre-Sergents. C'était là que s'ouvrait une petite porte donnant dans la maison Bousquet. Cette entrée secondaire, infiniment plus discrète que le vaste portail regardant la fontaine, était en fait réservée au seul usage de madame Bouttu. Le pli avait été pris depuis longtemps. Elle seule en avait la clé, et personne, pas même le docteur, ne venait traîner dans ce long couloir sombre lambrissé de placards vermoulus et poussiéreux, où vieillissaient, oubliés, les dossiers établis sur leurs malades par deux générations de médecins.

« Quand je vous le dirai, avait précisé le détective à l'infirmière, vous ouvrirez et vous me suivrez, tout droit. Dans quelle pièce débouche ce corridor ?

— Dans le cabinet du docteur », avait chuchoté la Bouttu, qui vibrait davantage qu'à la lecture d'un roman policier.

Les minutes passaient et l'attente du signal de l'action commençait à énerver aussi bien le groupe Bouttu, qui comprenait les Combes et le juge Massac, que l'équipe de choc, Bousquet, Casterrat et Berthier. Ceux-là étaient embusqués dans l'autre coin de la place et devraient pénétrer dans la forteresse de la manière la plus normale, par le perron bas et le grand portail, dont François Bousquet avait récupéré les clés des mains de son geôlier. Le signal tardait, voilà tout.

— Qu'avez-vous prévu, si votre chèvre n'a pas bêlé pour attirer le loup ? demanda Massac.

— Je ne peux qu'espérer qu'elle l'a appelé, soupira Joseph. Laissez-lui le temps d'arriver. A mon avis, il sera là entre dix et onze heures. Si personne n'est venu à minuit, nous nous occuperons de la dame seule. Ce sera plus difficile, voilà tout.

Il était onze heures quarante-cinq quand une limousine venant de la rue du Sergent-Bories coupa ses phares pour s'engager dans la rampe menant à la place de la Fontaine. Sous la lumière chiche d'un unique lampadaire, elle s'arrêta au ras du perron de la maison Bousquet. Personne n'en sortit de trois ou quatre minutes, comme si le conducteur avait voulu s'assurer que son arrivée n'avait éveillé aucune attention particulière. Il jaillit enfin de la portière de gauche, avala comme un éclair les deux ou trois marches de pierre et se colla au vantail qui s'ouvrit avec une promptitude qui trahissait la présence d'un guetteur. Le visiteur s'engouffra à l'intérieur. Le porche se referma.

A dix mètres de là, Combes apparut au coin de sa venelle et leva le bras pour avertir Casterrat et son groupe qu'ils pouvaient s'élancer à leur tour. Quand il se retourna vers Claire et Massac, Jeanne Bouttu était déjà en train de tourner sa clé dans la serrure de son entrée privée.

L'investissement et l'envahissement se déroulèrent sans coup férir. En quelques minutes, les deux groupes se retrouvèrent dans le cabinet de François Bousquet, où Combes donna ses instructions à voix basse :

— Docteur, vous attendrez ici, avec le chef et monsieur Berthier, que je vous appelle à voix haute. Laissez la porte entrouverte pour éviter d'être surpris. Dès mon signal, grimpez tous jusqu'au salon, où l'affaire sera sur le point d'être réglée. Du moins je l'espère. Madame Bouttu, restez dans votre bureau et rejoignez-moi là-haut si vous m'entendez crier votre nom... Monsieur le juge, Claire et vous, vous m'accompagnez, maintenant.

Les vingt-six marches de l'escalier ne parurent guère moins ardues à gravir qu'à sa dernière visite. Une fracture de côtes est longtemps douloureuse. En arrivant sur le palier du premier, devant la haute porte cirée du salon, Joseph leva la main pour demander un répit et haleta quelques secondes. A travers la porte, on entendait faiblement une sonate de Beethoven, sans doute destinée à masquer le chuchotis d'une conversation... Les trois visiteurs firent irruption dans la pièce avec la soudaineté d'un vent d'orage fracassant une fenêtre. Dans la lumière tamisée d'un lampadaire, les lourds meubles gainés de peluche, encadrant les vieux tapis aux teintes chaudes, contribuaient à souligner l'atmosphère paisible qu'avait recherchée Juliette Bousquet, pour conjurer son angoisse. Elle était assise face à la porte, sur le large canapé, le front posé sur l'épaule d'un homme brun assis tout contre elle.

Elle se dressa en sursaut comme Phèdre voyant surgir son époux rentrant de son expédition.

— Monsieur Combes ! Que signifie ?... Mon Dieu, est-il arrivé quelque chose à François ? L'a-t-on repris ? Je ne...

— Rien de neuf, mentit Joseph avec aplomb. D'ailleurs, je vois que vous avez trouvé un défenseur !

— Ma foi, quand j'ai téléphoné tout à l'heure de Rodez à madame Bousquet, dit fort aimablement Antoine Rinquet en se levant à son tour, elle m'a fait part de votre coup de téléphone lui annonçant l'évasion de cet imbécile de François ; j'ai pensé qu'il était peut-être imprudent qu'elle restât seule ici. Je suis venu en toute hâte, sans même passer chez moi.

Combes ne sourit même pas. Il trouvait que le défenseur de la femme menacée paraissait, malgré ses efforts, beaucoup moins à l'aise que lorsqu'il jouait les veufs éplorés à la morgue de l'hôpital de Rodez.

— Vous êtes vraiment un très bon ami, constata-t-il. Téléphoner à une simple relation alors que vous venez d'éprouver un deuil cruel me paraît surprenant. Que vouliez-vous dire à madame Bousquet ?

— Je tenais à lui affirmer que je ne croyais rien des ragots qui ont couru sur nos deux ménages ; que je souhaitais qu'elle vienne après-demain aux obsèques de ma chère Isabelle, pour faire taire tous les commérages...

— Ce serait une preuve de mauvais goût, dit paisiblement le juge Massac en s'asseyant dans un fauteuil.

Il leva les yeux vers le visage pâli de la maîtresse de maison et continua, d'un ton de moraliste très réussi :

— Dans nos petites villes, on n'accepterait pas qu'une meurtrière assiste à l'enterrement de sa victime, après l'avoir publiquement menacée !

La blonde Juliette toisa cet ennemi déclaré avec une exaspération peu dissimulée.

— Vous n'allez tout de même pas prétendre que j'ai tué une ancienne amie parce que je lui ai fait une scène de jalousie que je pensais alors justifiée ! Comment aurais-je fait ? C'est ridicule ! Je n'ai pas quitté Villefranche, tout le monde vous le dira.

— Combes, dit le juge en souriant, expliquez donc à cette jeune dame comment elle a procédé. A mon avis, monsieur Rinquet le sait déjà.

Joseph, qui surveillait depuis quelques secondes le comportement du bel Antoine, crut surprendre un coup d'œil de celui-ci en direction du manteau beige jeté sur un des sièges vides. L'air innocent, il fit mine de se pencher vers Massac, pour satisfaire à sa demande, trébucha comme s'il se prenait les pieds dans le tapis et se rattrapa au fauteuil sur lequel le marchand de biens s'était débarrassé de sa pelure de ratine. Redressé, fixant dans les yeux le masque dépité de son adversaire, il plongea une main dans une poche du vêtement et en sortit un objet dont la vue arracha un cri d'alarme aux deux femmes. Indéniablement, une menaçante arme de poing, d'acier noir mat.

— C'est à vous ? questionna-t-il rudement. J'imagine que vous avez un permis de port d'armes ?

Rinquet ne réussit pas à dissimuler sa rage :

— Evidemment ! Il m'arrive de transporter beaucoup d'argent au cours de mes affaires !

— Par exemple pour attendre chez une amie, dans l'espoir que le mari évadé va venir se faire tuer ? Légitime défense assurée ! Vous voudrez bien m'excuser, mais ce léger détail me rend particulièrement méfiant à votre égard !

Le pistolet toujours en main, Combes recula jusqu'à la porte, l'ouvrit et cria en direction de l'escalier :

— Madame Bouttu, montez ! Casterrat, vous aussi !

Sans doute consciente de sa lenteur, l'infirmière avait déjà pris la précaution de se hisser jusque sur le palier. A l'étonnement général, celui du détective en particulier, elle surgit dans le salon avec une promptitude qui gela sur place Juliette Bousquet et son chevalier servant. La galopade qui résonna sur les marches de l'escalier acheva de les transformer en statues de sel. A peine si l'irruption des trois hommes, Casterrat imposant dans son uniforme, Berthier raide comme la justice et le docteur au visage ravagé et au regard flamboyant, réussit à mettre dans les yeux du gibier une lueur de panique.

Face à ces sept intrus aux visages glacés, l'homme et la femme debout devant le canapé avaient l'air d'accusés devant leurs juges.

— Asseyez-vous ! ordonna Combes sèchement. Nous avons quelques explications à vous donner. Monsieur le juge, vos hommes sont-ils prêts ?

— Le commissaire Battioli et ses inspecteurs doivent être devant le perron depuis minuit, assura Massac avec calme, du fond de son fauteuil de président de ce semblant de tribunal.

— Merci, reprit Joseph. Madame Bouttu, savez-vous où le docteur Bousquet rangeait les médicaments préparés par la pharmacie et destinés à ses clients ?

— C'était assez rare. Généralement il s'agissait de potions à action lente, de style fortifiant. Il les déposait ici, dans le petit bureau de son appartement, et les mettait dans sa sacoche quand il avait une visite à faire dans le quartier des patients en question.

— Etait-ce le cas de la préparation destinée à madame Rinquet ?

— Parfaitement. Il s'agissait d'un tonique assez anodin.

— Merci. Autre chose, madame Bouttu. Vous en avez parlé, je crois, avec la petite bonne de la maison. Madame Bousquet avait-elle la main verte ?

— D'après la jeune Louisette, elle avait la passion du jardinage en pots. De azalées, des chrysanthèmes, des pensées, des géraniums, des bégonias... Une véritable petite serre, installée dans le grenier, qu'elle allait arroser et soigner tous les jours.

Combes se tourna vers l'amatrice de jardin, presque aimable.

— Est-ce vrai, chère madame ?

— Ma foi, admit Juliette un peu pincée, c'est exact. Il n'y a pas tellement de distractions à Villefranche et j'adore les fleurs.

— Votre plantation de muguets pousse-t-elle bien ?

— A merveille, merci.

Du coin de l'œil, Joseph avait noté le raidissement vite réprimé du sieur Rinquet et la pâleur subite de madame Bousquet. Il admira tout de même la rapidité et le ton faussement enjoué de la réponse.

— Une dernière question, si vous me permettez. Quel parfum utilisez-vous ? Pardonnez mon indiscrétion, mais c'est important. Je parierais que c'est Numéro 5, de Chanel.

Juliette ne répondit rien. Tétanisée, les yeux fermés, elle se laissa aller contre le dossier du canapé et leva les mains jusqu'à son front.

— Madame Juliette Bousquet, dit d'un air officiel Massac qui s'était levé, je vous inculpe de meurtre sur la personne d'Isabelle Rinquet née Chapelière, que vous avez empoisonnée avec du suc de muguet préparé chez vous, conservé dans un vieux flacon de parfum et introduit dans la potion prescrite par votre mari. Je pense qu'on trouvera le flacon de Numéro 5, dont le médecin légiste a retrouvé des traces à l'autopsie, quelque part dans votre cabinet de toilette...

L'accusée se mit à pleurer silencieusement. La seule rébellion vint de Rinquet, qui se dressa soudain, le visage blanc, les poings serrés.

— Pourquoi ne m'a-t-on pas signalé ces traces de parfum en me communiquant les résultats de l'autopsie ?

— Mauvaise question ! cracha Combes avec fureur. Ne cherchez pas à nous faire croire que vous ne saviez rien des agissements de votre maîtresse. Il fallait demander : « Pourquoi Juliette a-t-elle supprimé ma femme ? » Réponse : pour vous permettre d'hériter des millions de votre femme, dont vous n'auriez pas touché le moindre centime après un simple divorce, puisque votre beau-père avait veillé au grain. N'ajoutez pas un mot. J'ai une autre histoire à vous raconter. Asseyez-vous. J'ai dit : asseyez-vous ! tonna-t-il.

Un instant, à deux mètres l'un de l'autre, les deux hommes se défièrent, colère contre rage, le petit enquêteur raide dans son corset de bandages face au grand brun au gabarit de rugbyman. Maquillant sa déconvenue d'un sourire faux, Rinquet finit par obéir.

— Le souvenir d'un vieux film m'a éclairé sur le déroulement de ces affaires, reprit Joseph, apparemment calmé. Peut-être avez-vous vu *L'Inconnu du Nord-Express* ? C'est assez diabolique. Deux inconnus se racontent, dans un train, leurs griefs contre ceux qui les empêchent de vivre à leur gré. Ils iraient jusqu'au crime, mais la peur du gendarme les retient. Ils finissent par faire un marché. Chacun d'eux se chargera d'exécuter le crime de l'autre... Pas de risques, puisque rien ne pourra prouver leur collusion. C'est ce qui s'est produit pour nos deux tourtereaux : Antoine Rinquet voulait la fortune de sa femme ; Juliette Bousquet, avec ses rêves de grande vie, voulait se débarrasser de son mari, trop casanier et trop provincial à son goût. Ils s'imaginèrent qu'un avenir doré s'ouvrait devant eux s'ils arrivaient à se rendre libres. Il leur suffisait d'échanger leurs crimes. Nous avons résolu celui qui libérait Antoine, commis par Juliette. Mais celui qui libérait sa complice était plus difficile à réaliser pour son amant. Il devait faire croire à un assassinat imputable au mari, qui ne se relèverait pas d'une condamnation aux assises.

— Vous avez très justement dit qu'il s'agissait de cinéma ! ricana le marchand de biens sur son canapé.

— Exact ! Comme le cinéma que vous avez fait, renseigné par Désiré Esquenoux, en allant vous présenter chez Suzanne. Notons au passage que vous l'avez battue et violée, au point de lui faire un enfant.

— Ça ne peut pas être vrai ! hurla Juliette, brutalement sortie de son apathie.

— Malheureusement, si ! dit de son coin de mur un Berthier particulièrement réjoui par la prestation du patron. Outre la déposition de la cousine de la victime, Alberte Esquenoux, il y a quatre ou cinq témoignages d'habitants de Loupiac qui ont remarqué à plusieurs reprises une voiture stationnée près de la maison de Suzanne, la Peugeot de monsieur Rinquet...

— Y compris en fin de matinée, le 4 avril, acheva Combes. Ce jour-là, salopard, tu as endormi Suzanne après lui avoir fait signer un reçu pour la vente de sa maison et tu l'as pendue, espérant que ton soi-disant ami Bousquet découvrirait le corps. Dans l'ensemble, ce n'était pas un plan maladroit, mais vous avez fait quelques erreurs, toi et Juliette. La première c'est d'avoir fabriqué ces lettres anonymes ridicules, surtout celle prétendant que François Bousquet était l'amant de ta femme. Rappelle-toi ; la force des criminels du Nord-Express tenait au fait qu'ils ne se connaissaient pas. Alors que tu nous as fourni, dès le début, une piste balisée de vos deux noms ! Il nous aurait fallu longtemps pour découvrir le nom de Rinquet parmi des milliers d'autres, si tu n'avais pas vendu la mèche !

— Je vous ai laissé raconter votre scénario, jeta Antoine avec hargne, mais vous ne pouvez même pas prouver que j'ai jamais rencontré votre Suzanne Esquenoux !

— Deuxième et fatale erreur ! Tu as les yeux plus gros que le ventre. Pourquoi as-tu voulu garder le reçu que tu as extorqué à cette pauvre Suzanne ? La bicoque que tu prétendais avoir achetée était-elle indispensable au futur héritier de la grosse fortune des Chapelière ?

— Qui vous dit que j'ai gardé ce document ?

Combes sourit avec insolence, laissant son adversaire prendre conscience de ce qu'il venait de dire. Puis il daigna expliquer :

— La phrase même que tu viens de prononcer... Veux-tu parier avec moi que nous trouverons ce papier en allant perquisitionner ton bureau ? Tu nous ferais gagner du temps en reconnaissant les faits.

Le bel Antoine n'avait plus rien d'un Roméo. Pâle comme un mort, le regard affolé, il se releva une nouvelle fois, mais si visiblement vaincu qu'il tourna le dos à Juliette et avança d'un pas vacillant vers ce détective tenace qui venait de détruire tous ses rêves... Il plaida une dernière fois, à voix presque basse :

— Je vous ai quand même sauvé la vie, à Loupiac !

— Oh ! reconnut Joseph, c'est en partie vrai. Je crois que de toute façon tu aurais trouvé l'occasion de supprimer ton rival en bonnes fortunes. Désiré Esquenoux était un complice incontrôlable, qui t'aurait fait chanter jusqu'à ta ruine...

— Monsieur Berthier, intervint de son fauteuil le juge Massac, descendez donc ouvrir la porte au commissaire et demandez-lui de monter procéder aux arrestations... Il se fait tard, et nous avons du travail de bonne heure demain matin.

26

Comme un cortège de noces, les acteurs avaient quitté la scène suivant l'importance qu'allait leur reconnaître l'opinion publique au cours des prochaines semaines. Leurs chances de devenir célèbres tenaient essentiellement au style et au vocabulaire des journalistes qui allaient raconter leur histoire. En tête de ceux qui descendaient les vingt-six marches de la maison Bousquet, Antoine Rinquet et sa Juliette, entourés par les sbires du commissaire Battioli, n'avaient plus rien de leur superbe. Elle, les yeux rouges, le cheveu raide et les épaules accablées qui lui vaudraient peut-être la clémence des jurés. Lui, n'entendant plus que la voix sinistre de cet enquêteur méprisé, chuchotant, encore et encore, la même phrase d'adieu :

« A mon avis, tu es bon pour la guillotine ! »

De marche en marche suivaient Casterrat, partagé entre l'étonnement où l'avait jeté la démonstration de Combes et la vexation de n'avoir été qu'un témoin passif, Berthier, plutôt réjoui, madame Bouttu, qui ne comprenait pas encore que son cher docteur ne pourrait plus jamais rouvrir son cabinet, et Claire, fermant le cortège, la tête pleine des images cruelles évoquées par les mises au point de son mari.

Quand les personnages principaux eurent quitté la place de la Fontaine dans l'emballement des moteurs de deux voitures de police, l'infirmière s'arrêta en haut du perron. La nuit était claire et la température encore douce. La lune brillait trop dans le ciel pour que soient visibles les millions d'étoiles d'une nuit de printemps.

— Tout de même, dit pensivement madame Bouttu, on n'arrive pas à croire qu'il y a des gens aussi tordus...

— Pourtant, c'est vrai, conclut Claire Combes froidement.

Elle n'avait aucune envie d'entretenir une conversation philosophique. Tout ce qu'elle souhaitait, c'était que Massac et Joseph descendent à leur tour, après en avoir fini avec Bousquet. Quand ils furent enfin là, elle courut se réfugier contre l'épaule rassurante de son mari.

— Alors ?

— Oh, dit Massac, j'ai eu le plus grand mal à lui faire admettre qu'il devrait quitter Villefranche et s'installer ailleurs, loin d'ici. Votre Joseph m'a bien aidé à le persuader.

— Joseph a l'habitude de travailler pour la gloire, gémit-elle comiquement. Ses clients sont insolvables, ou coupables ou ruinés !

— Cette fois-ci, souffla dans l'oreille de Claire ce patron dont elle disait tant de mal, j'ai trouvé un client très généreux... La famille Chapelière va sauvegarder son patrimoine et nous offrir des vacances de rêve. Dans trois ou quatre mois, où tu voudras ; à condition qu'on n'y trouve ni corbeau, ni corde de pendu, ni bouquet de muguet !

PRODUCTION JEANNINE BALLAND

Romans « Terres de France »

Jean Anglade
Un parrain de cendre
Le Jardin de Mercure
Y a pas d'bon Dieu
La Soupe à la fourchette
Un lit d'aubépine
La Maîtresse au piquet
Le Saintier
Le Grillon vert
La Fille aux orages
Un souper de neige
Les Puysatiers
Dans le secret des roseaux
La Rose et le Lilas
Avec le temps...
L'Ecureuil des vignes
Sylvie Anne
Mélie de Sept-Vents
Le Secret des chênes
La Couze
Ciel d'orage sur Donzenac
La Maîtresse du corroyeur
Un horloger bien tranquille
Jean-Jacques Antier
Autant en apporte la mer
Marie-Paul Armand
La Poussière des corons
Le Vent de la haine
Le Pain rouge
La Courée
tome I *La Courée*
tome II *Louise*
tome III *Benoît*
La Maîtresse d'école
La Cense aux alouettes
Nouvelles du Nord
L'Enfance perdue
Un bouquet de dentelle
Au bonheur du matin
Le Cri du héron
Victor Bastien
Retour au Letsing
Henriette Bernier
L'Enfant de l'autre
Françoise Bourdon
La Forge au Loup
La Cour aux paons
Le Bois de lune
Le Maître ardoisier
Patrick Breuzé
Le Silence des glaces
Nathalie de Broc
Le Patriarche du Bélon
Annie Bruel
La Colline des contrebandiers
Le Mas des oliviers
Les Géants de pierre
Marie-Marseille
Jean du Casteloun
Les Amants de Malpasset
Michel Caffier
Le Hameau des mirabelliers
La Péniche Saint-Nicolas
Les Enfants du Flot
La Berline du roi Stanislas
Jean-Pierre Chabrol
La Banquise
Alice Collignon
Un parfum de cuir
Didier Cornaille
Les Labours d'hiver
Les Terres abandonnées
La Croix de Fourche
Etrangers à la terre
L'Héritage de Ludovic Grollier
L'Alambic
Georges Coulonges
Les Terres gelées
La Fête des écoles
La Madelon de l'an 40

L'Enfant sous les étoiles
Les Flammes de la Liberté
Ma communale avait raison
Les blés deviennent paille
L'Eté du grand bonheur
Des amants de porcelaine
Le Pays des tomates plates
La Terre et le Moulin
Les Sabots de Paris
Les Sabots d'Angèle
Yves Courrière
Les Aubarède
Anne Courtillé
Les Dames de Clermont
Florine
Dieu le veult
Les Messieurs de Clermont
L'Arbre des dames
Le Secret du chat-huant
Paul Couturiau
En passant par la Lorraine
Annie Degroote
La Kermesse du diable
Le Cœur en Flandre
L'Oubliée de Salperwick
Les Filles du Houtland
Le Moulin de la Dérobade
Les Silences du maître drapier
Le Colporteur d'étoiles
La Splendeur des Vaneyck
Alain Dubos
Les Seigneurs de la haute lande
La Palombe noire
La Sève et la Cendre
Le Secret du docteur Lescat
Marie-Bernadette Dupuy
L'Orpheline du bois des Loups
Elise Fischer
Trois Reines pour une couronne
Les Alliances de cristal
Mystérieuse Manon
Laurence Fritsch
La Faïencière de Saint-Jean
Alain Gandy
Adieu capitaine
Un sombre été à Chaluzac
L'Enigme de Ravejouls
Les Frères Delgayroux
Les Corneilles de Toulonjac
L'Affaire Combes
Les Polonaises de Cransac
Le Nœud d'anguilles
L'Agence Combes et Cie
Gérard Georges
La Promesse d'un jour d'été
Les Bœufs de la Saint-Jean
Michel Hérubel
La Maison Gelder
La Falaise bleue
Tempête sur Ouessant
Le Démon des brumes
Denis Humbert
La Malvialle
Un si joli village
La Rouvraie
La Dent du loup
L'Arbre à poules
Les Demi-Frères
La Dernière Vague
Yves Jacob
Marie sans terre
Les Anges maudits de Tourlaville
Hervé Jaouen
Que ma terre demeure
Jean-Pierre Leclerc
Les Années de pierre
La Rouge Batelière
L'Eau et les jours
Les Sentinelles du printemps
Hélène Legrais
Le Destin des jumeaux Fabrègues
La Transbordeuse d'oranges
Louis-Jacques Liandier
Les Gens de Bois-sur-Lyre
Les Racines de l'espérance
Jean-Paul Malaval
Le Domaine de Rocheveyre
Les Vignerons de Chantegrêle
Jours de colère à Malpertuis
Quai des Chartrons
Les Compagnons de Maletaverne
Le Carnaval des loups

Les Césarines
Dominique Marny
A l'ombre des amandiers
La Rose des Vents
Et tout me parle de vous
Louis Muron
Le Chant des canuts
Henry Noullet
La Falourde
La Destalounade
Bonencontre
Le Destin de Bérengère Fayol
Le Mensonge d'Adeline
L'Evadé de Salvetat
Les Sortilèges d'Agnès d'Ayrac
Michel Peyramaure
Un château rose en Corrèze
Les Grandes Falaises
Frédéric Pons
Les Troupeaux du diable
Les Soleils de l'Adour
Jean Siccardi
Le Bois des Malines
Les Roses rouges de décembre
Le Bâtisseur de chapelles
Le Moulin de Siagne
Un parfum de rose
Jean-Michel Thibaux
La Bastide blanche
Le Secret de Magali
La Fille de la garrigue
La Colère du mistral
L'Homme qui habillait les mariées
La Gasparine
L'Or des collines
Le Chanteur de sérénades
Jean-Max Tixier
Le Crime des Hautes Terres
La Fiancée du santonnier
Le Maître des roseaux
Brigitte Varel
Un village pourtant si tranquille
Les Yeux de Manon
Emma
L'Enfant traqué
Le Chemin de Jean
L'Enfant du Trièves
Le Déshonneur d'un père
Colette Vlérick
La Fille du goémonier
Le Brodeur de Pont-l'Abbé
La Marée du soir
Le Blé noir

Récits « Terres de France »

Albine Novarino
George Sand ou l'amour du Berry

Collection « Sud Lointain »

Jean-Jacques Antier
Le Rendez-vous de Marie-Galante
Marie-Galante, La Liberté ou la Mort
La Dame du Grand-Mât
Erwan Bergot
Les Marches vers la gloire
Sud lointain
tome I *Le Courrier de Saïgon*
tome II *La Rivière des parfums*
tome III *Le Maître de Bao-Tan*
Rendez-vous à Vera-Cruz
Mourir au Laos
Jean Bertolino
Chaman
Fura-Tena
Anne Courtillé
Le Mosaïste de Constantinople
Paul Couturiau
Le Paravent de soie rouge
Le Paravent déchiré

L'Inconnue de Saigon
Alain Dubos
Acadie, terre promise
Retour en Acadie
Hubert Huertas
L'Orque de Magellan
Hervé Jaouen
L'Adieu au Connemara
Sonia Marmen
La Vallée des larmes
Dominique Marny
Du côté de Pondichéry
Les Nuits du Caire
Cap Malabata
Juliette Morillot
Les Orchidées rouges de Shanghai
Michel Peyramaure
Le Pays du Bel Espoir
Bernard Simonay
Les Tigres de Tasmanie
La Dame d'Australie
Jean-Michel Thibaux
La Fille de Panamá
Tempête sur Panamá

Romans

Alain Gandy
Quand la Légion écrivait sa légende
Hubert Huertas
Nous jouerons quand même ensemble
La Passagère de la « Struma »
Denis Humbert
Un été d'illusions
Michel Peyramaure
Les Tambours sauvages
Pacifique Sud
Louisiana
Le Roman de Catherine de Médicis
Jean-Michel Thibaux
Le Roman de Cléopâtre

Achevé d'imprimer sur les presses de

BUSSIÈRE
GROUPE CPI

à Saint-Amand-Montrond (Cher)
en décembre 2004
pour les Presses de la Cité
12, avenue d'Italie
75013 Paris

Composé par Nord Compo
à Villeneuve-d'Ascq

N° d'édition : 7233. — N° d'impression : 045301/1.
Dépôt légal : janvier 2005.

Imprimé en France